산티아고 : 푸드 러버의 순례길

산티아고 :
푸드 러버의 순례길

디 놀런

얼 카터 사진

차유진 옮김

까치

A FOOD LOVER'S PILGRIMAGE TO SANTIAGO DE COMPOSTELA : Food, Wine and Walking Along the Camino through Southern France and The North of Spain

by Dee Nolan

Text copyright © Deidre Nolan 2010
Photography copyright © Earl Carter 2010
The original edition was first published in English by Penguin Group(Australia) Ltd.
Korean translation copyright © 2012 Kachi Publishing Co., Ltd.
This Korean edition was arranged with Penguin Group(Australia) Ltd., through Best Literary & Rights Agency, Korea.
All rights reserved.

역자 차유진

1976년생. 경원대학교 섬유미술학과를 졸업하고 2001년 요리유학을 떠났다. 2002년 영국 Tante Marie School of Cookery를 수석으로 졸업하고 돌아와 <손녀딸의 테스트 키친>을 열고 요리강좌, 케이터링 카페메뉴 컨설팅, 화보 촬영 등, 요리의 다양한 방면에서 작업을 했다. 2007년 2년여 간 운영하던 키친을 닫고 남미에 반년 동안 다녀온 뒤부터 현재까지 요리관련 글쓰기와 번역에 몰두하고 있다. 저서로는 『푸드 러버를 위한 손녀딸의 테스트키친』, 『청춘남미』, 『손녀딸의 부엌에서 글쓰기』, 번역서로 『프렌치 테이블』, 『파스타의 기하학』, 옴니버스 푸드 에세이 『소울 푸드』에 참여했다. 상상마당 아카데미에서 <소울 레시피>라는 타이틀로 푸드라이팅 강좌를 진행 중이며 작년부터 여주에서 전원생활을 시작했다.

산티아고 : 푸드 러버의 순례길

저자 / 디 놀런
역자 / 차유진
발행처 / 까치글방
발행인 / 박종만
주소 / 서울시 종로구 행촌동 27-5
전화 / 02 · 735 · 8998, 736 · 7768
팩시밀리 / 02 · 723 · 4591
홈페이지 / www.kachibooks.co.kr
전자우편 / kachisa@unitel.co.kr
등록번호 / 1-528
등록일 / 1977. 8. 5
초판 1쇄 발행일 / 2012. 6. 28

값 / 뒤표지에 쓰여 있음

ISBN 978-89-7291-526-3 03840

나에게 첫 번째 순례자의 가리비 껍데기를 선물한
존에게 감사의 마음을 전하며

차례

갈리시아

서론

나는 이미 오래 전부터 언젠가는 산티아고 데 콤포스텔라(Santiago de Compostela)로 성지 순례를 떠날 것이라는 사실을 마음속 깊이 알고 있었는지도 모른다. 성지 순례의 징표인 가리비 껍데기는 남편 존이 스페인의 북서단에 위치한 작은 도시 산티아고를 여행하면서 가져온 뒤부터 쭉 빨간색 명주실에 묶여 내 옷장 거울에 걸려 있었다. 나는 1980년대의 영국 신문에 실린 성지 순례 관련 여행 기사를 많이 모아두었다. 이때부터 순례 길, 카미노(camino)의 재발견은(중세의 순례여행을 흔히 카미노라고 부른다), 실제로 속도를 내기 시작했다. 그리고 과거 속에서 나의 미래를 발견할 것이라는 생각도 점점 강해졌다. 적어도 이것이 내가 어렸을 때에 살았던 오스트레일리아 남부지방의 농장 검파크를 다시 사들인 이유와 유기농 농사를 짓고 희귀 품종의 양을 기르고 싶은 나의 바람을 논리적으로 설명할 수 있는 유일한 방법이었다. 나는 대책 없는 낭만주의자라서 논리라는 것에 대해서는 잘 알지도 못하지만.

우리 부부가 오스트레일리아로 돌아오기 전에 마지막으로 런던에 머문 2002년에 존은 스페인으로 여행을 떠났다. 내가 25년 만에 오스트레일리아로 돌아오고, 존은 새로운 곳에서 살게 된 해에, 스페인산 포도주의 새로운 열풍이 포도주 업계에서 화제가 되었다. 수많은 스페인산 포도주들은 외딴 지역에서 오래 전에 사라진 품종의 포도로 만들기 때문에 우수한 특색과 품격을 갖추었다. 존은 이 모든 것들을 직접 눈으로 보고자 포도 재배자와 포도주 제조업자들과 함께 스페인에 갔다. 그들은 갈리시아의 산티아고 데 콤포스텔라 인근에 위치한 작은 포도농장에서 제조된 포도주에 특별한 관심을 보였다. 그중 일부 포도주는 접근이 쉽지 않은 계단식 비탈에서 자란, 백 살도 더 된 포도나무의 포도로 만든 것으로, 고대 로마인들과 중세 수도사들도 이곳에서 포도나무를 재배했다고 한다. 그들이 키운 포도나무도 똑같은 품종이었는지 정확히 알 수는 없지만, 확실한 것은 중세에 프랑스와 독일의 수도사들이 이베리아 반도의 북서부에 위치한 외딴 도시 산티아고에 거주하며 순례자들에게 쉼터를 제공하기 위해서 이곳으로 오면서 포도주를 가져왔고 포도나무도 훌륭하게 재배했다는 점이다. 그 시대에 포도주는 치료약이기도 했다.

존은 몇 시간 짬을 낼 수 있게 되자, 산티아고 데 콤포스텔라 대성당에서 매일 오전 열리는 순례자 미사에 참석했다. 주중이었음에도 불구하고 미사에 참석한 수천 명의 인파 때문에 서 있을 수밖에 없었는데 그마저도 자리가 부족했다. 존은 미사의 맨 마지막에 거행되는 보타푸메이로(botafumeiro)라는 예식에 넋을 잃고 말았다. 보타푸메이로는 성인 남성의 가슴 높이까지 오는 향로로, 여덟 명의 수사들이 밧줄로 향로를 끌어올려 세게 흔들면 향로가 예배자들의 머리 위로 높이 아치를 그리며 움직이는데, 그 모습은 숨이 멎을 정도로 웅장하다.

존이 돌아와서 들려준 스페인의 북부지방은 내가 어린 시절에 경험한 스페인의 남부지방과는 전혀 다른 곳이었다. 세비야 축제의 열기와 플라멩고 춤은 굉장히 신나고 매혹적이었다. 나는 스페인 남부의 소박한 교외 지역인 엑스트레마두라에서 달콤하고 향이 좋은 이베리안 햄, 하몽 이베리코(jamón ibérico)를 처음 맛보고는 이 햄이 왜 최고의 음식인지 알 수 있었다. 하지만 존은 회색 화강암으로 된, 보석처럼 멋진 산티아고에 빠져버렸다. 존은 특히 갈리시아 해안에서 나는 해산물을 좋아했다.

나는 성지 순례를 다녀온 사람들의 얘기를 가끔 듣곤 했는데, 그들의 경험담은 그때마다 나의 호기심을 자극했다. 교회를 다니는 신자들은 점점 줄고 있는데, 고대 기독교 성지 순례는 왜 이렇게 인기가 많은지 궁금했다. 나는 몇 가지 사전조사를 해본 결과, 순례자들이 피레네 산맥에서부터 산티아고 데 콤포스텔라까지 원래 다니던 마지막 순례길을 학자들이 찾아낸 사실을 알게 되었다. 이 순례길은 초창기 프랑스 순례자들이 이용한 뒤부터 카미노 프랑세스(Camino Francés)라고 불렸는데, 요즘에는 700킬로미터에 달하는 이 길을 직진 도보하는 데에 5주일 정도가 걸린다. 어떤 순례자들은 자전거를 타고 또 어떤 순례자들은 여정별로 다음 휴가 때마다 다시 돌아와 순례를 하기도 한다.

카미노 프랑세스와 마찬가지로, 프랑스를 거쳐 피레네 산길로 가는 중세의 4대 순례길도 지도로 만들어졌는데(프랑스에서는 성지 순례를 슈맹 드 생 자크[Chemin de Saint-Jacques]라고 한다), 요즘 순례자들에게 인기가 많다. 또다른 순례길인 비아 데 라 플라타(Via de la Plata)는 세비야에서 스페인 북쪽으로 가는 길이고, 포르투갈에서 시작되는 카미노 포르투게스(Camino Portugués)도 있다. 지난 15년간, 매년 순례길에 오른 사람들의 수는 수천 명에서 수십만 명으로 증가했다. 그러나 내가 얘기를 나눠본 순례객들은 여름 휴가철만 피하면 그렇게 사람이 많지는 않을 것이라고 말했다. 그들은 하나같이 순례길은 여행을 통한 경험 그 이상의 값어치가 있다고 말해주었다.

내 안에 잠들어 있는 낭만 때문인지, 나의 아일랜드 혹은 프랑스 조상들이 성지 순례를 했을까라는 의문이 들었다. 정말 그랬다면, 그들은 겸손하게 천국을 찾아다니는 신앙심이 깊은 사람이었을까, 아니면 모험에 도전하는 호기심이 많은 사람이었을까? 그것도 아니면 죗값을 치르기 위해서 순례길에 올라야만 했을까? 만약 내가 성지 순례를 한다면, 어떻게 해야 할지 호기심이 발동하기 시작했다. 나는 걷는 것 자체를 좋아했다. 최근에 부시워킹(bushwalking)이라는 것을 알게 되어 뉴질랜드에서 4일 동안 밀포드 트랙을 완주한 적이 있었다. 그러나 나는 카미노 프랑세스 순례를 하러 5주일 동안 떠나 있을 수가 없었다. 나는 존이 다녀온 바람이 많이 부는 갈리시아 포도농장에 혼자 가보고 싶었고 요리계에 엄청난 활력을 불어넣은 주인공인 스페인 음식도 너무 맛보고 싶었다. 이러한 스페인 음식의 열풍은 일명 분자요리의 미식가들보다는 그들에게서 배운 후배들이 만들어낸 것이다. 스페인의 곳간이라고 할 수 있는 북부지방의 비옥한 고지대와 산속에서 훌륭한 치즈, 햄, 채소를 생산하고 있는 전문가들을 만나보고 싶었다.

내가 모아둔 자료 중에는 바스크 피레네에 사는 도축업자 피에르 오테자에 관한 기사가 있었다. 피에르의 노력으로 스무 마리에 불과하던 바스크 토종돼지가 멸종을 면할 수 있었다고 한다. 바스크 토종돼지만이 가지고 있는 그 독특한 맛은 하몽 이베리코와 비슷해서 프랑스 최고의 요리사인 알랭 뒤카스와 같은 유명한 고객이 생겨났다. 나는 피에르와 같은 사람들을 만나고, 바스크 토종돼지가 바스크의 언덕을 자유롭게 돌아다니는 모습도 보고 싶었다. 문득 순례길을 떠나고 싶은 마음과 피에르와 같은 사람들이 가진 매력 사이에는 어떤 연관성이 있다는 생각이 들었다. 그들은 대량으로 생산된 식품을 소비하는 데에 정신이 팔린 우리의 위험천만한 행동 때문에 희생될 뻔한 희귀동물들을 구해준 구세주와도 같다. 토종돼지와 마찬가지로 소멸할 위기에 처한 역사적 희귀문화인 순례길도 개발로 인해서 문화적 희생양이 되었을지도 모른다. 나는 아직 그 이유는 잘 모르지만 20세기 말부터 순례길과 그 길 위의 문화가 서로 밀접한 연관을 가지면서, 현대인들의 복잡한 생활에 뜻밖의 해결책을 제공하고 있다는 사실을 알게 되었다.

나는 좀더 조사를 하면서 친구들과 순례에 대해서 의논했다. 나와 기꺼이 동행하고 싶어하는 사람들은 많았지만 프랑스와 스페인 길 중 어디로 갈지가 고민이었다. 아를에서 시작되는 프랑스 순례길은 내가 좋아하는 프랑스 남서부를 관통했다. 내 친구들은 영국에서 출발해 콩크에서 그리 멀지 않은 탄으로 이동했는데, 콩크는 르퓌에서 시작되는 또다른 순례길에 위치한 유명한 순례지이다. 하지만 중세의 순례자들이 반드시 걸어야 했던, 내가 그린 스페인(green Spain)이라고 부르는 스페인 북부지방은 새로운 경험과 즐거움을 안겨줄 것이 분명했다. 어쩌면 나는 두 곳 모두 가봐야 할지도 모르겠다. 프랑스 순례길과 스페인 순례길, 모두를 말이다.

존은 흔쾌히 다녀오라고 했다. 남편은 두 번째 무릎 재건수술을 앞두고 있었기 때문에 자신은 집을 지키겠다고 나섰다. 우리는 끊임없이 얘기를 나누었고 마침내 존은 한 가지 제안을 했다. 유럽에 가을이 오면 차를 빌려 2주일 동안 프랑스에서 시간을 보내고, 그 다음 해 봄에 스페인에서 도보로 성지 순례를 할 수 있는 좋은 방법을 계속 찾아보자는 것이었다.

초기의 성지 순례자들이 프랑스 남부지방을 거쳐 스페인 북부지방으로 넘어간 경로를 보여주는 옛날 지도는 요즘의 도로지도와 비슷하게 생겼다. 중세에 만들어진 고속도로에는 파리, 르퓌, 베즐레, 아를에서 시작되는 프랑스의 4대 주요 도로와 스페인의 카미노 프랑세스가 있었다. 이 도로들은 수많은 작은 길과 교차했는데 이 작은 길에는 험난한 구간을 둘러가는 갈 수 있는 지름길과 성지로 빠지는 더 작은 우회로가 있었다. 그래서 순례자들은 주요 경로에서 다른 길로 빠지거나 수도원 같은 곳에 잠시 들러 신부님의 안내를 받았을지도 모른다. 순례자들은 자신들이 계획한 순례여행 내에서도 나름대로 여러 가지 순례를 했던 것이다.

나는 순례의 순서가 성 야고보(St James, 스페인어로 산티아고[Santiago]) 성지에서 끝이 나도록 순례길의 여정을 짜기 시작했다. 첫 번째는 프랑스로 떠나는 것이었다. 나는 오늘날 대부분의 순례자들이 산티아고 데 콤포스텔라로 떠나는 출발지점에서부터 시작했다. 바로 피레네 산기슭에 위치한 생장피에드포르라는 바스크의 소도시이다. 생장피에드포르에서 한 시간 정도 가면 외딴 산골짜기에 피에르 오테자와 그가 기르고 있는 멋진 돼지들이 살고 있었다. 이는 하느님께서 보살피신 것이 틀림없다! 나의 순례길 지도에 점점 더 많은 스티커들이 붙여지면서 계획도 그 모양새를 갖추기 시작했다. 아를로 가거나 르퓌로 가는 도중에 내가 가고 싶은 순례지와 만나고 싶은 식품 생산자들을 모두 볼 수 있었다. 친구들은 아를에서 합류하거나, 여의치 않으면 20대 초반에 내가 처음으로 유럽을 여행했을 때처럼 나 혼자 프랑스 구간을 여행하기로 했다. 그때처럼 가장 기억에 남을 만한 일들은 분명 내가 계획하지 않은 데에서 우연히 일어날 것이라는 생각이 들었다.

예상치 못했는데, 이 무렵 나는 영국으로 출장을 가게 되었다. 만세! 내가 산티아고 데 콤포스텔라에 갈 수 있는 기회였다. 런던에서 비행기로 2시간밖에 걸리지 않기 때문에 나는 결국 스페인 성지 순례도 계획에 넣었고, 그때 낸시 프레이라는 미국 인류학자를 만날 약속도 잡았다. 순례길에 관한 인터넷상의 수많은 정보들 속에서 낸시의 이름이 눈에 띄었다. 칭찬과 비난이 난무하는 블로그들 중에서 낸시의 순례여행이 내 눈길을 끈 이유는 바로 그녀가 스페인의 문화유산을 중요시하고 있다는 점에서였다. 나는 낸시의 홈페이지 "스페인을 걸으며(On foot in Spain)"로 이메일을 보냈다. "산티아고 근처에서 사세요? 그렇다면 만나뵐 수 있을까요?"라고. 낸시로부터 좋다는 답장이 왔다. 낸시는 산티아고에서 불과 1시간 떨어진 곳에서 살고 있었다.

사람들은 산티아고 대성당 앞의 오브라도이로 광장이 숨이 멎을 정도로 세상에서 가장 멋진 곳이라고 격찬한다. 자정 무렵 내가 탄 비행기가 산티아고에 도착했다. 택시에서 처음 본 광장은 화강암이 깔려 있는, 텅비고 드넓은 곳으로 비에 젖어 반짝이고 있었다. 그때 갑자기 성당이 나타났다. 나는 차로 그곳을 지나칠 줄은 몰랐을 뿐만 아니라 어두운 밤하늘 속에서 금빛으로 빛나는 장엄한 성당을 바라보며 밀려들 감격에 미처 대비하지도 못했다. 나는 순례를 하지 않고도 이런 감정을 느꼈는데, 순례자들은 광장에 들어서서 이렇게 멋지고 웅장한 건물을 보았을 때 어떤 기분이 들었을까?

다음날 아침 나는 처음으로 순례자들을 보았다. 젊은 커플이 호텔 밖 도로를 건너고 있었는데, 배낭에는 성지 순례의 표식인 가리비 껍데기가 매달려 있었다. 그들은 아주 건강하고 다부져 보였고, 마치 구름 위를 걷는 듯이 발걸음이 가벼웠다. 산티아고 대성당을 지나자 소규모의 순례객들이 광장에 모여 있었는데, 어떤 사람들은 자전거를 타고 또 어떤 사람들은 바닥에 누워 성당을 바라보며 조용히 사색에 잠겨 있었다. 나는 그들의 얘기가 듣고 싶어 안달이 날 지경이었다. 어디에서 왔고, 도보나 자전거로 얼마나 이동했는지 등을 묻고 싶었다. 정오가 가까워지자, 사람들은 모두 순례자 미사에 참석하기 위해서 성당으로 대거 이동했다. 도보 여행객들과 자전거 여행객들은 라이크라나 플리스로 된 옷을 입고 있었고, 몇 몇 나이 든 스페인 사람들은 좋은 모직 정장을 입고 있었다. 옷을 단정하게 차려입은 방문객들은 1499년에 순례자들을 위해서 병원으로 지어졌다가 현재는 5성급 호텔이 된 파라도르 오스탈 도스 레이스 카톨리코스에서 나와 광장을 지나고 있었다.

미사가 진행될수록 기대감과 더불어 특별한 감정이 강해졌다. 끊임없이 밀려드는 순례자들은 배낭을 벗어 기둥에 기대놓았다. 신부님은 지난 24시간 동안 성지 순례를 마쳤다는 인증서, 콤포스텔라(Compostela)를 받은 순례자들의 출신지역 명단을 쭉 읽어내려갔다. 그 다음은 내가 그토록 기다렸던 순간이었다. 보타푸메이로는 특별한 경우에만 흔든다(그 모습을 보고 싶으면 돈을 지불하면 된다는 사실을 나중에서야 알았지만). 발목까지 오는 갈색 옷을 입은 수사들이 제단 쪽으로 향하는 것을 보며 나는 운이 좋다고 생각했다. 수사들은 기다란 밧줄을 가지고 연기가 나는 거대한 향로를 중앙 제단 위로 천천히 끌어올리더니 트랜셉트(transept: 십자형 성당의 좌우 날개 부분/역주)에서 거대한 아치를 만들며 흔들었다. 수백 년간 내려온 전통이어서 그런지 모두 확신에 차서 움직였다. 결코 잊지 못할 장면이었다. 향로는 둥근 천장에 닿을 듯이 높게 아치를 그리며 흔들렸다. 나는 이 광경이 왜 그렇게 존을 사로잡았는지 알 것 같았다. 다만 존은 흔들리는 향로 바로 아래에 있었다고 했지만, 나는 가운데에서 비켜나 안전하게 있는 것이 좋았다.

나는 미사가 끝난 뒤에도 한참 동안 성당에 앉아 있었다. 이 마법 같은 순간에서 빠져나오고 싶지 않았기 때문이다. 다른 순례자들도 성당에 남아서 사진기를 바꾸어가며 서로의 사진을 찍어주고 함께 하는 마지막 시간을 즐겼다. 이 사람들 대부분은 성당을 걸어나오는 것으로 순례길을 마쳤을 것이다. 그때 제단 근처에 있던 젊은 순례자 일행이 내 뒤에 있는 사람에게 크게 소리를 질렀다. 뒤를 돌아보니 프랑스에서 온 한 노부부가 중앙 통로로 천천히 걸어가고 있었다. 그들은 탈진한 듯했다. 한 순례자가 달려와 그들을 껴안으며 "해내셨군요!"라고 말했다. 노부부는 머뭇거리는 듯했는데, 성당의 웅장함이 아닌 마침내 순례를 끝마쳤다는 사실에서 헤어나지 못하는 것 같았다. 부부는 내 앞에 있는 자리에 가서 배낭을 벗고 앉았다. 그들은 자신들만의 세계에 빠져 있었다. 남편은 손을 내밀어 부인의 손을 잡았다. "우리가 해냈구려"라고 남편이 가만히 얘기하며 자신감에 찬 눈으로 부인을 바라보았다. 부부의 두 눈에서 눈물이 흘렀고, 나도 따라 울었다. 나는 밖으로 나가 휴대전화로 오스트레일리아에 있는 남편에게 전화를 걸었다. "여보, 나 정말 성지 순례를 해야겠어요."

산티아고는 걸어다니기 좋은 작은 대학도시이다. 주요 도시에서 멀리 떨어져 있고 스페인의 다른 지역들과 연결된 고속도로가 없다 보니 최근까지는 외진 곳이었지만, 덕분에 산티아고만의 전통적인 생활방식이 훼손되지 않고 보존될 수 있었다. 누구나 입고 싶어하는 스페인의 스트리트 패션 회사인 자라의 산티아고 지점 안은 학생들로 붐볐고, 나무로 된 기다란 카운터가 있는 레이스와 모자 가게들에도 그만큼 손님들이 많았다. 나는 추천 받은 레스토랑 카사 마르셀로(Casa Marcelo)를 지나쳤다. 이곳은 손님들에게 메뉴판을 따로 제공하지 않는데, 시장에서 주방장 마르셀로 테헤도르의 눈길을 사로잡은 식재료에 따라서 매일 요리가 바뀌기 때문이라고 한다. 내가 묵은 호텔에서는 그곳이 공사 중이어서 문을 닫았다고 알려주었다. 기적이 일어나기를 빌었지만, 창문으로 한창 공사중인 내부를 들여다보고 나서 그런 일은 일어나지 않으리라는 사실을 인정해야만 했다.

  내가 낸시를 만나러 나갈 때는 한낮이었다. 낸시는 부엌에서 같이 마실 차를 준비했다. 낸시의 아파트 건너편에는 산티아고의 리아스 바익사스 남서부에 있는 작고 아름다운 해안인 리아 데 아로우사가 보였다. 낸시와 남편 호세 플라세르는 캘리포니아 출신인 그녀가 성지 순례의 부활에 대한 박사 논문을 쓰고 있을 당시 순례길에서 만났다. 낸시는 1993년에 처음으로 성지 순례를 했는데 지금까지 순례여행을 몇 번이나 했는지 일일이 기억할 수 없다고 했다. 갈리시아 사람인 호세는 직업이 변호사이지만 천성은 그렇지 않았다. 호세와 낸시는 순례길뿐만 아니라 서로에 대한 애정도 같다는 사실을 알게 되었다. 둘 사이에는 야고보(열 살), 마리나(다섯 살), 샘(두 살) 이렇게 세 명의 자녀가 있고, 부부는 매년 순례길의 여러 구간에서 소규모로 여행 팀을 안내한다고 한다. 낸시는 연구조사를 위해서 현지어로 알베르게(albergue) 혹은 레푸지오(refugio)라고 하는 순례자 쉼터에서 일을 하기도 했다. 낸시의 논문은 성지 순례의 부활에 관한 책들 중에서 가장 권위 있는 책이 되었는데, 바로 『순례자 이야기 : 순례길의 안과 밖(*Pilgrim Stories: On and Off the Road to Santiago*)』이라는 책이다. 나는 순례자들이 자신들의 경험담을 이야기하기 위해서 여전히 낸시를 찾고 있다는 사실을 나중에 알게 되었다.

순례길의 세계에서도 어느 것이 진짜 성지 순례인지에 대한 열띤 논쟁은 항상 있었다. 제2차 세계대전 이후, 스페인 관광업계는 자동차 순례여행을 적극 홍보했지만, 20세기가 끝나면서 순례자들이 몰려들자 지금처럼 대다수의 사람들이 도보나 자전거를 택하게 되었다. 가끔은 말을 타고 순례를 하기도 했다. 낸시의 순례는 어디에 해당되었을까? 어떤 곳은 도보로 가고 나머지는 버스를 이용했을까? 낸시는 호스텔에서 자원봉사를 하면서 도보 순례자들이나 자전거 순례자들이 낸시처럼 교통수단을 섞어가며 순례를 하는 사람들에게 약간 잘난 체하고 싶어한다는 사실을 알게 되었다. 그러나 낸시는 성지 순례를 통해서 배우는 주된 교훈은 분명 **관용**이라고 말했다. "성지 순례의 **정도(正道)**는 없어요"라고 낸시는 강조했다.

나는 성지 순례에 대해서 속속들이 잘 알고 있는 낸시의 영향을 받지 않을 수 없었다. 그러나 나는 낸시가 성지 순례에 많은 열정을 가지고 있지만 자신의 전문지식을 자랑하지 않으면서 대답해주고, 지시하지 않으며, 정보를 나누고, 조언을 해주는 만큼 또 상대방의 말에 귀를 기울이면서 질문하는 방식이 마음에 들었다. "성지 순례는 반드시 해야 할 일입니다"라고 낸시는 말했다. 미국인인 낸시는 스페인에서 호세와 가정을 꾸렸다. 그들은 이곳에서 아이들을 기르고 사업도 하고 있었기 때문에 스페인 북부지방과 스페인 안팎의 성지 순례 모두에 사정이 밝았다. 나는 낸시와 얘기를 나누면서 나의 가이드이자 멘토를 찾았다는 확신이 들었다. 그리고 나의 성지 순례는 분명 멋지고 재미있을 것이라는 생각이 들었다. 낸시는 웃는 모습이 참 예뻤고, 유머 감각 또한 나의 마음을 따뜻하게 해주었다.

나는 모르는 사람과 단체여행을 해본 적이 없었고 나와 함께 가겠다는 친구도 없었다. 그러나 낸시가 구상한 11일간의 성지 순례 일정은 완벽해 보였다. 팀의 인원은 14명을 넘지 않았다. 낸시의 여행 일정은 하루에 몇 개의 길, 총 150킬로미터를 걷고 순례길 도중에 펼쳐지는 장관들을 구경하는 것으로 짜여졌다. 나는 순례를 하며 보게 될 것들을 알고 싶어 미칠 지경이었다. 성지 순례는 물론이고 건축, 음악, 스페인 사람들의 생활까지 전부 다 알고 싶었다! 낸시는 고심해서 일정 외에 문화체험도 넣었다. 낸시를 우리의 개인 선생님으로 모시게 될 보너스도 주어졌다. "가끔 팀에서 벗어나 제가 일전에 기사를 통해서 알게 된 요리사나 생산자, 포도주 제조업자들을 만나도 되나요?"라고 나는 물었다. 그녀는 물론 된다고 했다. 낸시는 나의 여행 동기를 정확하게 파악하고 있었다. 낸시와 호세도 요리하는 것을 너무 좋아하는 데다가 같이 여행하는 일행에게 항상 향토음식을 파는 레스토랑을 추천해준다고 한다.

나는 성지 순례를 위와 같은 방식으로 하고 싶었지만 성지 순례를 마쳤다는 인증서인 콤포스텔라도 여전히 받고 싶었다. 그렇게 하려면 산티아고 데 콤포스텔라로 가는 나머지 100킬로미터를 반드시 걸어야만 한다. 그래서 낸시는, 우리 일행이 낸시와 헤어지고 나면 우리끼리 4일간 더걷는 여행 계획을 짜도록 도와주겠다고 했다. 그러고 난 다음에, 나는 짧게 자동차 여행도 하고 싶었다. 갈리시아의 오래된 포도농장을 보고, 가리비 껍데기를 주웠을 해변도 거닐고, 중세 사람들이 지구의 끝이라고 여겼던 유럽의 최서단인 피니스테레에도 서보고 싶었기 때문이다. 나는 낸시에게 일행이 5명 정도 될 것이라고 말했다. "연초에는 오지 마세요. 5월이 가장 좋을 겁니다"라고 낸시는 말했다.

우리는 낸시의 부엌에 앉아 뒤편으로 저물어가는 석양이 바다 위로 긴 황금빛 그림자를 드리우는 풍경을 바라보았다. 어느덧 나는 나와 오빠 크리스가 자랐고 그 전에는 아버지와 3명의 삼촌들이 자란 검파크에 대해서 얘기하고 있었다. 부모님이 은퇴를 하시고 검파크는 다른 농장주들에게 팔렸는데, 그들이 은퇴를 할 때 남편과 내가 검파크를 다시 사들였다. 그 당시, 남편과 나는 런던에서 바쁘게 일하고 있었기 때문에 다른 데에 신경 쓸 겨를이 없었다. 하지만 검파크에 대한 우리의 꿈과 희망만은 예외였다. 농사를 짓던 내 사촌들은 우리를 도와 포도나무와 올리브 나무를 심어주었고 우리가 멀리 런던에 있으면서 오래된 농가를 수리하는 것을 걱정하며 지켜보았다.

지금 올리브 나무는 우리의 키만큼 자랐고, 내가 이번 여행을 떠나기 바로 전에는 처음으로 기르게 될 사우스다운 품종의 양 몇 마리가 도착해 나무 아래에서 풀을 뜯어먹었다. 어렸을 때, 나는 아버지와 농장에서 시간을 보내는 것을 가장 좋아했다. 기자 생활도 즐거웠지만, 검파크에서 시간을 좀더 보내고 싶은 나머지 몇 달 전부터는 글 쓰는 일을 줄이기 시작했다. 나는 검파크로 다시 돌아가게 되었다. 검파크의 커다란 유칼립투스 나무는 나의 일부였다. 어렸을 때와 똑같은 곳에서 아직도 마룻바닥이 삐걱거리는 우리 집도 그러했다. 나는 나의 할아버지와 할머니가 백 년 전에 지으셨고 농부였던 아버지가 전쟁이 끝난 뒤 도시에서 엄마를 데려와 생활했던 이 집에서 사는 것이 좋았다.

내가 성지 순례를 그토록 하고 싶어한 마음이 가족의 전통을 이어나가야 할 책임감에서 비롯된 것인지 궁금하다는 나의 말을 낸시는 듣고 있었다. 물론, 순례자는 순례길을 통해서만 천 년 전 사회의 새로운 일원이 될 수 있다.

푸드 러버의 음식 순례 지도

산토 도밍고 데 라 칼사다
추러스와 따뜻한 초콜릿 소스, "금가루를 뿌린 콩폭탄"
프란시스 파니에고의 '비밀 글레이즈를 바른 양고기'
에차우렌 엘 포르탈에 있는 올리브유 카트
메추리알 프라이를 얹은 마늘을 넣은 빵가루

사모스
고대 로마 이전 시대의 부엌
카를로스 바의 입에 불이 붙을 정도로 독한 "화주"

로그로뇨
리오하의 키가 작은 포도나무 덤불
마리사 산체스의 크로켓과 양고기와 감자로 만든 스튜
마르케스 데 리스칼 포도주
사람들과 경쟁하면서 타파스 먹기

페레이로스
쇠고기와 대구가 들어간 엠파나다 파이의 천국
드디어 만난 그 유명한 산티아고 타르트
우유를 짜고 돌아오는 젖소를 모는 염소
라모나의 농장에서 만든 수제 치즈와 버터와 꿀

카리온 데 로스 콘데스
스페인 곡창지대에 끝없이 펼쳐진 밀밭
무너져버리는 거대한 비둘기장
가족이 먹을 사랑을 저장하는 지하 동굴(보데가)

팜플로나
살짝 데친 흰 아스파라거스
엑스트라 버진 올리브유에 구운 흰 아스파라거스
봄철 채소들의 향연

몰리나세카
석회암 동물에서 숙성시킨 치즈 케소 데 카브랄레스
미첼나가 먹은 돼지고기와 병아리콩 수프, 400년 된 밤나무 과수원
리카르도 페레스의 100년 된 멘사와 포도나무의 포도로 만든
맛이 깊은 라스 라마스 적포도주

부르고스
카사 세사르의 새끼 양고기
튀긴 커스타드(레체 프리타)
레몬솔 리몬첼로―아주 많아!

푸엔테 라 레이나
호세와 함께 한 첫 피크닉
몸을 따뜻하게 데워주는 바스크의 야생자두로
리큐어 파차란

산티아고 데 콤포스텔라
산티아고로 향하는 마지막 발걸음
몬테 도 고소에 대해서 느낀 실망
순례완료증, 콤포스텔라 받기

레온
판테온 레알의 중세 농부의
일 년 생활을 묘사한 그림

악스페
빅토르의 에트셰바리에서 먹은 그릴에 구운 쇠고기, 새우, 카
앙헬의 채소밭에서 기른 양상추
수제 버터, 장작불 오븐에서 구운 따뜻한 빵, 거북손

갈리시아 음식 순례
지구의 끝에 사는 맛조개를 잡으러
바다 속으로 뛰어들기
키가 큰 알바리뇨 포도나무 아래를 거닐기
전통방식의 통나무 발통

아르카 도 피노
쫄깃하고 바삭한 갈리시아 빵
허리까지 오는 싱그러운 목초지에서 풀을 뜯는 젖소
케소 데 테티야 치즈

보엔테 데 바익소
가족용 오레오―성당을 축소한 듯한 옥수수 창고
하루의 도보를 마치고 먹는
엘레나 바스케스의 어머니가 만든
케이크와 로스트 치킨

에이렉세
칼도 가예고―순례자의 수프
육즙이 풍부한 하몽 이베리코, 문어 요리
헛간 기둥에 걸린 햄과 마늘 소시지, 초리조
가녜스 펠트로를 위한 요리 강습

산티아고
데 콤포스텔라
피니스테레

라 코루냐
리바데오
아르카 도 피노
보엔테 데 바익소
에이렉세
페레이로스
사모스
오렌세
폰페라다
아스토르가
베린
브라간사
포르투
코임브라
사모라
살라망카
히혼
오비에도
카미노 델 노르테
산탄데르
몰리나세카
레온
카미노 프란세스
사아군
카리온 데 로스 콘데스
부르고스
산토 도밍고
데 라 칼사다
산 밀
빌바
악스페
비야돌리드

포 르 투 갈

비아 데 라 플라타

스 페 인

마드리드

캉

파리

메스

살롱샹상파뉴

렌

오를레앙

오세르

비아 르 퓌달베랑시

비아 튁로낭시

블루아

베즐레

디종

브장송

낭트

투르

느베르

베른

스위스

샤텔로

푸아티에

뇌비생세퓔슈르

멜

라 수테렌

올네

프랑스

제네바

생장당젤리

생트

리모주

클레르몽페랑

리옹

퐁

블레

페리괴

르퓌앙벌레이

보르도

벨랭벨리에

피자크

비아 포디앙시

이탈리아

바자

카오르

콩크

생셸리도브라크

몽드마르상

라르생글레

라 로미외

무아사크

딕스

에르쉬르라두르

라바스탱

비아 톨로쟈나

생질

오르테

오슈

지몽

아를

바욘

툴루즈

카스트르

몽펠리에

마르세유

생장피에드포르

올로롱생트마리

론세스바에스

루르드

카르카손

플로나

하카

산 후안
데 레 페냐

안도라

사라고사

바르셀로나

콩크
세갈라 송아지 고기
사과 시즌을 알리는 첫 수확
그라벤슈타인 사과로 만든 크로스타타
밤 줍기

아를
순하고 맛이 깊은 엑스트라 버진 올리브유
비트 카르파초, 신선한 염소 치즈
그물버섯, 카마르그 붉은 쌀, 쇠고기
초콜릿칩 비스킷

라바스탱
올랜드의 채친 감자로 만든 케이크
본 부인의 초콜릿 호두 파이

생장피에드포르
바욘 햄, 아두르산 연어
붉은 피망(피망 데스펠레트)
소금에 절인 대구(바칼라오)

올로롱생트마리
달콤한 황금빛 유기농 쥐랑송 포도주
부드러운 블롱드 다퀴텐 쇠고기
최후의 베아르네 소(부디 유일하게 남은 것이 아니기를)

산티아고 데 콤포스텔라 순례길

산티아고 데 콤포스텔라 순례길, 카미노(camino)는 성 야고보에 대한 숭배를 기초로 하고 있다. 그래서 유럽 전역의 중세 기독교인들은 영원한 구원을 찾아서 스페인 북서부에 있는 사도의 성지로 간 것이다. 산티아고 데 콤포스텔라 순례길은 11세기부터 13세기까지의 성지 순례 전성기에 굉장히 인기가 많아서 예루살렘 순례길이나 로마 순례길과 견줄 정도였다. 어떤 이들은 산티아고 순례길이 월등했다고 말하기도 한다. 연간 순례자가 50만 명이라는 추정치는 다소 높은 듯하나, 만약에 순례자의 수가 50만 명의 딱 절반이었더라도 중세 유럽인들 대부분이 순례를 다녀온 사람을 알았을 것이라고 추측해볼 수 있다.

예수님의 사도, 대성인 야고보가 어떻게 스페인에 묻히게 되었는지는 우리가 믿기는커녕 상상하기도 힘들 정도로 경이로운 이야기이다. 기원후 44년에 야고보가 헤롯 왕의 명으로 예루살렘에서 참수형을 당한 사실에 이의를 제기하는 사람은 아무도 없을 것이다. 역사적으로 불안정한 상태가 이어지면 전설이 생기기 마련이다. 신앙인들은 야고보가 그 전에는 스페인에서 전도를 했고 그의 제자들이 키가 없는 배를 타고(어쩌면 돌로 만든 배일 수도 있다), 야고보의 잘린 머리와 함께 그의 유해를 스페인 북부지방으로 가져왔다고 믿었다. 신의 섭리로 이 귀중한 유해가 갈리시아의 파르돈에까지 오게 되었는데, 파르돈은 그 당시에 성 야고보의 유해가 묻혀 있던 곳에서 얼마 떨어지지 않은 곳이다. 그곳에서 야고보의 유해는 천사들이 그곳의 은둔자에게 유해의 존재를 알리고 주교가 천상의 빛에 이끌려 성인의 무덤을 찾아낼 때까지 800년 동안 묻혀 있었다. 일각에서는 콤포스텔라라는 이름이 라틴어 캄푸스 스텔라에(campus stellae, 별들의 평원)에서 기원했다고 주장하고, 다른 한쪽에서는 콤포스툼(compostum, 공동묘지)에서 비롯되었다고 주장한다. 훗날 콤포스텔라 대성당이 세워진 곳에 고대의 묘지가 존재했던 사실이 20세기의 유해 발굴작업을 통해서 확인되었다.

주교가 사도의 무덤을 발견한 것은 행운과 시간의 절묘한 조합이었다. 중세 기독교인들은 성인과 순교자의 성지를 참배하고 심지어는 유해를 만짐으로써 신에게 더 가까이 다가갈 수 있다고 믿었기 때문에 그들의 유해를 숭배했다. 이러한 유해 숭배의식에는 예수, 성모 마리아, 사도, 성인 순의 서열이 있었다. 그리고 너무도 갑작스러운 사도의 유해 발굴은 뜻밖의 행운이었다. 사도의 유해를 발굴했다는 소식이 빠르게 퍼져나가자 순식간에 왕족과 주교들이 찾아왔고 마을 하나가 생기더니 9세기 말이 되기 전에는 바실리카(성당)도 세워졌다. 그래서 **하느님을 찾아나선 사람들**이 대거 이곳에 몰려들기 시작했는데, 이 또한 행운이었다. 이로 인해서 인적이 드문 스페인의 북부지방에 부(富), 사람, 권력이 유입되었다. 이때는 스페인의 남부지방이 무어인의 침략 위협을 받고 있던 시기이기도 했다. 10세기 말, 산티아고 데 콤포스텔라는 두려움에 떨고 있던 군 지도자 알 만수르에 의해서 파괴되기도 했다. 그러나 알 만수르의 죽음은 300년간 이어진 무어인의 스페인 본토 통치의 종말을 알리는 것이었다. 1027년 무렵, 성당은 오늘날까지도 그 일부가 남아 있는 로마네스크 양식의 산티아고 대성당에서 업무를 시작할 정도로 안정되었다.

중세에 성지 순례는 영혼이 구원을 받을 수 있는 주된 방법으로 여겨졌을 뿐만 아니라 성당은 성지를 방문한 사람들에게 면죄부(천국을 보장해주는 최고의 특권이었다)를 나눠주면서 성지 순례를 적극 장려하기도 했다. 순례자는 특정 성지를 방문하겠다는 약속을 했는데, 일단 약속을 하고 나면 그 약속은 주교에 의해서만 무효가 될 수 있었다. 그(순례자는 대부분 남자였다)가 농노 출신이거나 기혼자이거나 미성년자일 경우, 영주, 배우자, 부모님의 허락을 받아야만 했다. 떠나기 전에는 성지 순례를 위한 특별 미사를 진행했는데, 미사를 드리고 나면 그의 배낭과 지팡이는 은총을 받았다. 그 다음에는 순례를 이미 마친 신부와 신도들이 순례길이 시작되는 곳까지 그를 배웅해주었다. 떠나기 전 마지막으로 순례자는 습격을 막아주고 특정 세금과 통행료를 면제해주며 남겨두고 간 재산을 보호해주는 사법적 특혜를 부여받았다.

"위기가 곧 기회이다"라는 말은 진리이다. "사람들은 지옥에 가는 것을 몹시 두려워했어요. 그래서 영생을 얻으려는 열의가 성지 순례의 주된 이유였지요"라고 순례길 역사학자 베르트랑 생 마카리가 생장피에드포르에서 내게 말했다. 순례자들은 구원을 받기 위해서 혹은 먼 곳에서 성인의 기도로 이미 구원을 받은 데에 대한 감사의 표시로 성지 순례를 했을지도 모른다. 다른 사람들을 대신해서 성지 순례를 하는 **대리 순례자**와 죽음을 앞둔 사람이 천국으로 가기 위해서 상속인에게 성지 순례를 유언하거나 그 비용을 남기는 **사후 순례**는 성당의 공식 인정을 받았다. 나중에는 **전문 순례자**도 생겼는데, 그들은 간접적으로 순례를 체험하는 부유한 사람들로부터 돈을 받았다. 그리고 성지 순례는 성당 율법이나 민법을 위반한 사람에게 처벌의 한 형태로 부과되기도 했다.

그 당시에 이미 호기심에 새로운 장소를 둘러보거나 다양한 문화를 체험하려는 순례자들과 단순히 모험을 즐기기 위해서 순례를 하는 사람들이 있었다("꼭 지금같이 말이에요!"라고 생 마카리는 말했다). 이러한 현상은 중세가 끝나갈수록 두드러졌다. 이 시기에, 성지 순례의 결과로 스페인 북부지방에 흘러들어온 돈과 영향력은 그 지역을 완전히 바꾸어놓아 대성당, 부유한 순례 마을, 수도원, 수녀원들이 새로 생겼다. 순례길은 하느님을 찾아나선 사람들을 위한 영혼의 길이었지만 지식과 교육, 식물과 포도나무, 건축과 예술을 전달하는 통로이기도 했다.

중세의 어느 시점에는 천 명의 순례자들이 팜플로나 인근의 에스테야에 도착하기도 했던 것으로 추정된다. 물론 그들은 양방향으로 순례여행을 하는 도중에 서로 겹쳤을 것이다. 하느님의 집인 병원이 순례자들에게 편의를 제공하기 위해서 스페인 북부지방의 순례길을 따라 들어섰다. 수도회, 순례자들을 보호하기 위해서 조직된 군대, 혹은 돈 많은 후원자가 병원을 운영했다. 부르고스 시에만 해도 31개의 병원이 있었다. 질병의 확산을 막는 동시에 순례자들이 언제라도 쉼터를 찾을 수 있도록 병원을 성곽 밖에 짓는 경우가 많았다. 다른 병원들보다 호화로운 병원도 있었는데, 아우구스티누스회가 운영하는 병원에 도착하면 순례자들은 식사, 침대보, 잠자리를 제공받기 전에 발을 씻었다. 하지만 순례길에는 늑대와 강도에서부터 오염된 강과 하천, 신자나 순진한 사람들을 유혹하려는 사기꾼과 매춘부에 이르기까지 온갖 위험이 도사리고 있는 곳도 많았다. 외딴 지역에 있는 병원들은 해질녘에 종을 울려 순례자들을 안전한 쉼터로 인도했다. 그럼에도 불구하고 수많은 사람들이 집으로 돌아오지 못했다.

중세 순례자들 중 약 80퍼센트가 프랑스인인 것으로 추정된다. 그래서 피레네 산맥의 프랑스와 스페인 접경지대를 지나서 바로 시작되는 산티아고로 가는 주요 순례길을 프랑스 길, 즉 카미노 프랑세스(Camino Francés)라고 한다. 프랑스 이민자들을 새로 생긴 순례길 마을과 도시에서(가장 작은 곳은 건물 한 채가 들어갈 정도) 살도록 장려했다. 그리고 그들은 순례자들에게 식량과 물품을 제공하며 수익을 올릴 수 있는 특혜를 받았다. 프랑스 수도회들(특히 클뤼니의 베네딕토회)은 거대한 수도원을 지어 순례자들에게 쉼터를 제공했다. 프랑스인과 현지 스페인 통치자의 정략결혼은 프랑스의 영향력을 강화하는 데에 일조했다. 왕족과 교회의 동맹으로 순례길에 있는 화려한 성당들은 후원을 받았고 프랑스 장인들의 디자인과 조각품에 많은 영향을 미쳤다. 게다가 성당 건축업자들은 무어인들의 우수한 건축기술을 이용하기 위해서 그들이 다른 종교를 믿는다는 사실을 잠깐 옆으로 밀어두었다.

도보 순례는 가장 순수한 성지 순례로 간주되었다. 그러나 어떤 사람들은 말을 탔고, 플랑드르, 영국, 독일의 순례자들은 여행 중에 주로 배를 이용했다. 대다수의 순례자들은 프랑스를 거치는 4대 순례길 중 하나를 택했다. 4대 순례길은 르퓌(비아 포디앙시[Via Podiensis]), 파리(비아 튀로낭시[Via Turonensis]), 베즐레(비아 르모비상시[Via Lemovicensis]), 아를(비아 톨로사나[Via Tolosana])에서 시작된다. 이 순례길들은 성지를 지나 피레네 산맥을 통과하는 2개의 산길 중 하나와 연결된 뒤에 카미노 프랑세스와 만난다. 스페인 북부지방에서처럼 프랑스에서도 종교와 관련된 건축물이 폭발적으로 늘어나, 웅장한 성당, 순례자용 숙소, 순례자들이 위험한 강을 쉽게 건널 수 있도록 해주는 다리가 만들어졌다.

한때 산티아고에서는 속죄의 상징으로 넝마 십자가(Cruz dos Farrapos)에서 순례자의 더러운 옷을 불태웠고 그는 대성당에 어울리는 깨끗한 옷을 받았다. 순례자는 산티아고 대성당에서 기도를 하고 고해성사를 하며 미사에 참석하고 헌금을 낸 다음, 제단 뒤의 계단으로 올라가 성 야고보의 조각상을 끌어안는다. 그러고 나면, 성당 앞에서 판매 허가를 받은 상인들인 콘체이로스(concheiros)에게서 순례길의 상징인 가리비 껍데기를 살 수 있는 자격을 가지게 되었다.

순례자는 가리비 껍데기를 성 야고보의 조각상처럼 자신의 모자챙에 달거나 배낭에 달았을지도 모른다. 집으로 무사히 돌아온 순례자가 세상을 떠나면, 그 옆에 지팡이를 두고 순례할 때 입었던 옷을 입혀 땅에 묻는 경우가 많았다. 지금까지도 가리비 껍데기는 유럽 대륙 끝에 있는 고대 무덤들을 발굴하는 도중 나타나고 있다. 무덤 속에서 발견된 가리비 껍데기는, 집과 사랑하는 가족을 떠나서 갈리시아의 성 야고보의 무덤으로 가는 기나긴 순례여행이 구원의 길이라고 굳게 믿던 시대에 살았던 이들이 기꺼이 감내한 희생과 고통을 여실히 보여주고 있다.

그러나 15, 16세기에 가톨릭 교리의 혁명이 일어나고 성지 순례가 가져다준 부와 신성함에 의문이 제기되었다. 마르틴 루터의 산티아고 성지에 대한 발언("성 야고보의 무덤 안에 있는 것이 개의 시체인지, 말의 시체인지 아무도 모른다")은 순례에 대한 믿음이 회의적으로 변했음을 보여주는 것이었다. 루터의 개혁운동도 1478년 스페인의 가톨릭 왕국이 실시한 잔인무도한 종교재판을 피해가지 못했다. 해외 순례자들은 이단이라는 이유로 종교재판의 박해를 받았다. 또한 종교재판으로 영국과의 관계가 악화되어 결국 전쟁이 일어났고 스페인 무적함대가 참패했다. 1589년에 영국의 프랜시스 드레이크 경은 산티아고의 북쪽에 위치한 라 코루냐에 상륙해 성 야고보의 도시 산티아고를 위험한 미신의 온상지라고 부르며 위협했다(사람들은 성당에 있던 성 야고보의 유해를 숨겼고, 드레이크 경의 위협은 성공을 거두지 못했지만 유해는 그후 300년간 분실되었다).

17세기 프랑스에서는 성지 순례가 계몽주의 시대의 새로운 세속 철학에 의해서 엉터리로 간주되었다. 그래서 1738년부터 순례자는 왕의 허락을 받아야 했다. 허락을 받지 않고 성지 순례를 하다가 발각될 경우 갤리 선에서 평생 노를 저어야만 했다. 1867년에는 40명의 순례자들만이 산티아고 대성당에서 거행되는 7월 25일 성 야고보의 축일행사에 참석했다.

그후 백 년이 흐른 1967년, 몬세뇨르 세브리안이 산티아고 대성당의 젊은 신부로 부임했다. 내가 신부님과 만났을 때 그는 연간 순례자의 수가 70–80명밖에 되지 않았던 1970년대를 떠올렸다. 현재, 그는 성당의 순례자

아를의 생 트로핌 성당
에 있는 성유물함

사무실을 맡고 있다. 이곳에서 매년 10만 명, 때로는 15만 명의 순례자들이
성지 순례를 마쳤음을 증명하는 콤포스텔라를 받으려고 참을성 있게 줄
을 서서 기다린다.

　하늘의 메시지를 가지고 온 천사들도 없었다. 20세기 말 순례길의 부활
을 알리는 천상의 특별한 빛도 내려오지 않았다. 그러나 지금 이 시대에, 전
세계 사람들과 모든 신앙인들이 (간혹 종교가 없는 사람들도) 중세 순례
자들의 발자취를 따라가볼 필요성을 점점 더 느끼고 있다는 사실은 기적이
나 다름없는 일이다. 나는 세브라안 신부님과 사무실에서 이야기를 나누면
서 루터가 성지 순례의 부활에 대해서 어떻게 생각할지 궁금하다고 말했다.
신부님은 씩 웃으며 이렇게 말했다. "루터가 살아 있었다면 화가 치밀어 아
마 미쳐버렸을걸요."

프랑스 순례길

생장피에드포르

바욘 햄, 아두르산 연어,
붉은 피망(피망 데스펠레트), 소금에 절인 대구(바칼라오)

욕심 많은 순례자들이 산티아고로의 순례를 시작하기에 생장피에드포르보다 더 좋은 곳은 없을 것이다. 생장피에드포르는 붉은 기와로 지은 바스크식 지붕과 창가에 놓인 화분의 빨간 제라늄만으로도 굉장히 예쁜 곳이지만, 이곳의 가장 큰 자산은 바로 성 요한이 이 길을 걸었다는 것이다. 중세부터 생장피에드포르는 서쪽으로 800킬로미터 떨어진 성 야고보(프랑스어로 생 자크[Saint Jacques])의 성지 산티아고 데 콤포스텔라로 향하는 대부분의 순례자들이 피레네 산맥을 넘어 스페인으로 가기 위한 출발지가 되어왔다. 지금도 여전히, 10명 중 7명의 순례자들(프랑스어로는 pelerins)이 전 세계 각지에서 이곳으로 와서 성지 순례를 시작한다.

그러나 내게 중요한 것은 생장피에드포르가 프랑스 국경 쪽에서는 르 페 바스크(le Pays Basque), 바스크어로 에우스카디(Euskadi)라고 하는 바스크 지방에 위치해 있다는 점이다. 바스크 지방은 피레네 산맥 서부의 프랑스와 스페인에 걸쳐 있는 자긍심이 강한 고대 문명사회로 음식에 대한 전통을 그 무엇보다도 가치 있게 여긴다. "먹는 방법을 안다면 그것으로 충분하다"라는 바스크의 속담이 있다. 대서양에서 불어오는 바람은 허브와 들꽃이 가득한 고산지대의 초원에 1년 내내 비를 뿌리고, 양들이 풀을 뜯고 돼지가 자유로이 돌아다닌다. 남쪽에서 불어오는 이 바람으로 유명한 바욘 햄(Bayonne ham)을 건조시키는데, 인근 아두르 강 유역의 소금을 가지고 바욘 햄을 만들어 14개월 동안 매달아둔다. 강이 많고 바다가 가까워서 현지 바스크인들이 잡는 생선은 그들이 따러 다니는 밤과 자연산 버섯, 과수원의 체리와 사과, 채소밭에서 나는 유명한 붉은 피망(피망 데스펠레트)만큼이나 싱싱하고 풍부하다.

바스크인들이 아주 오래 전부터 이곳에서 살아왔다는 사실 외에는 그들의 기원에 대해서 정확히 아는 사람이 아무도 없다. 또 "하느님이 하느님이기 전에, 바위는 바위였고 바스크인들은 바크스인이었다"라는 속담도 있다. 산골짜기의 농가와 대서양 연안의 고래잡이 마을로 인해서 바스크인들은 수천 년간 역사적으로 중요한 자리를 차지해왔다. 바스크는 바위가 많은 국경지역으로, 고대 로마 이전부터 나폴레옹 이후까지 정복자들이나 정복을 하려는 이들 모두가 바스크인의 산길 정보에 의존했고 바스크인의 특별한 항해기술을 사용했으며 바스크인의 공격을 받았다. 특히 중세에는 바스크인이 순례자들을 약탈하고 위협한 것으로 알려져 있다. 20세기 중반 프랑코 장군의 독재시절 스페인 국경지역에서 살던 바스크인들은 잔인무도한 억압의 희생양이 되었다.

역사의 흥망성쇠 속에서도 바스크인의 세계관에 여전히 자리잡고 있는 것이 하나 있는데, 그것은 바로 음식에 대한 사랑이다. 상인, 군인, 수도사, 망명자들이 피레네 산맥을 넘으면서 올리브유, 밀가루, 쌀, 감귤류, 초콜릿, 포도나무, 토마토, 후추, 감자를 가져왔기 때문에 바스크의 요리는 여러 지역의 재료들을 섞은 퓨전 요리로 발전했다. 용감무쌍한 고래잡이들은 북대서양으로 더 멀리 나가 고래를 잡았고, 14세기에 우연히 잡힌 대구에 소금을 뿌려서 집으로 가져왔다. 스페인어로 바칼라오(bacalao)인 소금에 절인 대구는 바스크 요리의 기본 재료가 되었다. 생장드뤼즈의 참치어선 요리사들은 그들의 대표적인 음식인 마르미타코(marmitako)를 만들었는데, 이것은 참치, 감자, 양파, 마늘, 후추를 넣고 끓인 스튜이다. 목

동은 여름에도 고산지대의 초원에서 양을 치고, 장작불로 어린 양고기를 요리하며, 양젖으로 질 좋고 고소한 견과류 맛이 나는 치즈를 만든다. 돼지를 잡아 햄을 소금에 절이고 소시지를 만들어 겨우내 저장한다. 남자들도 여자들만큼 요리를 많이 하는데, 19세기 말 스페인의 산세바스티안에서 시작된 유명한 남성 미식가 단체인 소코스(txokos)는 바스크 지방 전역에서 번창하고 있다.

내가 생장피에드포르에서 먹고 싶었던 것은 바로 바스크의 진짜 계절 음식이었다. 나는 비아리츠 공항에서 차를 타고 시내로 들어오던 도중 햄을 널어 말리고 있는 커다란 나무 헛간을 발견했다. 산속에서 여름을 나고 푸른 초원으로 돌아온 털이 긴 마네크 양들과 저 멀리 가을의 오후 햇살에 금빛으로 물든 포도밭도 보였다. 마을 중심가에 도착하니 내가 묵을 호텔 밖에서 가지치기를 한 플라타너스 나무의 나머지 푸른 가지를 전기톱으로 잘라내는 소리가 들렸다. 피르맹 아랑비드 가족이 운영하는 호텔 레 피레네의 레스토랑은 오래 전부터 미슐랭 가이드에 올라 있는 맛집으로 지금은 아들 필리프가 주방장을 맡고 있다. 나를 유혹한 것은, 저녁 메뉴로 올라온 아랑비드 가(家)의 방식으로 살짝 바꾼 전통 음식보다는 마을에 월요일마다 서는 시장이나 현지의 어부와 농부로부터 공수해 온 훌륭한 농수산물이었다. 얇게 썬 달콤한 바욘 햄과 아두르 강에서 잡은 자연산 연어를 간단히 그릴에 구워 베어네이즈 소스를 뿌린 요리 한 접시보다 나의 도착을 더 잘 기념할 만한 것은 없다는 생각이 들었다. 토종돼지로 만든 햄과 인근 강에서 잡은 자연산 연어는 모두 보물처럼 소중한 최고의 음식이다.

바스크 사람들은 당연히 자신들의 음식을 소중하게 여기는데, 그들이 식량을 생산하기 위해서 열심히 일하는 것이 그 때문이기도 하다. 생장피에드포르에서 도보 순례를 시작하는 첫날에 순례자들은 목초지에 가게

되면, 양떼와 온순하고 벌꿀처럼 노란 색깔을 띤 소들이 먼저라는 교육을 받는다. 그리고 비둘기 사냥 시기에는 각별히 조심해야 한다는 주의도 받는다.

　호텔 측에서 현관문 열쇠를 주었기 때문에 나는 다음날 아침에 호텔을 살짝 빠져나올 수 있었다. 그날 가장 먼저 출발하는 순례자들이 마을을 떠나 도보로 약 6시간 걸리는 27킬로미터 떨어진 론세스바예스라는 작은 마을을 향해 등반을 시작하는 모습을 지켜보기에는 아직 어두운 시간이었다. 이 구간은 생장피에드포르에서 산티아고 데 콤포스텔라로 가는 순례길 가운데 굉장히 가파른 2개의 구간 중 하나이며 순례를 시작하기에는 험준한 길이다. 여름은 성지 순례로 가장 붐비는 시기이기 때문에, 론세스바예스에 도착해서 숙소를 구하지 못해 택시를 타고 다시 생장피에드포르로 돌아가야 하는 일이 발생할 수도 있다. 내가 마을의 오랜 담장 역할을 해온 스페인의 문(Porte d'Espagne) 옆에 서 있을 때 도보용 지팡이로 자갈바닥을 두드리는 소리가 나더니 떠날 채비를 한 순례자들이 새벽의 어둠 속에서 모습을 드러냈다. 어떤 사람들은 가족이나 친구들과 동행했고, 또 어떤 사람들은 혼자 가거나 호스텔에서 그 전날 만난 사람과 함께 출발했다. 내가 본 사람들은 30명 정도 되었는데, 여름에는 아마 100명 이상 될 것이다. 하늘이 드문드문 붉은빛으로 물들고 저 멀리서 소방울이 딸랑거리는 소리가 났다. 얼마 지나지 않아 순례자들은 바스크인의 애용품인 수프 접시만 한 크기의 평평한 검은색 베레모를 쓴 농부들과 함께 길을 걸을 것이다. 안개가 걷히고 나면 보일 프랑스 피레네 산맥에 펼쳐진 아름다운 전경을 만끽하면서 말이다. 피레네 산맥의 홍백색 농가들은 낮은 산기슭 골짜기에 자리하고 있으며, 외딴 양치기 오두막은 고지대에 뿔뿔이 흩어져 있다.

나도 그들과 함께 산에 올랐으면 하는 마음이 간절했다. 그러나 앞으로 9개월 뒤인 내년 5월에 나는 낸시와 친구들과 함께 산티아고 데 콤포스텔라로 가는 카미노 프랑세스의 첫걸음을 론세스바예스에서 시작할 것이라는 생각을 하며 마음을 다독였다. 나는 아침을 먹고 난 뒤 사무실로 이어진 길을 따라 순례자들이 나왔던 방향 쪽으로 걸어갔다. 자전거 3대가 사무실 입구 밖에 세워져 있었다. 사무실 안에는 자전거를 타고 온, 선명한 색깔의 옷을 입은 40대의 남성들이 있었다. 그들은 일렬로 길게 붙여놓은 탁자에서 나이 든 한 여성 자원봉사자로부터 순례자 여권, 크레덴시알(Credencial)에 도장을 받고 있었다. 2명의 젊은 여성들은 팸플릿을 훑어보고 있었고, 머리가 센 한 남성은 다른 자원봉사자와 조용하게 진지한 대화를 나누고 있었다. 인근 빵집에서 빵 굽는 냄새가 사무실 안으로 들어왔다.

사무실 위층에서 베르트랑 생 마카리는 성지 순례의 지속적인 부활에 대해서 간단하게 설명했다. 그는 산티아고 데 콤포스텔라 순례자협회의 지부장으로 키가 크고 점잖은 사람이다. 그는 은퇴를 한 뒤 순례에 전념하고 있다. "요즘 사람들은 지나치게 현대적이에요. 우리의 주된 적은 시간인데, 순례를 하면서 사람들은 거기서 벗어날 수 있지요"라고 그는 말했다. 아주 매력적인 말처럼 들렸다. 휴대전화도, 이메일도 없는 여행이라. "인간에게 걷기란 아주 자연스러운 일이에요. 산티아고 순례는 자신의 진정한 본성을 찾는 것입니다"라고 생 마카리는 말했다. 나는 그날 아침에 떠난 순례자들 중에 나이 든 남자들을 몇 명 보았다고 말했다. "어떤 남자들은 은퇴를 하고 나면 기가 빠지기도 하는데요. 자의식을 되찾아야만 합니다." "하지만 순례길이 한낱 유행은 아닐까요?"라고 나는 조심스럽게 물었다. "매년 사람들은 순례자의 수가 감소할 것이라고 생각하지만 실제로는 그렇지 않습니다. 순례자의 수가 계속 증가한다면 그건 유행 그 이상이라는 의미일 거예요. 성지 순례는 사람들에게 꼭 필요합니다"라고 그는 대답했다.

나는 바스크에서 자랐고 현재는 오스트레일리아에 거주하고 있는 패트릭 아리에올라에게서 피에르 오테자가 바스크 토종돼지의 멸종을 막았다는 말을 처음 듣는 순간부터 줄곧 그 얘기에 빠져 있었다. 패트릭은 매년 소규모의 여행객들을 안내하면서 그들이 바스크의 전통음식을 맛볼 수 있게 한다. 나는 패트릭이 프랑스 잡지에서 조심스럽게 찢어서 내게 건네준 오테자에 관한 기사를 지도와 함께 조수석에 놔둔 채, 생장피에드포르를 빠져나와 부슬비 속을 차를 몰아 알뒤드 계곡을 지나갔다. 이 좁다란 길은 니브 데 알뒤드 강 옆을 따라 꼬불꼬불하게 이어졌다. 이 기사에는 오테자의 사진도 실렸는데, 물론 그도 검은색 베레모를 쓰고 있었다. 오테자는 카메라가 아닌 길고 펄럭거리는 귀와 짧은 다리를 가진 돼지들을

바라보고 있었다. 돼지의 얼룩무늬 살갗은 마치 색칠공부책에서 튀어나온 듯했다. 머리와 목 주위는 검은색이고 몸통에서 갑자기 분홍색으로 바뀌며 엉덩이 부위는 재미있는 원 모양의 검은 색깔을 띤다. 오테자가 이 돼지들을 구해야만 했던 것은 당연한 일이었다!

오테자가 바스크 토종돼지에 반한 것은 1987년의 일이었다. 그 당시, 그는 파리에서 열린 대규모 연례 농업 전시회에서 이 돼지를 보았다. 바스크 돼지는 풍부한 지방과 암퇘지의 넘치는 모성으로 상을 받은 바 있는 피레네의 토종돼지이다. 1929년에 바스크 전역의 농장에는 13만8,000마리의 돼지가 있었는데, 1981년에는 그 수가 20마리에 불과했다. 기름기가 적은 돼지고기를 찾는 수요로 인해서 수입산 돼지가 들어왔고, 다른 품종의 바스크 돼지는 이미 멸종했다. 도축업자인 피에르 오테자는 파리에서 작은 마을 알뒤드로 돌아오면서 바스크 토종돼지가 똑같이 멸종하도록 두고볼 수는 없다고 굳게 결심했다. 오테자와 몇몇 농부들이 사육 프로그램을 시

작했고 현재 8개의 농장에 약 3,000마리의 바스크 토종돼지가 있다. 알뒤드에서 만든 포르바스크 햄은 오테자가 바스크 돼지를 처음 보았던 그 파리 전시회에서 계속 수상을 하고 있다.

내가 오테자의 가게에 도착했을 때 그는 "시간이 얼마나 있소?"라고 물었다. 나는 폐를 끼치고 싶지 않아서 30분 정도라고 말했다. 그는 미친 것이 아니냐는 눈빛으로 나를 쳐다보았다. 우리는 먼저 가게에서 떨어진 연회장에 있는 바(bar)로 갔다. 오테자는 그곳의 선반에서 사과 브랜디 한 병을 꺼내더니 술을 두 잔 가득 따랐고 우리는 서로 건배를 했다. 우리는 술잔을 내려놓고 코트 단추를 채운 뒤 빗속을 뚫고 마당을 지나 막 태어난 새끼돼지가 있는 양치식물로 덮인 지붕의 옛날식 돼지우리로 향했다. 큰 울타리마다 사과나무와 밤나무가 심어져 있었다. 우리는 태어난 지 하루밖에 되지 않은 새끼돼지를 보기 위해서 까치발을 하고 돼지우리 안으로 들어갔지만 어미돼지가 우리를 노려보는 순간 문으로 후다닥 달려나왔다. 바스크 돼지의 강한 모성 본능은 정말 확실한 것 같았다.

그후, 떡갈나무와 밤나무 아래에서 먹이를 찾고 있는 나이 든 돼지들을 보기 위해서 그의 작은 차를 타고 가다가 내려서 언덕길을 올라갔다. 어느 순간, 그는 내게 조용히 하라는 동작을 취하더니 위쪽을 가리켰다. 독수리 한 마리가 우리 바로 위쪽 바위에 앉아 있었다. 오테자와 나는 같은 언어를 쓰지는 않았지만 서로 많이 웃었다. 돼지와 시골에 대한 그의 애정에 공감하는 데에 유창한 프랑스어는 필요 없었다. 나는 3시간이 지나서야 계곡을 내려왔다. 바스크 토종돼지들은 아주 안전하게 주인의 보호를 받고 있었다.

올로롱생트마리

달콤한 황금빛 유기농 쥐랑송 포도주, 부드러운 블롱드 다퀴텐 쇠고기,
최후의 베아르네 소(부디 유일하게 남은 것이 아니기를)

툴루즈 길 또는 비아 톨로사나로 불리는 아를에서 시작되는 순례길은 프랑스를 관통하는 4대 길 중에서 유일하게 생장피에드포르에서 끝나지 않는다. 프랑스 4대 길 중에서 가장 남쪽에 위치한 툴루즈 길은 프로방스의 아를에서 시작하여 서쪽으로 툴루즈와 오슈까지 이어지다가 남서쪽으로 방향을 틀어 올로롱생트마리를 지난 뒤에 남쪽으로 직진하여 콜 뒤 송포르라는 길에서 스페인 피레네 산맥과 교차하고 결국에는 팜플로나 남쪽에 위치한 카미노 프랑세스와 만난다. 중세에 이탈리아와 프로방스의 순례자들이 이 길을 이용했다. 툴루즈 길이 프랑스에서 가장 먼저 생겼다고 생각하는 사람들도 있는데, 이 길의 반대방향으로 거슬러올라가면, 스페인과 프랑스 순례자들이 로마로 갈 수 있었기 때문일 것이다. 현지의 정치적, 종교적 갈등 때문에 산티아고 성지 순례가 번성하기 시작한 이후에는 이 길을 이용하는 순례자들이 줄었다. 지금도 툴루즈 길은 여전히 프랑스 4대 길 중에서 가장 알려지지 않은 길이다.

　나는 오스트레일리아에서 오는 친구들과 만나기로 한 아를로 가는 중이었다. 도중에 요즘의 순례자들처럼 나도 올로롱생트마리 인근의 추천 받은 게스트하우스에 머물기로 했다. 게스트하우스 라 방자민(La Benjamine)의 주인인 던 러셀과 세드릭 레비에는 영국을 떠나 쥐랑송 포도주 지역의 유기농 포도농장 한가운데에 샹브르 도트(chambre d'hote,

47

전형적인 18세기의 건축양식으로 지어진 라 방자민

손님들이 주인 가족과 함께 식사를 하는 방이라는 뜻이다)를 열었다. 주방장인 세드릭에게는 고국으로 되돌아오는 것이기도 했지만, 동시에 그가 예전에는 알지 못했던 곳으로 돌아오는 것이기도 했다. 그는 친절하게도 나를 위해서 현지 농부들과의 약속을 잡아주었다.

나는 차를 몰고 툴루즈 길을 벗어나 게스트하우스로 가는 길로 들어섰다. 게스트하우스를 지나면 좁고 구불구불한 이 길은 언덕 위의 숲과 포도농장으로까지 이어진다. 그 지역의 돌로 지은 라 방자민은 중앙의 뜰 주변으로 농장 건물들이 들어서 있다. 한때 농부의 가족들이 거주했을지도 모르는 방도 몇 개 있다. 지금은 손님들이 1층 침실 창문을 통해서 포도농장의 전경과 그 너머의 피레네 산맥을 볼 수 있다. 던의 채소밭에서는 높은 돌담 반대편에서 몇 명의 남자들이 손으로 포도를 따며 나누는 이야기 소리를 들을 수 있었다. 채소밭 옆의 포도농장은 던과 세드릭이 이곳을 사들이기로 결심하는 데에 결정적인 역할을 했다. 17세기부터 있었던 이 포도농장은 주택용으로 개발이 불가능한 땅이었고, 유기농으로 관리되고 있기 때문에, 화학물질이 유입될 위험이 없다.

그러나 그날 던은 자신이 재배 중인 채소 때문에 낙심해 있었다. 비정상적인 날씨—극심한 일교차로 다습한 여름—때문에 보르도 포도농장에서부터 이곳 던의 채소밭에까지 유럽 전역에 곰팡이와 병충해가 창궐했다. 한 가지 희소식이라면 구리 테이프를 시험 삼아 붙여본 것이 효과가 있었다는 점이다. 화분들을 놓아둔 선반과 높은 화단의 가장자리에 테이프를 둘러놓았더니 적어도 달팽이가 작물을 망치는 일은 일어나지 않았다.

세드릭이 만들어주는 저녁을 먹는다면 누구라도 기분이 좋아질 것이다. 우리는 바닥에 석회암이 깔린 커다란 부엌의 긴 농가용 식탁에 둘러앉았다. 라 방자민으로 탄생하기 이전, 부엌은 트랙터를 보관하는 헛간이었고, 넓고 확 트인 거실 저쪽의 공간은 외양간이었다. 지금은 던의 디자이너적인 감각으로 개조되고 세드릭의 제빵용 오븐의 열기로 따뜻해진 이곳은 여행담을 늘어놓는 손님들의 이야기 소리로 가득 차곤 한다.

손님들은 툴루즈 길 순례자인 경우가 많은데, 이들은 영양가 있는 음식을 먹고 이곳의 안락한 침대와 후한 서비스에 몸을 맡긴다. 오늘밤에는 50여 명의 사람들이 바스크에 있는 할아버지의 생가인 라 방자민을 보기 위해서 캘리포니아에서 프랑스로 왔다. 그들의 할아버지는 고국을 떠나 캘리포니아나 칠레에서 양치기로 일했던 수천 명의 미혼 남성들 중 한 명이었다. 그들 중 일부는 고국으로 돌아왔지만, 그들의 할아버지는 캘리포니아에 계속 머무르면서도 미국에서 태어난 자식들과 손자, 손녀들에게 물려줄 바스크 전통을 계속 지켜나갔다. 이제 드디어 손자, 손녀들이 할아버지의 생가를 체험하러 온 것이다.

    쥐랑송(jurançon)은 달콤한 포도주로 유명한데 저녁을 먹기 전에 우리는 이웃 포도농장인 도멘 니그리(Domaine Nigri)에서 제조한 부드럽고 단맛이 없는 백포도주를 마셨다. 포도가 익을 정도로 충분한 햇빛이 비치는 곳은 남쪽 사면뿐이지만 이 지역은 가을에도 날씨가 오랫동안 화창하다는 장점이 있다. 바욘 햄을 말리는 데에 유용한 남풍은 따뜻한 공기를 몰고 와 포도가 냉해를 입지 않도록 해주는 역할도 한다. 그래서 포도는 프랑스 어디에서든 그해 가장 마지막에 수확하는 작물로, 늦을 때에는 크리스마스에 수확하기도 한다. 특히 이곳의 포도주는 중세부터 그

가치를 인정받아왔다. 나는 오늘날의 순례자들이 라 방자민의 부엌 식탁에 둘러앉아 중세의 순례자들이 마시던 것과 똑같은 종류의 포도주를 마시고 있는 모습을 상상하지 않을 수 없었다.

세드릭은 부드럽고 풍미가 좋은 쇠고기 요리를 내왔다. "블롱드 다퀴텐이에요"라고 그는 말했다. 이 소는 론세스바예스로 가는 길가에 있던 소와 같은 품종이다. "프랑스에서 이 쇠고기는 최상급이지요. 내일 이 소를 기르는 사람을 만나러 갈 거예요." 블롱드 다퀴텐은 오랫동안 프랑스 농부들의 관심에서 벗어나 있었지만 요즘 들어 다시 사랑을 받고 있다. 이 소의 조상은 6세기 초 이 지역에 살던 황금빛의 소라고 말할 수 있다. 그 당시 이 소들은 운반용으로, 즉 정치적 주도권 싸움이나 돈이 될 만한 장사에 쓰일 무기나 물자를 실은 수레를 끌고 피레네 산맥을 넘었을 것이다. 지금은 이 소만이 가진 힘, 적응력, 온순한 성격으로 프랑스뿐만 아니라 다른 나라에서도 점차 가치를 인정받고 있다.

오스트레일리아에서 나는 농장에서 키울 양을 골랐다. 어린 시절에 길러본 적이 있는 보통 크기의 영국 품종 양—도셋종, 사우스다운종, 서포크종—에 대한 추억과 다루기 쉽고 올리브 나무 아래에서 풀을 뜯어먹는 작은 양을 구해야겠다는 실용적인 측면을 모두 감안하여 결정을 내렸다. 나는 이 양들이 그들의 짧은 다리, 원통처럼 둥그런 배, 낮은 무게중심 때문에 소중한 올리브보다는 풀을 뜯어먹는 데에 더 많은 관심을 가지기를 바랐다. 프랑스로 떠나기 직전, 남편과 내가 키울 사우스다운 품종의 양이 농장에 도착했다. 이 양은 상업용으로 더 큰 양을 목축하기 위해서 오스트레일리아가 찾아나선 대상에서 제외되었던 품종이다. 사우스다운은 당나귀의 귀처럼 뾰족하게 돌출된 귀여운 귀를 가지고 있고 코와 발이 검은색이다. 나는 이 양을 자식처럼 아꼈는데, 아마도 그 크기가 아이의 몸집과 거의 비슷하기 때문이리라. 돌아가신 아버지께서 검파크에 다시 온 사우스다운 양을 보셨다면 아마 나만큼 좋아하셨을 것이다. 세드릭은 내가 알뒤드에서 본 바스크 돼지 얘기를 듣고 싶어했다. 우리는 지방이 적은 고기에 대한 수요 급증과 농업의 산업화로 인해서 소중한 소, 양, 돼지를 많이 잃게 된 과정에 대해 얘기를 나누었다. 멸종 위기에 처한 다른 품종의 가축들도 하마터면 잃을 뻔했다. 이 가축들은 피에르 오테자와 같은 구세주들과 고기의 맛은 지방에 의해서 좌우된다는 사실을 확신한 소신 있는 요리사들이 목소리를 높인 탓에 살아남을 수 있었다.

다음날 우리는 그 전날 마신 포도주를 만든 사람을 만났다. 장 루이 라코스트는 도멘 니그리 농장에서 살고 있는 4대 손으로 자신이 물려받은 유산에 대해서 높은 자부심과 책임감을 가진 점잖은 사람이었다. 그는 자신의 농장에서 일하는 직원들을 위해서 포도를 유기농으로 재배하기 시작했다. 그는 직원들이 화학물질에 노출되는 것이 싫었다. "가장 몸에 좋은 포도주는 기쁨의 산물이지요. 저희는 기쁨의 꿈을 팝니다. 몸에 좋은 포도주를 파는 건 중요한 일이에요"라고 그는 말했다. 우리는 포도주통에서 바로 따라낸 달콤한 포도주를 맛보았다. 강하지만 과하지 않은, 그야말로 환상적인 맛이었다. 이 도멘 니그리 포도주에 대한 수요가 유럽과 캐나다 시장에서 점점 늘고 있다.

포도주 숙성실의 기둥은 떡갈나무, 바닥은 밤나무로 되어 있으며, 1685년부터 계속 사용 중이다. 장 루이는 현대식 스테인리스 스틸 탱크와 함께 선조들로부터 물려받은 시멘트와 철로 된 탱크도 여전히 사용하고 있다. 그는 현재 상업용으로 기르지 않는 품종들—예를 들면 로제와 같은—을 재배하면서 쥐랑송의 포도 재배 전통을 계승하기 위해서 열심히 노력한다. 보존에 대한 그의 열정은 포도나무에 대한 열정을 앞선다. 포도주 양조장 옆의 작은 들판에서 그의 베아르네 소 두 마리가 우리의 감탄스러운 눈길을 의식하지 못한 채 유유히 풀을 뜯고 있었다. 위로 솟은 U자 모양의 뿔이 조금 무서워서 우리는 약간 거리를 두고 떨어져 있었다. 현재 남아 있는 베아르네 순종은 100마리도 채 되지 않는다. 장 루이는 혈통을 보호하고 멸종을 막기 위해서 송아지들을 맞바꾼 15명의 사육자들 중 한 사람이다. "특별한 이유가 있어서 이 품종을 보호하시려는 건가요?"라고 묻자, 그는 이렇게 대답했다. "글쎄요. 정서적인 부분 때문인가? 예쁘잖아요."

농부인 장 바레르는 라 방자민에서 몇 킬로미터 떨어진 자신의 초원으로 우리를 안내했다. 이곳은 걷기가 힘들 정도로 깊고 울창했다. 내가 오스트레일리아의 척박한 토양에서 이곳의 절반 정도의 높이만큼이라도 목초를 기르려고 얼마나 애쓰고 있는지가 절로 생각이 났다. 장 루이가 유기농 포도농장으로 바꾸던 시기에 그도 똑같이 자신의 농장을 유기농으로 바꾸었다. 햇살은 너무 뜨거웠고 피레네 산맥은 저 멀리 구름 속에서

모습을 드러냈다. 우리는 오래된 떡갈나무의 그늘 아래에 서서 장 루이의 블롱드 다퀴텐 소와 송아지 무리를 바라보며 소 방울이 은은하게 허공을 채우는 소리를 들었다. 장 루이는 소들이 젖을 주려고 새끼들을 부르는 것이라고 설명했다. 언덕 저 아래로는 최근에 들어선 주택단지를 볼 수 있었는데, 나는 단지에서 사는 사람들이 가끔 딸랑거리는 소 방울 소리가 시끄럽다고 항의한다는 말을 듣고 너무 놀랐다. 나에게는 목가적으로 들리는 멜로디가 누군가에게는 소음인 셈이었다.

아를

순하고 맛이 깊은 엑스트라 버진 올리브유, 비트 카르파초,
신선한 염소 치즈, 그물버섯, 카마르그 붉은 쌀, 쇠고기, 초콜릿칩 비스킷

나는 20대 초반에 자전거를 타고 프랑스를 여행하면서 멋진 여름을 보낸
적이 있었다. 내 자전거 바구니에는 딱 책 한 권이 들어갈 공간밖에 없었
는데, 나는 웨이벌리 루트의 『프랑스의 음식(*The Food of France*)』 문고판
을 넣고 다녔다. 20세기의 박식한 미국 해외특파원—그는 「워싱턴 포스
트」지 파리 지사의 기자였다—이라는 훌륭한 바탕으로 루트는 맛있는
음식과 포도주에 대한 열정뿐만 아니라 그가 즐겨 먹었던 프랑스의 향토
요리 속에 숨겨진 이야기에 대한 기자 특유의 호기심도 가지고 있었다. 음
식 문화는 그것이 조성되는 환경, 토양, 기후만큼이나 전쟁, 무역, 종교, 건
축과도 많은 관련이 있다. 루트는 이러한 사실을 그 누구보다 더 잘 알
고 있었다. 자전거 여행이 끝났을 때쯤, 내 책은 너덜너덜해져 고무줄로 묶
여 있었다. 이 책은 지금도 고무줄에 묶인 채로 검파크의 내 책장에 놓여
있다. 『프랑스의 음식』은 1958년에 출간되었지만 음식 및 여행 관련 서적
들 중에서 예나 지금이나 최고의 명작이다.

　나는 자전거를 타고 서쪽 멀리에 있는 아를이나 카마르그까지는 가지
못했다. 카마르그는 아를 남쪽에 위치한 삼각주 습지대인데, 이곳에서 웨
이벌리 루트는 유럽에서 얼마 남지 않은 고독의 장소를 발견했다. 루트가
황량한 카마르그의 웅장한 모습을 묘사한 부분이 갑자기 생각났다. 프
로방스와 랑그도크가 만나는 지점에 위치한 카마르그는 프로방스의 라

벤더와 깊은 협곡이 아닌 반짝이는 염전, 검은 소, 흰 말, 분홍색 홍학, 프랑스식 카우보이가 있는 풍경으로 유명하다. 그곳을 방문하는 사람이라면 소금 장인을 뜻하는 솔니에(saulnier)의 서명이 들어간 통에 담긴 최상급 카마르그 소금, 플뢰 드 셀(fleur de sel)을 사고 싶을 것이다. 소금 장인들은 염전의 맨 위층에서 직접 천일염을 걷어낸다.

날씨의 한 요소로 카마르그를 규정한다면, 그것은 바로 바람, 특히 악명 높은 미스트랄(mistral : 프랑스 남부지방에서 주로 겨울에 부는 춥고 거센 바람/역주)이다. 미스트랄이 며칠 동안 계속되면 육체적으로나 정신적으로 균형이 깨질 수 있다. 미스트랄은 프로방스어로 "주인"이라는 뜻으로 미스트랄을 제대로 경험해본 사람들은 누가 이곳의 주인인지를 분명히 깨닫게 된다. 내가 아를에 도착했을 때에도 미스트랄이 불었는데 차에서 내려 느낀 바람은 내 몸이 지중해로 날아갈 정도로 강했다. 차문도 같이 날려버릴 정도였다. 왜 이곳의 전형적인 농가는 둥근 면이 바람이 부는 쪽으로 향하게 지어졌는지, 그리고 왜 주변의 작은 밭의 삼면에 대나무, 포플러 나무나 소나무로 두껍게 바람막이를 만들었는지도 알 것 같았다.

거대한 론 강은 카마르그에서 그랑론과 프티론, 둘로 갈라져 바다로 흐른다. 『프랑스의 음식』이 집필된 이후로, 그랑론과 프티론 사이에 위치한 이곳에서는 농업을 목적으로 배수와 개간 작업이 많이 진행되었다. 그러나 환경운동가들도 카마르그의 자연보호구역을 넓히는 데에 성공했다. 이곳은 새들의 낙원이자, 조류 관찰자들에게는 지상의 천국이다.

카마르그 삼각지대 맨 위쪽에 있는 아를은 지리학적으로 완벽하게 지중해라는 교차지점에 위치해 있다. 지중해 지역에서 권력과 영향력을 행사한 아를의 화려한 역사는 고대 그리스 시대에 시작되어 중세 로마 시대까지 번성했다. 이 작은 도시의 중심가에 자리를 잡고 있는 로마 시대의 원

알리스캉에 남아 있는 석관들

형경기장에서는 여전히 투우와 콘서트가 열리고 있다. 나는 나중에 스페인 순례길을 함께 떠날 친구들을 아를에서 만나기로 했다. 우리는 산티아고 순례길에 대해서 더 많은 것을 알고 싶었기 때문에 아를은 산티아고 순례를 시작하기에 가장 적합한 장소였다.

첫날 아침, 우리는 고대 로마의 공동묘지이자 반 고흐가 애용한 그림 소재인 알리스캉에서 중세 순례자들의 발자취를 따라가보았다. 12세기에 한 순례자는 가로, 세로 1.6킬로미터 넓이의 광대한 공동묘지를 이렇게 묘사했다. "더 멀리 볼수록 더 많은 석관들이 보인다." 끝없이 줄지어 늘어선 석관들 사이를 지금도 걸을 수 있기는 하지만 예전에 비하면 극히 일부만 남아 있다. 그 당시에는 22개의 예배당이 있었는데—지금은 대부분 없어졌다—맨 끝에 있는 주 예배당은 시성(諡聖)된 아를의 초대 주교들 중 한 명인 성 오노라(St Honorat)가 모셔져 있다. 순례자들은 이 예배당에서부터 스페인 순례를 시작했을 것이다. 아래에 성 오노라와 다른 성인들의 석관이 안치된 신도석 쪽의 계단을 내려가면서 말이다. 예배당 등탑의 등불은 밤에 잠을 잘 수 있는 예배당으로 순례자들을 안내해주었다. 로마 원형경기장 내에도 순례자 마을이 있었지만, 오래 전에 사라져서 지금은 그 흔적조차 남아 있지 않다.

아를 관광사무소에 전화를 걸었더니 라사뉴라는 한 남성의 전화번호를 알려주었다. 그는 이곳에 온 순례자들을 맞이하는 자원봉사자로, 순례자들에게 어떠한 식으로라도 도움을 주기 위해서 노력한다고 한다. 우리는 다음날 생 트로핌 성당의 계단 꼭대기에서 만나기로 약속했다. 그는 초록색 재킷을 입고 있겠다고 했다.

라사뉴가 약속시간을 지키는 사람이라는 느낌을 받았기 때문에 우리는 일찍 도착했다. 그때 이미 바람은 차가웠다. 나는 미스트랄이 분 첫날에 바다 수온이 따뜻한 바다가재 비스크(bisque : 갑각류로 만든 진한 수프/역주)에서 차가운 비시수아즈(Vichyssoise : 감자 크림 수프/역주)로 떨어졌다고 표현한 기사를 읽었다. 아침 10시 정각, 키가 작고 백발에 독특한 검은색 안경을 쓴 활기가 넘치는 한 남성이 나타났다. 그가 계단을 서둘러 올라올 때 초록색 재킷이 뒤로 펄럭였다. "바람을 피해 빨리 안으로 들어가지구요"라고 그는 악수를 청하며 우리에게 말했다. 안으로 들어가자, 그는 "성지 순례에 대해서 알고 싶은 게 뭐죠?"라고 물었다.

라사뉴는 전 세계 곳곳에서 금융 전문가로 일했다. 그는 세상 물정에 밝은 사람으로 다양한 문화에 익숙하다. 은퇴한 뒤에는 먼 곳에서 온 순례자들이 비아 톨로사나를 갈수록 많이 이용하고 있는 새로운 시대에 아를의 얼굴 역할을 하고 있다. "올해에 체코, 폴란드, 러시아, 일본, 한국에

서 많은 사람들이 왔어요. 중국인들이 처음으로 오기도 했고요. 오스트레일리아와 뉴질랜드에서도 왔답니다!"라고 그는 말했다. 그의 자원봉사 팀은 고딕 양식의 작은 생 줄리앙 성당에 소속되어 있는데, 그곳은 생 트로핌 성당에서 걸어서 10분 거리에 있다. 여름에는 자원봉사자들이 매일 오후 2시부터 9시까지 성당 문을 열고 순례자들을 맞이하고 있다. 그들은 성당 안에서 다른 순례자들과 차나 커피를 마시며 얘기를 나눈다. "여기서 사람들은 자신의 삶과 순례를 시작한 이유에 대해서 털어놓습니다."

라사뉴도 성지 순례를 했을까? "그럼요." 그가 대답했다. 군에서 제대를 하고 스물다섯 살 때 성지 순례를 했으며, 그의 순례여행은 10주일이 걸렸다. "순례를 하면 변화가 일어납니다. 여러 나라를 방문하고 다양한 문명을 접하지요. 그러고 나면 사람이나 인생에 대해서 다른 시각을 가지게 됩니다. 환대라는 의미를 이해하게 되고요"라고 그는 말했다. 라사뉴의 자원봉사자 친구 한 명이 우리와 동행했다. 의사인 그는 최근에 성지 순례를 한 얘기를 해주었는데, 성지 순례를 통해서 생활이 먹고, 자고, 씻는 가장 기본적인 것들로 어떻게 바뀌었는지, 어떻게 자신의 마음이 정화되었는지를 들려주었다. 그는 아침에 태양이 떠오를 때 밖에 있고 저녁에 노을을 따라 걷는 단순한 즐거움에 대해서도 말했다. 비잔틴 성가가 생 줄리앙 성당 안에 잔잔하게 울려퍼졌다. 성당과 같은 이름의 동상, 환대를 지원해주시는 성인의 동상 아래는 곧 있을 나의 순례여행에 대해서 현명하고 다정한 라사뉴와 함께 생각해보기에 더할 나위 없이 좋은 장소였다.

요리사인 아르망 아르날은 이제 겨우 서른 살이지만 7년간 알랭 뒤카스의 주방을 보조하는 등 파리와 뉴욕에서 일한 경력이 있다. 지금은 고향으로 돌아와 살고 있다. 그가 자란 프랑스의 작은 도시는 아를에서 스페인 국경 쪽으로 차로 한 시간 거리에 있다. 그의 아내 리사도 고향으로 돌

나뭇잎을 철망으로 고정해서 만든 라 샤사네트의 천연 벽

아온 셈인데, 그녀의 어머니는 카마르그 반대편에서 식당을 운영하고 계
신다. 라 샤사네트(La Chassanette)의 수석 주방장인 아르망은 채소밭까
지의 보폭이 멀고 가까운 것으로 자신이 요리할 재료의 신선도를 측정할
수 있다. 그는 대도시의 뽐내는 듯한 세련된 만찬과는 정말 거리가 먼 사
람이다.

　우리는 아를에서 라 샤사네트까지 남쪽으로 차를 타고 짧은 거리를 이
동한 다음, 열매가 열려서 아래로 축 쳐진 마르멜로(모과 비슷한 열매로

점심 메뉴 :
비트 카르파초

잼 등을 만드는 데에 쓴다/역주) 나무와 감나무 옆에 주차를 했다. 차를 세워둔 곳 앞에는, 끝물인 콩을 떠받치고 있는 대나무 천막과 번갈아 줄을 지으며 양상추가 자라고 있었다. 그날의 메뉴가 적힌 주황색 카드가 기둥 끝에 핀으로 고정되어 있었다. 우리는 카드를 보지 않았다. 길이 채소밭과 연결되어 있었고 그 아래로 작은 개울이 식당문 쪽으로 흐르고 있었다. 오른쪽에는 망을 친 특이한 2층짜리 높은 야외식당이 있는데 카마르그의 단골손님인 모기가 여름내 득시글거린다. 하지만 이제는 시원한 가을이라 저녁식사를 하는 사람들은 모기장을 칠 필요 없이 본관에서 허브가 자라고 있는 텃밭을 바라보며 식사를 할 수 있다.

라 샤사네트는 원래 양을 키우던 목장이었는데 현재 소유주인 마자 오

아르망의 레몬 콩피

프망 씨가 2000년에 이곳을 사들였다. 지금은 170가지의 유기농 과일과 채소가 밭에서 재배되고 있으며 우리가 먹었던 점심 재료의 상당 부분이 이곳에서 공수해온 것이다. 현지에서 만든 염소 치즈를 곁들인 얇게 썬 비트, 코리앤더와 바삭한 베이컨을 뿌린 콜리플라워 수프, 부드러운 양고기와 함께 천천히 익힌 양배추, 석쇠에 구운 오징어에 곁들인 브로콜리. 우리가 마신 티잔(tisane : 약초와 허브를 이용한 차/역주)에 사용한 허브는 유기농 텃밭에서 따온 것으로 고리버들로 짠 허브의 모판이 오후의 부드러운 햇살을 흠뻑 받고 있었다.

식사를 하면서, 나는 높은 평가를 받고 있는 미국 출신의 음식 평론가이자 내 친한 친구이며 육식을 즐기는 콜먼 앤드루스가 전년도에 이곳에서 먹은, 약간의 버터와 소금으로만 조리한 깍지콩은 "순수한 시"였다고 『구어메(*Gourmet*)』지에 기사를 쓴 이유를 알 수 있을 것 같았다. 콜먼과 나, 모두가 우리의 윗세대들은 당연하게 생각한 것을 다시 찾기 위해서 지구의 반 바퀴를 돌아왔다는 것은 미친 짓이었다. 라 샤사네트의 주방과 가까운 텃밭에서 자란 채소나, 차를 마시기 위해서 딴 허브만큼 맛있는 것은 없다.

그러나 프랑스에서조차 어르신들이 점점 기력을 잃어가면서 농사를 짓기에는 너무 힘이 들고 자녀들은 도시로 떠나 더 이상 그들이 만든 햄과 잼을 먹기가 힘들어졌다. 그래서 아르망과 같은 누군가가 바통을 넘겨받으면 사람들이 음식 본연의 맛을 기억할 수 있을 것이라는—어쩌면 처음으로 발견하는 것일지도 모른다—희망이 생긴다. 우리는 아르망과 함께 티잔을 마시면서 왜 이곳에 오게 되었는지 물어보았다. "우리는 주변의 모든 것들을 복잡하게 만드는 경향이 있죠. 상황을 단순화하는 건 쉬운 일이 아니죠. 제 첫 스승님께서는 맛을 기억하라고 하셨어요. 나무에서 방금 딴 사과의 맛, 최상급의 올리브유 한 스푼의 맛, 로스팅이 잘 된 커피의 맛을 기억하는 것은 굉장히 중요합니다. 상황을 단순화하려면 진심으로 귀를 기울여야 해요."

그는 카마르그에 대한 자신의 열정도 얘기했다. 카마르그의 햇빛과 드넓은 하늘과 자연 친화성이 어떻게 그와 리사를 고국으로 불러들였는지를. "저희에게 농산물을 공급하는 생산자들을 보고 싶으세요?"라고 그는 물었다. 우리는 너무 기뻐하며 다음날 아침에 아르망의 레스토랑에서 만나서 가기로 약속했다.

우리가 레스토랑에 도착했을 때, 아르망은 이미 기다리고 있었다. "운이 좋으시네요. 저는 보통 늦게 오거든요. 15분, 20분 늦는 것은 이곳 프랑스 남부에서는 예삿일이에요. 우리는 이걸 아를의 15분이라고 불러요." 그는 차와 오븐에 데운 초콜릿칩 비스킷을 부엌에서 내왔다. 그날 일정을 세우기 위해서 우리가 앉아 있던 바에서 부엌이 보였는데, 부엌은 아늑하고 밖에서 부는 바람이 들어오지 않았다. 큰 현관문으로 들어오는 햇살이 우리 맞은편의 벽을 비췄을 때 나는 벽이 나뭇잎으로 만들어진 사실을 알게 되었다. 철망 뒤에 수많은 나뭇잎이 가득 찬 천연 벽이 있었다.

라 샤사네트의 주인인 오프망 씨 가족은 오래 전부터 카마르그의 열성적인 환경운동가였다. 그들은 현지 유기농 소 목축업자와 쌀 농사꾼들을 위한 마케팅 전략과 유통기반도 마련했다. 일 년에 두 번 수확하는 벼는 현재 카마르그 삼각지대의 생태계 균형에서 중요한 역할을 하고 있다. 벼는 토양에서 염분을 제거해서 소금 사막이 되었을지도 모를 땅에서 다른 곡물이 자랄 수 있도록 해준다. 우리가 가장 먼저 구경한 곳은 농부가 벼를 가져와 빻은 뒤 포장하는 방앗간이었다. 방앗간으로 가는 길에 우리는 곡물 수확기가 윙윙 소리를 내며 논을 지나가는 모습을 보았다. 도착해서 차에서 내리니 빵을 굽는 냄새가 났다. 우리는 빵을 만드는 과정을 지켜보며 맛을 보기도 했다. 이곳의 소와 양들은 맛 좋은 부스러기를 받아먹는 운 좋은 녀석들이다.

미스트랄은 쾌청한 하늘을 덤으로 데리고 다닌다. 그래서 여행 중에 알피유라는 흰색 석회암 산을 내내 볼 수 있었다. 알피유의 북동쪽에서는 아를이 내려다보인다. 또한 보 계곡에서는 프랑스산 1등급 올리브유가 생산된다. 이곳에서 엄격하게 관리되는 올리브 품종에는 버데일(Verdale)도 있는데, 버데일은 오스트레일리아에서 가장 먼저 재배된 올리브 품종으로 내가 생산하는 순한 올리브유도 주로 이 품종에서 나온다. 부드럽고 맛이 깊은 이 올리브유는 석쇠에 구운 생선이나 아르망의 얇게 썬 비트 카르파초에 뿌리면 제격이다. 방앗간을 나오다가 우리는 잠깐 걸음을

멈추고 담장 너머로 그 지역의 돌들이 깔린 작은 올리브 나무 밭을 보았다. 나는 그들의 제초 실력이 부러웠다. 내 양들이 이곳에 오면 아마 할 일이 없을 것이다. 아를과 더 가까운 카마르그 변두리 지역의 올리브 재배자들은 그리스산 코로네이키(Koroneiki), 이탈리아산 코라티나(Coratina), 스페인산 아르베키나(Arbequina)와 같은 UN이 지정한 올리브 품종들로 실험을 하기 시작했다. 나는 검파크에 500그루의 아르베키나 올리브 나무를 심었다. 아르망은 올리브 재배자인 베르나르 라포르그를 만나게 해주었다. 나는 베르나르의 농장에서 아르베키나 올리브로 1등급 올리브유를 생산한다는 얘기를 듣고 용기를 얻었다. 그는 카마르그에서 기적의 농작물로 취급받고 있는 사과도 재배하고 있었다. 우리는 방금 딴 사과를 먹으며 올리브 농장을 걸었다.

　우리는 북쪽으로 방향을 틀어 아를을 지나 아비뇽 쪽으로 갔다. 타라스콩에서 아르망은 우리에게 끝에 농가가 있는 작은 길로 가라고 했다. 거위가 우리를 맨 먼저 반겨주었고 작은 개 한 마리와 욜랑드가 그 뒤를 따랐다. 그녀는 전날 라 샤사네트에서 우리가 먹은 비트에 뿌려진 신선한 염소 치즈를 만든 사람이었다. 욜랑드는 아르망과 인사를 나누고 우리를 오랜 친구처럼 맞아주었다. 욜랑드가 말했다. "이쪽으로 와서 제가 기르는 염소들을 보세요." 우리는 농가 뒤편의 가파른 암벽을 서둘러 올라갔다. 우리가 지나간 자리에는 마조람(marjoram : 박하 비슷한 약용, 요리용 식물/역주)과 타임이 뭉개져 있었다. 그녀는 짙은 토피 사탕 색깔의 윤기가 흐르는 털을 가진 알프스산 염소를 42마리 기르고 있다. 이 염소들은 굉장히 매력적이었는데 자기들에 대한 우리의 느낌을 염소들도 느꼈나보다. 왜냐하면 염소들이 우리의 벨트 버클을 물어뜯고 재킷 단을 잘근잘근 씹었기 때문이다. 일반적으로 적응력이 뛰어나고 강한 이 염소들은 평소에는 저편으로 보이는 산속을 자기네들끼리 돌아다닌다. 하지만 이번에는 미스트랄이 너무 심하게 불어서 염소들이 많이 놀랐다고 욜랑드가 말했다. 최근 며칠 동안 염소들은 그녀와 개가 없이는 불안해서 산에 가지 않았다.

욜랑드는 우리에게 치즈를 만드는 작은 이동식 차를 자랑스럽게 보여주었다. 그녀가 만든 부드럽고 신선한 커드—라 샤사네트에서 그날 밤 엑스트라 버진 올리브유와 신선한 허브와 함께 저녁으로 먹을 예정이다—와 좀더 단단한 압착 치즈는 음식에 대해서 통달한 아르망뿐만 아니라 아를 시장의 까다로운 손님들을 단골로 확보하게 해주었다. 혼자서 살고 있는 욜랑드는 7년 전에 치즈 만드는 법을 독학으로 배웠다. 염소들이 새끼를 배는 12월을 빼고는 항상 염소젖을 짠다. 우리는 허리를 숙여 어둠 속의 거미줄을 피해 돌로 지은 착유장 안으로 들어갔다. 젖을 짜는 시간이 아니었는데도 염소들은 움직일 공간이 없어질 때까지 우리를 따라 들어왔다. 염소들은 미스트랄이 골짜기에서 계속 휘몰아칠 때 불안해서인지 욜랑드가 자기들의 시야에서 사라지지 못하도록 붙잡아두었다.

우리가 차를 타고 호텔로 돌아오자, 아르망은 그가 자연에 순응하는 방법을 어떻게 터득했는지 회상했다. "20세기 초에는 호텔 지배인이 최고였어요. 그 다음은 주방장이었고, 마지막이 농부였지요. 하지만 문제는 주방장들이 농부들에게 지나치게 압력을 가해서, 농부들이 식당의 요구에 맞춰 인위적으로 조정한 농작물을 생산할 뿐, 작물의 제철 재배에 대해서는 더 이상 신경을 쓰지 않는다는 점이죠. 그래서 겨울에도 계속 딸기를 구할 수 있도록 업자와 계약을 하는 유명 주방장들이 생겨난 겁니다. 이제 저는 농부들이 농작물을 제철에 공급할 수 있도록 기다립니다. 50년 전에 그랬던 것처럼 말이죠."

아를의 노드피누 호텔에서는 누구나 쉽게 타임머신을 타고 50년 전으로

거슬러올라갈 수 있다. 그 당시, 훌륭한 투우사 루이스 미겔 도밍갱은 투우가 시작되기 전에 10번 객실의 발코니로 나와 포룸 광장을 내려다보았다. 패션디자이너 크리스티앙 라크루아는 인터뷰 중 아를에서 보낸 자신의 어린 시절을 회상하며 도밍갱의 부인이자 배우인 루시아 보세를 본 얘기를 했다. "그녀는 전부 검은색으로 옷을 입고 있었고 금색 새틴 옷이 피로 얼룩진 채 경기장에서 돌아온 남편을 보고 나서야 마음을 놓았죠. 그리고 그들은 이스파노 수이자를 타고 떠났지요……." 현재 그의 의상, 상블러드(sans blood)는 노드피누 호텔 바의 유리장 속에 전시되어 있다. 라크루아는 1960년대에 호텔에서 열렸던 광란의 칵테일파티도 떠올렸다.

"귀족, 기인, 파티광들이 한데 어우러졌어요. 그곳에 품위라고는 없었죠." 그러나 인생은 계속된다. 예전에는 모든 사람들이 함께 어울렸다고 한다. 지금은 그 투우사들이 록스타이다. 그들은 이미 의상을 갖춰 입고 와 있다가 경기가 끝나면 바로 떠난다.

안 이구가 호텔을 매입하기 전까지 그곳은 15년간 문이 닫혀 있었다. 호텔을 구입하기 몇 년 전의 어느 날 새벽에 의대생이던 안은 친구와 포럼 광장에 서서 호텔을 바라보았다. "이곳은 네 인생의 일부가 될 거야"라고 친구는 예언했다. 안은 아프리카에 가서 의사로 일하면서도 노드피누 호텔을 잊지 못했다. 마침내 아를에 돌아와서 방을 구하고, 전직 가수이자 댄서인 아흔두 살의 호텔 주인에게 찾아가 호텔을 살 수 있는지 물어보았다. 호텔 주인이 승낙을 하는 데에는 다소 시간이 걸렸다. 그리고 2년간 호텔을 수리했다. 안이 가진 그녀의 운명에 대한 믿음과 섬세한 감각 덕분에 지금 우리는 호텔의 화려한 유산을 만끽할 수 있게 되었다. 우리는 안이 소장하고 있는 피터 비어드의 아프리카 사진 작품 아래에서 주스를 마시며 아를의 예술적 생활 속에서 재탄생한 호텔 공간을 감상했다.

안은 타박 카페(tabac : 담배도 파는 카페/역주) 오른편에 있는 카페 라 샤르퀴트리에서 점심을 먹으라고 권했다. 미스트랄이 오래된 도시의 좁은 골목 구석구석까지 불었다. 그래서인지 카페 안의 온기와 왁자지껄한 분위기가 기분 좋게 느껴졌다. 옆 테이블의 남자들은 우리가 앉을 수 있도록 벤치를 따라 바짝 붙어 앉았고, 나갈 때에는 다 마시지 못한 포도주를 우리에게 주었다. 커다란 래브라도 개가 가끔 몸을 일으켜서 주위를 둘러보았고 우리는 그물버섯 그라탕을 게걸스럽게 먹어치우며 버섯이 제철인 시기에 프랑스에 있다는 사실에 그저 감사했다.

아를에서의 마지막 식사는 라 샤사네트에서 먹었다. 저녁은 프로방스 향토요리에 쓰이는 전통 재료들의 향연이었다. 그물버섯, 욜랑드가 만든

치즈, 붉은 숭어, 오징어, 쇠고기, 카마르그산 붉은 쌀, 밤, 그리고 사과와 배 젤리로 간단하게 마무리했다. 아르망의 성지 순례는 자신의 뿌리를 찾기 위한 것뿐만 아니라 간단하면서도 맛있는 음식의 정수를 찾기 위해서였다. 그는 우리에게 농산물 재배방법을 다시 배울 수 있다는 것을 보여주었다. 그리고 허브, 감귤류, 마리네이드, 풍미를 더하기 위한 간편한 "마리네이드"인 페스토(pesto)를 사용하는 방법도 다시 보여주었다. 그는 자신이 살고 있는 곳, 카마르그를 우리와 함께 나누는 것을 무척 좋아했다. 그렇게 함으로써 우리는 이방인에서 현지인으로 그 경계선을 넘어 낯선 곳에서의 생활 리듬을 터득하기 시작했다.

이제는 아르망이 오스트레일리아의 음식과 레스토랑에 대해서 알고 싶어했다. "오스트레일리아에 오시면 되죠!"라고 나는 대답했다. 하지만 단 한 가지 조건이 있었다. 바로 그의 초콜릿칩 비스킷 레시피를 내게 전수해야 한다는 것이었다. 아르망와 리사는 불과 몇 달 뒤에 시드니를 방문했다. 오스트레일리아의 맑고 뜨거운 여름밤에 아르망은 내가 기르는 사우스다운종 양의 다리를 토마토와 향신료를 넣어 요리했다. 우리는 저녁을 먹고 난 뒤 남쪽 하늘의 별빛 아래에 앉아 그의 레시피대로 만든 초콜릿칩 비스킷을 먹었다.

콩크

세갈라 송아지 고기, 사과 시즌을 알리는 첫 수확,
그라벤슈타인 사과로 만든 크로스타타, 밤 줍기

나는 친구들과 작별 인사를 하고, 런던에서 살던 시절부터 알고 지내던 동료를 만나기 위해서 차로 시골길을 달렸다. 지금은 뛰어난 요리사가 된 올랜드 머린과 나는 우리가 잡지사 기자로 있을 당시, 회사 파티에서 포도주를 마시며 서로의 꿈에 대해서 이야기하곤 했다. 올랜드의 꿈은 프랑스의 시골에 작은 게스트하우스를 지어 손님들에게 요리를 대접하는 것이었고, 나의 꿈은 유기농 올리브 농장을 짓는 것이었다. 오스트레일리아로 돌아와 몇 년이 흐른 뒤, 나는 고급 여행잡지에서 프랑스에 게스트하우스를 연 2명의 영국인에 대한 기사를 읽었다. 그들은 바로 올랜드와 그의 동업자인 피터 스테걸이었다. 올랜드의 실현된 꿈이 아름답게 사진에 담겨 있었다. 르 마누아 드 레노드(Le Manoir de Raynaudes)는 그림책을 옮겨 놓은 듯이 예쁜 파란색 문들이 달린 농가로, 툴루즈 북쪽 탄 지방의 세갈라 지역에 노란색 들꽃이 핀 초원에 자리잡고 있었다. 본채에는 아늑하고 빛이 잘 드는 침실 4개가 있었고 인근의 개조한 헛간에는 방이 더 많았다. 그에게 내가 짠 올리브유 한 병을 보내며 곧 그의 게스트하우스를 방문하겠다고 했다.

나중에, 내가 그에게 프랑스 성지 순례에 관한 이메일을 썼을 때 그가 보내온 답장은 믿기 힘들 정도로 놀라웠다. "우리 건물 위쪽에 지금은 아무도 다니지 않는 길이 있는데, 순례자의 길로 알려져 있어." 나는 내 지도

올랜드와 그의 동업자 피터가 운영하는 르 마누아 드 레노드

를 확인했다. 그의 게스트하우스에서 차로 불과 한 시간 떨어진 곳에 아름다운 수도원이 있는 콩크라는 작은 마을이 있었다. 콩크는 한때, 프랑스 4대 순례길 중 하나로 르퓌에서 시작되는 비아 포디앙시의 아주 중요한 경유지였다. 나는 순례길을 표시한 내 옛날 차트를 살펴보았다. 콩크에서 남쪽으로 가는 길은 비아 톨로사나상의, 툴루즈로 가는 부차적인 길이었다. 확실하게 말할 수는 없지만, 지도의 축척으로 볼 때, 이 길이 실제로 올랜드의 집을 바로 지나쳤을 수도 있었다.

올랜드의 게스트하우스로 가기 위해서 나는 고속도로를 지나서 좁다란 시골길로 들어갔다. 소가 먹을 겨울용 식량으로 비축하기 위해서 말리려고 널어둔 옥수수대가 들판을 황금색으로 물들였다. 나는 차를 운전해서 레노드라는 작은 마을과 끝물인 옥수수밭과 채소밭을 지난 뒤에 우회전을 해서 문을 통과하고 차도를 따라 작은 호수를 지나서야 그의 게스트하우스에 도착할 수 있었다. 르 마누아 드 레노드는 봄에 찍은 사진이라서 정원의 나무에 꽃이 만발했던 것만 빼면 잡지에서 보았던 것과 똑같았다. 지금은 몇몇 나무들의 색이 바뀌기 시작했다.

올랜드와 피터와 나는 게스트하우스 개조에 대해서 이야기를 하기 시작했다. 건축업체가 게스트하우스 개조작업을 하는 18개월 동안 올랜드와 피터는 계속 런던에서 일을 했다. 존과 나도 런던에 있으면서 검파크 복구작업을 관리했다. 런던과 오스트레일리아 남부지방을 오가는 것은 시차도 엄청난, 피곤하고 만만치 않은 일이었다. 올랜드와 피터는 본 가족으로부터 게스트하우스를 사들였다. 가장인 질베르는 올해 여든한 살로 부인 모리세트와 함께 옆집에서 살고 있다. "좋은 분들이야. 네가 꼭 만나봤으면 좋겠어"라고 올랜드는 말했다.

그날 밤 피터는 테라스에서 식전주를 내놓았다. 우리가 얘기를 나누는 사이에 맛있는 저녁식사를 만드는 냄새가 부엌 창문으로 퍼져 나왔다. 올랜드는 부엌에서 송아지 안심을 요리하고 있었는데 세갈라 지역은 같은 이름을 가진, 방목한 송아지 고기로 유명하다.

이 송아지 고기에는 지역산물보호(IGP) 라벨이 붙어 있는데, IGP가 붙은 제품의 이름은 타 지역의 생산품에는 사용할 수 없다. 나는 마을 주변의 농장에서 블롱드 다퀴텐 소들을 보았다. 이 소는 송아지 고기용으로 지정된 두 가지 품종 중 하나이다. 너무 고맙하게도 이곳에서는 도축용으로 키우는 송아지를 틀에 계속 가둬두는 역겨운 행태가 오래 전에 사라졌다. 세갈라 송아지는 경사가 완만한 언덕과 계곡에서 풀을 뜯어먹으며 6개월에서 10개월이 될 때까지—조금 짧은 삶이기는 하지만—행복하게 산다. 올랜드는 육즙이 빠져 나오지 않도록 빵가루와 파마산 치즈가루를 묻힌 송아지 안심을 통째로 구웠다. 그리고 저녁식사 바로 몇 시간 전

에 게스트하우스 옆의 숲 속에서 딴 구름버섯을 곁들였다. 그는 버터에 버섯을 굽다가 색이 먹음직스럽게 날 때쯤 마무리로 마늘과 파슬리를 뿌린다. 그의 저녁 식사는 풍미가 가득하고 영양도 만점인 환상적인 음식이었다. 모두 그의 텃밭과 지역의 생산자들에게서 공수해온 것들이었다.

올랜드는 다음 날 아침 내게 자신의 채소밭을 보여주었다. 나는 그가 돌이 많은 작은 땅을 어떻게 멋진 텃밭으로 변신시켰는지 자세하게 듣고 싶었다. 게스트하우스에서 쓰는 채소의 상당 부분은 텃밭에서 가져온 것이고, 라즈베리, 딸기, 커런트, 구스베리, 자두, 마르멜로, 생식용 포도를 비롯한 과일은 사과나무와 배나무 시렁과 과수원에서 딴 것들이다. 그는 전날 밤 디저트를 만드는 데에 사용한 첫 수확한 빨간 그라벤슈타인 사과를 가리켰다. 디저트는 애플 시나몬 크로스타타(crostata)로 애플 파이와 크럼블이 하나로 합쳐진 것이다. 얇게 썬 사과를 졸여서 만든 달콤한 사과를 속재료로 준비해놓고 페이스트리 크러스트와 크럼블 토핑 사이에 켜켜이 쌓아올려 굽는다. 최고의 소울 푸드 두 가지를 동시에 먹는 셈이다.

올랜드는 호기심이 발동하여 순례길에 관심이 많은 나를 위해서 현지에서 몇 가지 조사를 하고 있었다고 했다. 그는 초기 순례자들이 소금에 절인 대구를 스페인에서 콩크로 가져왔다는 얘기를 들었다. 여기서는 아직도 소금에 절인 대구가 많은 사람들이 좋아하는 뜨거운 생선 파이인 스토피카도(stoficado)의 재료로 쓰인다. 어떤 사람은 가리비 껍데기 조각품이 13세기 콩크의 어느 성당에서 발견되었다고도 했다.

우리는 차를 타고 그 성당을 찾으러 떠났다. 구불구불한 길을 달리고 가파른 협곡 끝의 숲을 지나갔다. 성당으로 가는 길에는 단풍이 깔려 있었다. 길가 여기저기에 차들이 주차되어 있었고 사람들은 고개를 숙이고 비닐봉지를 들고서 열심히 걸어가고 있었다. "밤을 줍고 있는 거야"라고 올랜드가 얘기해주었다. "프랑스는 공짜 음식을 아주 좋아해." 우리도 가파른 산기슭을 서둘러 내려가 주크비엘 마을에 유일하게 남아 있는 두서너 채의 집을 지나쳐 회색 돌로 지어진 아담한 성당으로 갔다. 성당은 절반이 나무에 가려져 있었다. 새들이 종탑 아래에 둥지를 틀고 있었고 성당 문은 잠긴 상태였다. 성당 입구 위에는 1232라는 숫자가 새겨져 있었다. 1232년이라니! 성당 안에는 무릎 위에 예수를 안고 있는 성모 마리아 나무 조각상이 있으며 성당만큼이나 오래된 것이라고 안내판은 설명하고 있었다. 우리는 성당 밖에서 가리비 껍데기 조각품을 찾다가 허탕을 치고 집으로 돌아왔다.

레노드 마을을 지나 돌아가면서, 앞뜰에서 실내복을 입고 무를 심고 있는 본 부인의 모습을 보았다. 부인은 올랜드를 보더니 얼굴이 환해졌다. 일 년에 한 번 올랜드와 피터는 이 고요하고 작은 마을에 자신들의 게스트하우스를 찾아온 손님들이 교통 체증을 불러일으키는 점을 사과하는 뜻에서 마을 사람들에게(총 16명) 점심을 대접한다. 처음에 올랜드와 피터는 렌터카와 담장 너머로 사진을 찍어대는 방문객들(대부분 영국인이다)의 끊임없는 행렬에 왜 아무도 크게 신경 쓰지 않는지 물어보았다. "하지만 우리는 그게 좋아요. 여러분이 이 마을을 활기차게 만들잖아요"라고 마을 주민들은 말했다. 올랜드와 피터는 본 씨 가족에게 점심식사를 대접하는 것을 중요하게 생각한다. 점심은 항상 프랑스 가정식 진수성찬이다. 이와 함께 본 부인이 만든 테린(terrine)과 직접 기르는 닭의 달걀로 만든 수플레(souffle)와 뿔닭 오븐 구이, 치즈와 부인을 마을에서 유명하게 만든 파이를 디저트로 먹는다. 본 씨 부부는 12시쯤 도착해서 오후 5시 이전, 혹은 본 씨의 아코디언 즉흥 연주를 듣지 않고서는 자리를 뜨지 않는다. 그는 아코디언을 석 대나 가지고 있는데 이를 아주 자랑스럽게 여기며 한 대에는 그의 이름을 자개로 새겨넣었다.

올랜드는 부인과 우리가 다녀온 곳에 대해서 얘기를 나누며 내가 성지 순례에 관심이 많다고 말했다. "오, 그렇군요!"라고 말하며 그녀는 게스트하우스 쪽을 가리켰다. 그런데 어느새 베레모와 푸른색 작업복을 입은 본 씨가 우리 옆에 와 있었다. 그의 눈은 반짝거렸고, 올랜드를 보더니 너무 행복해했다. 올랜드가 본 씨가 나무 조각에 관심이 많다고 말하는 순간 그는 헛간으로 사라지더니 몇 분 뒤에 예쁜 구름버섯 조각품을 내게 줄 선물이라며 들고 왔다. 조각품은 그 뒤로 줄곧 시드니 집의 부엌에 있는 내가 가장 좋아하는 요리책들 맨 위에 놓여 있다.

나중에 올랜드와 나는 그가 성지 순례를 언급할 때 부인이 보인 즉각적인 반응에 대해서 궁금해졌다. "내일 네가 콩크의 수도원을 보러 갔다 오는 동안 좀더 알아볼게. 넌 콩크를 좋아하게 될걸. 성유물함을 꼭 보고 오겠다고 약속해"라고 올랜드는 말했다.

프레르 수사는 나의 예상과는 달랐다. 젊고, 홀쭉하고, 활기가 넘치는 요즘 남자가 사각거리는 소리가 나는 옛날 흰색 전례복(典禮服)을 입고 있어서인지 상반된 느낌을 주었다. 그는 콩크에서 수도원의 순례자 쉼터를 운영하고 있다. 내가 그에게 연락을 해서 쉼터에 가도 되냐고 물었더니 그는 함께 아침을 먹자고 제안했다. 현대 종교에 대한 소명의식이 극히 드물기 때문에, 나는 그렇게 젊고 매력적인 사람일 것이라고는 생각지 못했던

것이다. 쉼터의 다른 곳에서는, 그보다 훨씬 더 젊은 파리에서 임시로 파견
된 예수회 수사 두 명이 청바지를 입고 그날 새로 올 순례자들을 맞이하
기 위해서 계단을 쓸고 공동 침실을 청소하고 있었다. 학교 방학이 끝난
매년 이맘때 오는 순례자들 대부분은 그들의 부모님 연배이다. 단정하게
옷을 입은 50대 후반의 네덜란드 남성이 그들과 함께 일을 하며 침구 정
돈을 돕고 있었다. 그는 젊은 시절에 성지 순례를 다녀왔다. 자원봉사는
매년 하는 일종의 성지 순례라고 했다.

　쉼터의 자원봉사자들은 1, 2주일 동안 요리, 청소 등 일손이 필요한 곳
에 도움을 주기 위해서 전 세계 각지에서 온 사람들이다. 몇 달 전 여름에

는 순례자들이 하루에 최대 100명 정도 되었다고 한다. 지금은 가을이라 그보다는 줄어서 많으면 50명 정도 된다. 그래도 아침식사를 하는 장소는 핫 초콜릿을 마시는 순례자들로 여전히 부산했다. 쉼터 사무실을 운영하는 캐나다에서 온 미셸 구에 제노니는 사람들이 이곳을 떠나고 싶어 하지 않는다는 것을 알게 되었다. "얼핏 보기에는 이곳에 아무것도 없는 듯하지만, 콩크가 우리의 영혼 속으로 들어오거든요." 1970년대에 영국의 미술사학자 겸 여행작가인 에드윈 멀린스는 대부분의 구간을 차를 타고 성지 순례를 했다. 그 당시에는 자동차 성지 순례가 가장 일반적인 방식이었다. 그는 자신의 책, 『산티아고 순례길(*The Pilgrimage to Santiago*)』에서 "산티아고를 제외하고 순례여행 중 가장 인상 깊은 곳은 콩크임에 틀림없다. 어떤 마법이 콩크가 중세의 모습을 그대로 간직할 수 있도록 만들어 놓았다"고 썼다.

보슬비가 내리는 가운데 떠나기 전, 일부 순례자들이 조용히 이야기를 하러 프레르 수사를 찾아왔다. 그들은 머리에서부터 방수복을 뒤집어쓰고 배낭을 메고 있었다. 교직 생활을 하고 있는 20대 후반의 프랑스 남자는 갈림길에 놓인 자신의 인생이 어떠한지를 그에게 열심히 설명했다. 그는 기꺼이 자신이 하는 충고를 내가 들을 수 있도록 해주었다. "순례여행 중에 사람들은 제게 머릿속에 든 생각을 알려고 하기보다는 가슴으로 느껴야 한다고 말합니다. 그리고 산티아고를 보면 자신이 누구인지 깨닫는다고 합니다"라고 그는 말했다. 하지만 산티아고는 피레네 산맥을 넘어 1,200킬로미터 떨어진 곳에 있다. 수사는 그와 함께 수도원의 뒤뜰을 지나는 비스듬한 자갈길을 잠시 걸었다. 그런 다음, 그 프랑스인 교사는 해답을 찾기 위해서 혼자 발걸음을 내딛었고, 곧 시야에서 사라졌다.

생장피에드포르에서 나는 순례자들이 성지 순례를 떠나는 모습을 멀리서 지켜보았다. 이곳에서 갑자기 내가 성지 순례와 혼연일체가 된 기분이

들기 시작했다. 그러나 이 기분이 성지 순례의 한 순간이라는 것도 알았다. 왜냐하면 성지 순례를 하는 이유가 순례자만큼 수없이 많다는 것을, 그리고 성지 순례의 방법이 콩크와 성 야고보의 유해가 있는 산티아고 사이의 거리만큼이나 다양하다는 것을 깨닫기 시작했기 때문이다.

나는 10세기 성 푸아의 성유물 동상도 확실히 감상함으로써 올랜드와의 약속을 지켰다. 성인의 동상은 특이하고 화려한 동시에 당황스럽기도 했다. 금으로 덮인 동상은 도금한 은 옥좌 위에 앉아 있었는데 커다란 머리와 손과 발은 몸의 나머지 부위와 비율이 맞지 않았다. 이러한 비율의 불균형은 전혀 별개의 부위 두 개를 합쳐놓았기 때문이다. 금과 보석으로 뒤덮인 몸체는 주목나무를 조잡하게 조각한 것이었고 4, 5세기 고대의 흉상에서 가져온 것으로 보이는 속이 텅 빈 금으로 된 머리를 몸체 위에 얹었다. 에드윈 멀린스는 이 동상이 중세에 프랑스에서 가장 유명했던 보물이라고 했다. 수많은 중세의 순례자들이 성인에 대한 경배의 표시로 수도원의 땅에 엎드리는 바람에 나중에 온 사람들은 무릎을 꿇을 공간조차 없었다는 당시의 기록도 있다.

나는 동상을 보면서 그것이 상징하고 있는 인류의 거대한 역사를 이해하려고 노력했다. 초기 기독교인들에 대한 박해가 급증한 가운데 푸아가 기독교를 믿는다는 이유로 303년에 참수형을 당했을 당시 그녀는 겨우 열두 살이었다. 푸아는 콩크에서 서쪽으로 조금 떨어진 아장의 성당에 묻혔다. 그녀의 무덤 주변에서 일어난 수많은 기적들은 바로 그 때문이었다. 500년이 흐른 뒤 유해가 인기 있는 자산이 되었을 때, 마침 콩크에는 중요한 유물이 하나도 없었기 때문에 어떤 대가를 치르더라도 더 많은 것을 얻으려고 했다. 중세에는 중요한 유해가 없으면 성지 순례에 성공할 수 없었고 성당을 축성할 수도 없었다. 다행스럽게도 약탈하고, 거래하고, 심지어는 만들 수 있는 것들이 많이 있었다. 수백 년 동안 기독교인들이 당

콩크 수도원 성당의 입구 팀파눔에 새겨진 최후의 심판

한 끔찍한 순교와 교황의 추서를 받은 수많은 성인들로 이 문제가 해결되었다. 그러나 그 안에서도 서열은 존재했고 푸아는 그중에서도 최고의 위치에 있었다.

일명 "경건한 도둑"이라고 불리는 콩크의 수도사 아로니스드는 아장의 종교단체의 환심을 사게 되었고 그들에게 신뢰를 받아 성 푸아의 무덤을 지키는 업무를 부여받았다. 그는 866년에 유해를 훔쳐 달아나 이곳 콩크로 가져올 때까지 10년간 무덤을 지켰다. 위신과 영향력이 순식간에 따라왔고, 성자에 대한 숭배가 순례길을 따라 산티아고 데 콤포스텔라까지 퍼져나갔다. 콩크 성당의 예배당은 1047년에 젊은 순교자인 푸아에게 봉헌되었다. 웅장한 수도원이 새로 지어졌고, 성자의 두개골이 들어 있는 동상은 쇠사슬이 감겨 있는 문으로 보호되었다. 이 쇠사슬은 푸아의 간구로 인해서 석방된 죄수들이 감사의 표시로 콩크에 가져온 것이다. 이는 중세에 콩크로 몰려온 두려움에 떨고 있는 죄수들이 성자에게 품고 있었던 용서에 대한 믿음이었다.

지금은 수도원 옆에 있는 보물실에 보안 유리로 안전하게 보관되어 있는데, 푸아의 유해는 호기심 그 이상이며 900년 전의 생활은 지금과는 매우 달랐다는 것을 보여주는 듯하다. 분명, 오늘날의 성지 순례는 옛날보다 숭배의 의미가 적다. 아침식사 시간에 본 순례자들과 이 마을의 어르신들을 포함한 약 30명의 일행은 제단 바로 옆에, 중세와는 달리 쉽게 자리를 잡고 그날 아침 미사에 참석했다. 미사는 잔뜩 몰려든 최초의 순례자들로부터 화려한 성 푸아의 동상을 안전하게 보호하기 위해서 만들어진 철문 안에서 진행되었다. 생각해보니 프레르 수사가 해주는 조언은 옳고 그름, 천국과 지옥, 성당 입구 위의 팀파눔에 정교하게 새겨진 엄청난 죗값에 대한 명확한 설명보다 훨씬 더 모호할지도 모르겠다.

라바스탱

올랜드의 채친 감자로 만든 케이크, 본 부인의 초콜릿 호두 파이

내가 콩크에서 게스트하우스로 돌아왔을 때 올랜드는 나를 위해서 몇 가지 신나는 소식을 준비해두었다. 그는 비둘기의 뼈를 발라내고, 비트를 굽고, 더 먹고 싶어질 정도로 너무 맛있는 채친 감자로 만든 케이크에 들어갈 감자를 가늘게 채를 썰어 거위 기름에 10분 정도 볶는 등 우리가 저녁에 먹을 음식을 준비하고 있었다. 그는 순례길에 대해서 조사를 했는데 예상 외로 좋은 성과를 올렸다. 그가 나를 위해서 5킬로미터도 채 안 되는 거리에 있는 마을인 모네스티에 위치한 관광안내소에서 다음날 아망딘 공잘레를 만날 약속을 잡아온 것이다. 아망딘은 내가 관심을 가질 만한 순례길 정보를 가지고 있다고 올랜드는 말했다. 하지만 일단, 나를 데리고 애프터눈 티를 마시러 본 부부의 집으로 갔다.

　본 씨는 그가 선물한 버섯 조각품을 내가 얼마나 좋아하는지 알고서는 무척 기뻐했고, 농가를 지나 뒤편의 큰 헛간으로 나를 데려갔다. 헛간에는 나무더미가 조각품으로 변신할 날을 기다리며 쌓여 있었다. 그는 자신이 조각한 다른 버섯 조각품들을 보여주었다. 높이가 30센티미터나 되는 것들도 있었다. 우리는 본 부부가 1952년에 결혼해서 줄곧 살고 있는 집 안으로 다시 들어갔다. 부인은 우리를 위해서 그날 손수 초콜릿 호두 파이를 구웠고, 부엌 겸 식당의 식탁에 이미 접시와 포크를 놓아두었다. 나중에 올랜드가 말해주기를, 이 파이는 유명한 초콜릿 호두 파이로

◀ 모네스티에 예배당 벽의 석판 :
"지나가는 자는 누구나 죽은 자들을 위해 신께 기도하라"

(호두는 부인의 텃밭에 있는 나무에서 따온 것이다), 성 요한 축제일 기념 연례 전통만찬에서 사람들이 이 파이를 먹으려고 달려들기 때문에 한 조각이라도 맛을 보려면 철저히 사수해야 한다고 한다. 나는 앉아서 파이를 먹고, 부인 할머니의 유품인 핸드메이드 포도주잔으로 달콤한 백포도주를 마셨으며, 본 씨는 나를 위해서 아코디언을 연주해주었다. 너무나도 따뜻하고 친절하고 후한 대접을 받은 티타임이었다. 나는 올랜드와 피터가 이웃에 사는 이 부부를 왜 그토록 좋아하는지 알 것 같았다.

아망딘의 사무실에서는 모네스티에의 작은 시장이 보인다. 이곳은 습하고 황량한 느낌이 들었다. 상당수의 건물이 아예 문을 닫은 듯했고 문을 열고 장사를 하는 가게도 거의 없었다. 하지만 자세히 관찰해보면서 이 마을이 간선도로에서 상대적으로 떨어져 있기 때문에 중세의 분위기가 고스란히 보존된 것은 아닐까라는 생각이 들었다. 모네스티에라는 지명도 중세에 그곳에 있었던 요새화된 수도원의 이름을 딴 것이다. 그 당시의 코벨(corbel)과 나무 기둥들이 그대로 남아 있는 좁은 길을 따라 고택들이 들어서 있었다. 이곳은 숲과 강이 많은 지역으로, 나무들을 지나면 길가에 갑자기 급경사가 나타나는데 수백 미터 아래에는 수풀이 우거진 계곡이 있다. 이곳의 강들 중에서 세루 강은 마을 끝자락에 있는 아치가 3개인 중세의 돌다리 아래를 세차게 흐르고 있다. 홍수 때의 강 수위가 1763년부터 근처의 건물 한쪽 벽면에 기록되어 있는데, 그 높이가 어마어마하다. 가끔씩 물살이 갑자기 불어나면 다리는 분명 완전히 침수될 것이다.

아망딘은 마을 맞은편에 있는 예배당, 샤펠 생 자크(Chapel Saint-Jacques)에서 만나자고 메모를 남겼다. 그녀는 작고 소박한 예배당 건물 한쪽 입구에서 나를 기다리고 있었다. 유일한 장식이라고는 작고 높은 창문 둘레의 벽돌과 예배당 입구 위의 평범한 종탑뿐이었다. 예배당 내부에는 15세기에 만들어진 실물 크기의 특이한 석회암 조각상들이 전시되어 있었는데, 1774년에 그곳에 살던 한 주교의 폐가에서 가져온 것들이다. 하지만 그보다 더 중요한 사실은 그 이전에 이 예배당이 순례자들을 위한 작은 병원이었다는 점이다. 아망딘은 밖으로 다시 나가서 옆쪽 벽의 석판 위에 새겨진 두개골과 대퇴골 그림을 가리켰다. 그림 가장자리에 새겨진 눈물 두 방울을 자세히 들여다보니 가슴이 아파왔다. 이곳은 병원의 묘지로, 자신들의 순례길이 이곳에서 끝나버린, 병든 순례자들을 위한 마지막 쉼터였던 것이다.

올랜드와 내가 갔던 성당이 한때 어느 큰 마을 소속이었고, 성당 안에 있던 성모 마리아의 나무 조각상은 성당을 유명한 순례지로 만든 귀중한 보물이라는 사실을 알게 되었다. 그래서 성당의 문이 잠겨 있었던 것이다. 예배당에서 그리 멀지 않은 곳에 있던 몇 개의 성벽은 모네스티에의 고위 관리가 지은 성의 유일한 흔적이었다. 그는 1275년에 피레네 산맥 너머 나바라에 위치한 왕궁으로 파견된 프랑스 사자(使者)였는데, 자신이 살던 성을 카미노 프랑세스에 있는 나바라 도시 팜플로나(Pamplona)의 이름을 따서 팡플론(Pampelonne)이라고 불렀다. 이와 똑같은 이름을 가진 소도시가 지금도 있다.

그곳의 전설이 맞았다. 성지 순례길이 분명 올랜드와 피터의 게스트하우스를 지나갔고, 그 길을 가던 순례자들 중 상당수가 나처럼 콩크의 수도원을 방문했을 것이다. 그러나 순례자들은 모네스티에 다음에는 어디로 안내되었을까? 아망딘은 내게 종이 한 장을 주었다. 그 종이 위에는 "라바스탱(Rabastens)"이라고 적혀 있었다. 라바스탱은 남쪽에 있는 큰 마을의 이름으로 툴루즈로 가는 고속도로에서 살짝 벗어나 있다. "그곳에 있는 성당에 꼭 가보세요"라고 그녀는 말했다.

라바스탱은 나름대로 번영을 누렸지만 동시에 전쟁과 종교적 차이로 발

생되는 일들을 직접적으로 겪을 수밖에 없었다. 탄 강을 건너기에 안전한 곳과 인접한 라바스탱의 위치는 물밀듯이 몰려오는 정착민들에게 매력적인 요소로 작용했다. 정착민들은 거대한 별장을 짓기 위해서 최초로 그곳을 택한 부유한 고대 로마인에서부터 대저택을 지어 휴양지로 이용하기 위해서 툴루즈 시에서 남쪽으로 온 18세기의 귀족에 이르기까지 다양했다. 급성장하던 13세기 후반에 지은 라바스탱 성당은 그 당시 툴루즈에 건립된 성당을 모델로 했다. 성당의 규모와 설계는—도시의 크기에 비해서 둘 다 대규모였다—자유분리 종교단체인 카타리(Cathari)파를 신봉한 라바스탱의 영주들에게 세금을 부과했기 때문에 가능했다. 이 영주들로부터 몰수한 토지 또한 필요한 기금 마련에 보탬이 되었다. 그러나 경제적인 처벌만으로는 역부족이었다. 이들은 소위 알비파 십자군에게 잔혹하게 몰살되었다.

내가 라바스탱에 도착했을 때는 이른 오후였다. 모네스티에처럼 라바스탱의 거리도 휑했다. 하지만 그 이유는 달랐다. 점심시간이었기 때문이다. 프랑스의 시골에서는 상점이나 회사들이 점심시간에 문을 닫고 몇 시간 뒤에 다시 영업을 하는 것이 보통이다. 다행스럽게도 관광안내소에는 사람이 있어서 라바스탱의 순례길과 성당에 대한 정보를 물어보았다.

관광안내소 직원은 라바스탱이 콩크와 툴루즈의 생 세르냉 성당 사이의 2차 순례길에 있는, 주요 경유지들 중 하나임을 확인시켜주었다. 안타깝게도, 라바스탱이 성지 순례지에 해당한다는 것을 보여주는 신호체계는 없었다. 관광안내소의 창문을 통해서 정면에 있는 성당을 볼 수 있었다. 노트르 담 뒤 부르(Notre-Dame-du-Bourg, 마을의 성모님)는 그 나름대로 인상적이었는데, 정면에서 볼 때 상당한 높이로 솟아 있었고 꼭대기에 2개의 작은 탑이 있었다. 그러나 콩크의 돌로 지은 수도원의 위용을 본 뒤라 그런지, 붉은 벽돌로 된 성당의 외관은 비전문가인 나의 눈에도 약간 실망스러웠다. 하지만 이러한 나의 첫인상이 얼마나 잘못된 것인지는 곧바로 드러났다.

길 건너편에서도 성당 입구 위에 펼쳐진 팀파눔을 볼 수 있었다. 팀파눔은 중세에 지어진 모든 로마네스크 양식의 성당의 특징이지만, 콩크 수도원의 화려한 팀파눔과는 달리 최후의 심판을 설명하는 조각품들이 여러 줄로 늘어선 이곳 성당의 팀파눔은 다소 평범하고 부드러웠다. 콩크 수도원의 팀파눔에도 원래는 색이 칠해져 있었다는 사실을 알고 있었기 때문에(프랑스 혁명 이후 성당을 더 이상 사용하지 않을 때까지 100년마다 새로 페인트칠을 했다), 나는 작은 광장 밖에 서서 눈을 가늘게 뜨고 팀파눔을 들여다보며 성자와 악령이 새겨진 회색 조각에서 페인트 얼룩을 찾아내려고 했다. 마침내 예수와 성모 마리아의 옷에 남아 있는 파란색 얼룩을 찾아냈지만 이 조각품들이 한때 밝은 색깔로 칠해져 있었다는 사실은 여전히 믿기 힘들었다. 수많은 고대의 교회들처럼, 이곳에도 장식이 없기 때문에 콩크 수도원이 고유의 우아함과 순수함을 간직하게 된 것이라고 생각했다. 이로 인해서 나는 중세에 살던 석공의 솜씨에 감탄하고 석회암, 사암, 회색 편암의 자연 그대로의 아름다움을 느낄 수 있었다. 모두 그 마을에서 10킬로미터 이내의 지역에서 가져온 암석들이다.

나는 라바스탱 성당에 관한 안내서—물론 프랑스어로 적힌—를 구해, 길을 건너고, 성당 문을 밀어서 열었다. 마을의 황량한 분위기 때문에 나는 성당 안에 어떤 귀중한 유물들이 소장되어 있는지 짐작도 하지 못했다. 강렬한 색으로 장식되어 있는 성당 내부는 충격 그 자체였다. 프레스코 화가 아치형 천장을 뒤덮고 빨간색, 파란색, 황토색의 밝은 색조로 성서 이야기와 문장(紋章)들이 벽면을 가득 채우고 있었다. 성자, 십자군, 귀족, 수도원장들이 높은 스테인드글라스 창문 사이에 당당하게 자리를 잡고 성당 중심부를 거만하게 내려다보았다. 이들 중 어느 한 명이 쓴 챙

이 넓은 모자에 가리비 껍데기가 달려 있었다. 그 사람은 바로 성 야고보 였는데 라틴어로 St Jacobus라고 쓰여 있었다. 사도가 입고 있는 옷은 몸을 감싸며 우아하게 흘러내리고, 한 손에는 열쇠로 잠근 복음서 필사본을, 다른 손에는 끝에 자그마한 주머니가 달린 지팡이를 들고 있는 젊고 친절한 남성으로 묘사되어 있었다.

　나는 성당에 혼자 앉아 안내서를 해석하기 위해서 내 녹슨 프랑스어 실력을 총동원했다. 성 야고보에게 헌당된 부속 예배당의 프레스코 화를 비롯한 14세기 프레스코 화들을 판독해보려고 자리에서 일어나 부속 예배당 쪽으로 건너갔다. 예루살렘에서 참수형을 당하는 그림을 포함한 성 야고보의 삶을 묘사한 일련의 그림들 중앙에 그의 제자들이 야고보의 시신을 배에 태우는 장면이 있었다. 안내서에 따르면 이 예배당의 프레스코 화는 1320년대에 칠해졌다고 한다. 손으로 가볍게 벽화를 쓸어보는 순간, 내가 전성기 때의 성지 순례와 곧바로 연결되는 것 같아 감격스러웠다. 올랜드가 이곳에서 지금 이 순간을 함께 했다면 좋았을 것이라는 생각이 들었다. 어제만 하더라도 그와 나는 이 지역들을 통과하는 2차 성지 순례 길에 대한 진짜 증거를 찾으려고 했지만 성과가 없었다. 그러나 오늘, 나는 순례자 묘지를 보았고 라바스탱에서는 글을 모르는 대부분의 순례자들에게 그들이 신성시하는 성 야고보의 삶을 알려주는 역할을 했을 그림도 만져보았다.

기 아셀 드 툴자라는 라바스탱의 역사학자가 이 안내서를 썼다. 다행히도, 그의 영어 실력은 나의 프랑스어 실력보다 훨씬 더 좋았다. 나중에, 그는 이메일을 통해서 그 시대에 성당을 지을 때 사용한 벽돌은 그 지역에서 나온 건축자재였다고 설명해주었다. 벽돌로 된 내부 벽을 항상 회반죽으로 발랐기 때문에 프레스코 화를 그리기에 가장 적합한, 아무것도 없는 공간이 탄생했다. 성당이 지금의 모습과 아주 흡사했을 1560년대에, 종교전쟁이 일어나자 개신교는 재빨리 이 성당을 차지하여 위병소로 사용했다. 가톨릭이 권력을 다시 장악한 다음에는, 성당을 정화하기 위해서 건물 내부 전체를 회반죽으로 칠했다. 이런 식으로 프레스코 화들이 보존되었다. 이 그림들은 1850년대에 시작된 복구작업으로 다시 발견되었고, 현재는 유네스코가 지정한 세계문화유산이다.

노트르 담 뒤 부르 안에는 초기 순례자들에게 프레스코 화보다 훨씬 더 귀중한 것이 있었다. 그것은 바로 성 야고보의 두개골과 유골이 담겨 있었다고 알려진 은으로 된 흉상이다. 이 유물은 프랑스 혁명이 일어나던 중인 1792년에 최후를 맞이했다. 이때 성당의 비품과 장식품들은 다시 자취를 감췄고, 금, 은제품들은 녹아 없어졌다.

여기서 잠깐만. 성 야고보의 두개골과 시신은 산티아고 대성당에 안치되어 있지 않았나? 나는 기에게 이메일을 보냈다. 다음은 그가 보낸 답장이다.

성 야고보의 유해에 관한 것이라면, 그것은 사실 중세의 전설이에요. 성인의 유해는 산티아고 대성당에 있어요. 하지만 역사학자들은 그 유해가 사실 그곳에 살던 은수사의 것이라고 생각하지요. 성 야고보의 유해는 툴루즈의 생 세르냉 성당에도 있어요. 샤를마뉴가 800년에 로마에서 대관식을 치른 뒤 다른 4명의 사도들과 함께 성당에 봉헌한 것이죠. 사실, 산티아고 대성당과 생 세르냉 성당에 있는 두 유해 모두 가짜예요. 성 야고보의 유해가 아니라는 거죠. 13세기 이후의 유명인들의 유해를 빼놓고 대부분의 유해들은 가짜랍니다. 그런 식으로 보면 라바스탱에 있던 야고보의 유해도 가짜라는 거죠. 하지만 중세에는 유해가 가짜라는 점이 그다지 중요하지 않았어요. 중요한 것은 유해를 믿고 성지 순례를 떠나는 것이었죠.

기는 나의 충격을 가라앉히려는 듯이 맨 마지막에 이렇게 덧붙였다. "환상을 깨버려서 죄송하네요."

이런 얘기를 예상치 못한 것은 아니었다. 초기부터 기독교인들은 생전에 구원을 받고 사후에 천국으로 가기 위한 간구를 드리기 위해서 순교자와 성자의 무덤에서 예배를 드렸다. 성지 순례지의 수를 늘리기 위해서 유해를 나누도록 허용했다. 그래서 귀중한 유해는 우스꽝스러운 작은 조각으로 나뉠 수밖에 없었다. 다른 것으로 대체되거나, 심지어는 콩크에 있는 성 푸아의 동상의 경우처럼 절도를 당하기도 했다. 유해가 가진 힘에 대한 중세의 믿음이 너무 강해서 믿음에 대한 필요성이 진위에 대한 필요성보다 앞선 경우가 많았다. 유해를 위조하기는 쉬웠다. 지금도 그런 것 같

다. "올 더 세인츠(All The Saints)"는 미국 텍사스 주에 있는 가톨릭 단체로, 귀중한 유해들을 소장하고 있으며 유해 구매 관련 일을 하려는 사람들에게 믿을 수 있는 중개인들을 통해서만 구매하고 인증 자료들을 여러 번 확인하라고 자문해주고 있다.

기의 이메일을 받고 얼마 지나지 않아 미국 작가인 피터 망소가 유해에 관해서 쓴 멋진 책이 출간되었다. 책 제목은 『누더기와 뼈 : 세계 성인들의 죽음을 둘러싼 여행(*Rag and Bone: A Journey Among the World's Holy Dead*)』이다. 망소는 잔다르크의 유골부터 무함마드의 턱에 이르기까지 가장 유명한 유해들을 찾으러 세계 곳곳을 누볐다. 그리고는 다음과 같은 결론을 내렸다. "유해를 믿는 사람들은 유해가 그들의 신앙에서 말하는 대로가 아니라고 변심하는 일이 거의 없을 테고 마찬가지로, 모든 유해가 가짜라고 생각하는 사람들은 유해에 대한 믿음에 어떤 가치가 있을 것이라고 마음을 바꾸는 일이 거의 없을 것이다." 덧붙여서 "유해를 보는 가장 좋은 방법은 개인의 삶과 공동의 역사 속에서 그동안 유해가 해온 실제 역할에 대해서 회의를 가지고 지속적으로 인식하는 것이다. 그리고 유해를 대하는 가장 좋은 방법은 누구의 것이든 상관없이 보호하는 것이다"고 적었다.

라바스탱의 유해가 가짜라서 당황했냐고? 산티아고 대성당의 유해가 성 야고보의 것이 아닐 수도 있어서 당황했냐고? 솔직히 전혀 아니다. 나는 내 첫 번째 순례를 마치면서 이전에 나눈 두 가지 대화가 갑자기 머릿속에 떠올랐다. 생장피에드포르의 순례자 사무실에서 생 마카리는 "지나치게 현대적"이라는 구절을 썼다. 그 말은 행복이라는 개념에 맞춰 성장해 온, 뭐든지 연구하는 사회를 떠올리게 했고, 부와 삶을 안락하게 하는 것들이 우리에게 반드시 행복을 가져다주는 것은 아니라는 결론을 내릴 수밖에 없었다. 그 이후에 만난, 아를의 생 줄리앙 성당에서 자원봉사를 하던 의사는 성지 순례를 하며 느낀 기쁨, 최소한의 기본적인 것들로 이루어진 간소화된 생활, 걷고 사색하는 일과를 끝낸 뒤에 석양을 바라보며 느낀 평화를 기억한다고 했다. 그가 설명해준 것이 내게는 더 진실하고 깊은 행복으로 보였고, 그 경치는 출처가 불분명한 유해들보다 훨씬 더 매력적이었다. 역사에 관심이 많은 나는 유물 논쟁에 빠져 있었다. 내가 성지 순례에 왜 그토록 마음이 끌렸는지 확실히 알 수는 없지만, 그 오래된 유해가 누구의 것이든, 그 힘에 대한 나의 신앙 때문이 아니라는 점만은 확실하다.

스페인 순례길

악스페

빅토르의 에트세바리에서 먹은 그릴에 구운 쇠고기, 새우, 캐비아,
앙헬의 채소밭에서 기른 양상추, 수제 버터, 장작불 오븐에서 구운 따뜻한 빵, 거북손

카미노 프랑세스는 푸드 러버들에게 분명 식재료의 길이라고 할 수 있다.
스페인 북부지방을 지나 산티아고 데 콤포스텔라로 가는 주요 성지 순례
길은 미식의 천국인 바스크에서 시작해서 훌륭한 음식들이 연이어 등장하
는 서쪽을 누빈 뒤 해산물의 낙원인 갈리시아에서 끝난다. 몸과 마음의
양식이 가득한 길이다. 나의 성지 순례 일정에 있는 첫 번째 음식 순례로,
나는 에트세바리(Etxebarri)라는 그릴 전문 레스토랑을 예약했다. 에트세
바리는 산세바스티안과 빌바오의 중간에 있는 악스페라는 작은 마을에
위치하고 있다. 미국판 『멘즈 보그(*Men's Vogue*)』지에 실린 기사에 따르면,
이 레스토랑에서 쓰는 유일한 소스는 따뜻하게 데운 올리브유 몇 방울이
전부라고 한다. 나는 시드니에서 일류 주방장을 만난 적이 있는데, 그는
에트세바리에서 간단하게 그릴에 구운 식재료들을 먹고 난 뒤부터 음식에
대한 생각이 바뀌었다고 했다. 그러니 내가 어찌 이곳의 음식을 먹어보지
않을 수 있겠는가?

에트세바리는 빅토르 아르긴소니스가 독보적으로 키워낸 아사도르
(asador), 즉 바스크의 그릴 혹은 바비큐 전문 레스토랑으로 산세바스티
안에서 1시간 거리에 있다. 가장 신선한 식재료들을 숯불에 굽는 간단한
조리법으로 빅토르는 마법사처럼 간단하게 일류요리를 만드는 산세바스
티안의 주방장들처럼 스페인 요리의 아이콘으로 등장했다.

스페인 사람들이 자신들의 음식을 사랑한다면, 바스크인들은 음식에 중독되어 있다. 그러나 그중에서도 북부 해안도시인 산세바스티안보다 더한 곳은 없다. 이곳에는 전통과 첨단이 적절하게 공존하고 있다. 오래된 남성 요리 클럽(소코스)과 사과주가 나오는 술집(시드레리아스[sidrerias])이 최첨단 요리로 유명한 레스토랑들과 나란히 자리한다. 1970년대 중반에 이곳은 라 누에바 코시나 바스카(la nueva cocina vasca, 바스크의 신 요리)의 탄생지로서, 비슷한 시기에 프랑스 요리를 해방시킨 폴 보퀴즈의 방법에서 영감을 받은 미셸 게라드와 트루아그로 형제 등 산세바스티안의 주방장들은 지역 전통을 바탕으로 한 실험을 하기 시작했다. 현재, 유럽에서는 파리만이 미슐랭 별점을 늘리는 데에서 산세바스티안과 어깨를 나란히 하는 정도이다. 쉐프가 되기를 꿈꾸는 전 세계의 모든 젊은이들에게 이곳은 요리의 메카이다. 그들은 우수한 레스토랑에서 인턴으로 일하고자 무리를 지어 산세바스티안으로 몰려왔고, 꽉 들어찬 비좁은 기숙사에서 살면서 보수도 받지 않고 일을 하는 경우가 허다하다.

레녹스 하스티도 그중 한 명이었다. 그는 멜버른, 런던, 파리에 있는 유수의 레스토랑에서 수련을 받은 뒤에 산세바스티안으로 왔다. 그는 미슐랭 별점 3개인 레스토랑에서 모두가 탐내는 일자리를 얻게 되었지만 그동안 품어왔던 환상은 깨지고 말았다. 그 자신은 과학과 기술에 지나치게 의존한 현대식 요리에는 더 이상 관심이 없다는 것을 깨달았기 때문이다. 그는 좋은 농작물을 이용해 요리를 했지만 역설적으로 "진짜" 음식을 대한다는 느낌이 들지 않았다. 바스크 요리의 정수를 아직 발견하지 못한 그에게 그릴에 간단하게 구운 채소에 대한 이야기는 상상력을 자극했다.

레녹스가 에트세바리에 대한 이야기를 가장 처음 들은 곳은 산세바스티안의 타파스(tapas, 바스크에서는 핀초스[pintxos]) 식당으로, 그는 바스크의 산속에 있는 한 레스토랑이 뭔가 색다른 일을 한다고 누군가가 말하는 소리를 엿듣게 되었다. 그는 스페인어를 할 줄 몰랐기 때문에 멕시코 친구에게 대신 레스토랑에 전화해서 그가 찾아가겠다는 얘기를 해달라고 부탁한 다음 렌터카를 타고 무작정 길을 떠났다고 한다. "나는 언덕으로 차를 몰고 가고 있었지만 어디로 가는 건지 확실히 알진 못했어요. 악스페로 차를 몰고 가자 나무 연기 냄새가 나서 거의 다 왔다는 걸 짐작할 수 있었어요."

레녹스가 에트세바리를 찾아갔을 때는 여름이었다. 같은 언어를 쓰지는 않았지만, 오스트레일리아의 젊은 주방장 레녹스와 그를 자신의 주방에 받아들인 빅토르 사이에는 무엇인가 불꽃이 튀었다. 이제 그는 빅토르의 오른팔 역할을 하고 있다. 레녹스는 스페인어와 더불어 어렵고 복잡한 언어인 바스크어도 독학했다. 그럴 수밖에 없었다. 이곳 바스크 내륙지방에서 영어를 하는 사람은 단 한 명도 없기 때문이다. 빅토르는 레녹스가 자신이 만든 음식을 진심으로 사랑하고 미슐랭에 오른 레스토랑의 명성 때문에 그곳에 있는 것이 아님을 알게 되었다. 그들은 서로에게 동기 부여를 하고 그릴 요리가 가진 한계점을 함께 극복해가고 있다.

빅토르는 악스페에서 태어나 독학으로 요리를 배우기 전에는 삼림 감독원으로 일했다. 현재, 그는 자신의 두 가지 열정을 이 주방에 함께 섞어두었다. 주방 한 편의 장작불 오븐 두 개에 포도나무, 오크 나무, 오렌지나무, 사과나무 장작을 때서 맞은편 벽을 따라 줄지어 놓은 특수 제작한 그릴에 사용할 숯불을 만든다. 그는 식재료마다 미묘하게 다른 나무를 골라 땐다. 생선, 해산물, 쇠고기, 채소를 재료로 쓰는데, 채소는 빅토르의 아버지가 관리하는, 마을이 내려다보이는 큰 채소밭에서 당일 아침에 수확한 것이다.

요리사들의 말에 따르면, 그릴 조리법만큼 쉽고 어려우며, 간단하고 복잡한 것은 없다고 한다. 빅토르의 그릴 요리는 가스도 전기도 들어오지

않는 집에서 음식을 모닥불에 간단히 조리하던 어린 시절의 추억에서 비롯된다. 나는 한 권위 있는 스페인 요리잡지에서 바스크에 불고 있는 그릴 요리의 엄청난 인기가 1960년대 초에 시작된 농장의 기계화에서 비롯되었다는 예상 밖의 기사를 읽은 적이 있다. 이 시대에는 황소가 늙어서 죽는 것이 아니라 일을 하고 있는데도 도살장으로 보내졌다. 파리예로 (parrillero), 즉 그릴 요리사들은 산세바스티안의 남쪽에 위치한 산속에서, 숙성된 마블링을 가진 나이 든 황소의 옆구리 살이 너무 우수해서 빅토르가 맨 먼저 황소고기 레스토랑을 열었다고 믿었다. 털가시나무 숯불을 이용해 장인이 만든 그릴에 구워낸 에트세바리의 쇠고기는 그릴 조리법을 미심쩍게 바라보는 사람들의 마음을 사로잡았다. 이로 인해서 그릴 조리법에 대한 새로운 열풍이 불었고, 쇠고기뿐만 아니라 항구에서 가져온 해산물과 채소도 그릴에 굽게 되었다. 빅토르는 그릴 요리의 최고봉이며, 그가만든 음식은 그릴 요리의 이정표 역할을 한다.

이 레스토랑의 메뉴들은 그릴에서 탄생한 고급 요리로 묘사되어왔다. 그러나 내가 처음으로 맛본 버터를 넉넉하게 바른 토스트 한 조각은 나를 어린 시절 검파크의 부엌으로 데려다놓았다. 그곳에서는 **빵**을 긴 연장 포크로 찔러 장작 난로에 구운 다음, 엄마가 집에서 만든 버터를 발라 먹었다. 내가 이곳의 요리를 맛본 때가 전년도 가을이었는데, 나는 점심을 먹기 위해서 차를 타고 생장피에드포르에서 피레네 산맥으로 넘어갔다. 부슬비가 내렸고 레스토랑 앞에 있는 작은 산후안 광장 옆에 심어진 나무에는 마지막 남은 나뭇잎들이 달려 있었다. 에트세바리는 술집 이 층에 있다. 레녹스는 그날 레스토랑을 방문한 영어를 하는 다른 두 명의 손님에게 그랬던 것처럼 내게 메뉴를 설명해주었다. 내가 먹은 점심식사는 좁은 산길을 꼬박 두 시간 동안 운전해올 만한 가치가 있었다. 그릴에 살짝 구운 새우, 굴, 홍합, 구름버섯, 해삼, 달팽이, 쇠고기가 조금씩 세심하게 나왔다. 아이스크림에 오븐이 식을 때 나오는 연기를 쐴 수 있도록 해서 만든 훈제향이 나는 바닐라 아이스크림으로 식사는 마무리 되었다. 나는 그동안 고급 요리란 지나치게 공을 들인 것이라고 생각해왔다. 그러나 이곳에서 먹은 음식은 직감에서 탄생한, 단순할수록 좋은 섬세함이 묻어나는 음식이었다.

점심을 먹고 몇 주일 만에 처음으로 로스팅용 그릴에 볶은 원두로 만든, 제대로 된 에스프레소를 마시고 나니 레녹스는 내가 주방을 보고 싶은지 물었다. 당연한 말씀! 다음날 쓸 장작이 주방 문 밖에 쌓여 있었고, 주방 안에는 티끌 하나 없이 깨끗한 스테인리스 스틸 그릴 조리대가 그릴을 청소하려면 5분 동안 불을 세게 켜두면 끝이라고 생각하는 대책 없이 용감한 이들에게 훈계라도 하듯이 반짝반짝 빛나고 있었다.

나는 레녹스에게 직접 올리브유를 생산하고 있으며 이 레스토랑의 유일한 장식이 따뜻하게 데운 엑스트라 버진 올리브유라는 잡지의 기사를 보고 어떻게 이곳에 더욱 마음을 빼앗겼는지 설명했다. 우리는 이곳에서 사용하고 있는 올리브유 두 가지를 맛보았다. 사라고사산 아르베키나와 좀 더 순한 우엘바산 피쿠알(Picual)이었다. 그리고 에트세바리는 채소밭에서 자란 고추를 넣은 기름을 썼다. 내가 지금껏 먹어본 것 중에서 가장 순수한 음식이었다. 나는 내 친구들을 데리고 내년에 다시 오기로 약속했다. "다시 오시면, 우리에게 농작물을 공급하는 농부들을 만나러 가요"라고 레녹스는 친절하게 제안했다. "채소밭은요?"라고 내가 묻자, 당연히 그곳에도 가자고 대답했다. 그리고 지금 친구들과 나는 이곳에 다시 도착했다.

여든네 살의 앙헬 아르긴소니스가 그날 레스토랑에서 점심에 내놓을 양상추를 따고 있는 채소밭보다 경치가 더 멋진 곳은 아마 없을 것이다. 목초로 뒤덮인 들판의 울타리 너머로, 닭들이 평화롭게 풀을 뜯는 소들 주변을 돌아다니며 모이를 찾고 있었다. 너무 행복해하는 큰 흑돼지도 같이 있었다. 이 돼지로는 내년 겨울에 햄과 초리조(chorizo)를 만들 것이다. 우리 밑으로는 붉고 푸른색의 지붕이 가득한 악스페 마을과 농가들이 있었고 주변에는 험준한 바위투성이의 산들이 계곡에서 우뚝 솟아 있었다.

시차 덕분에 일찍 잠에서 깬 나와 친구들은 멋진 새벽에 모습을 드러낸 이 산들을 가장 먼저 보았다. 그 전날, 우리는 빌바오 공항에 도착해 구겐하임 박물관에서 석양을 보며 잊지 못할 저녁을 보낸 뒤 40분간 차를 몰고 이곳으로 왔다. 레녹스는 마을 외곽에 있는 헛간을 개조한 B&B(Bed and Breakfast)에서의 숙식을 권했고 이곳에서 우리는 베개를 베자마자 잠이 들었다. 나는 다음날 아침 내 친구들에게 에트세바리의 마술과도 같은 요리를 경험하게 하고 싶어 견딜 수가 없었다. 친구들은 내가 이곳을 다녀온 이후로는 줄곧 이곳에 대한 이야기만 들어야 했다.

레녹스는 평범한 흰색 밴의 경적을 울리며 아침 8시에 도착해, 우리를 태우고 시골길을 달려 지난 50년간 장작불 오븐에 빵을 구워온 작은 농가로 향했다. 스페인 북부지방에서는 아직도 빵을 옛날 방식으로 굽는 곳이 많았으며, 이는 우리가 순례길을 걷는 동안 매일 받는 소중한 선물이 되었다. 앙헬을 만나러 가는 차 안에서 우리는 갓 구워 따뜻한 식빵을 아침으로 먹었고, 레스토랑으로 돌아오는 길에는 양상추와 계란을 먹었다. 레스토랑에서 레녹스는 악스페 지역의 마지막 낙농 가축인 소의 젖으로 버터를 만들었다. 그는 여든세 살인 한 노파로부터 수제 버터를 만드는 비법을 특별히 전수받기 위해서 프랑스로 건너갔다. 그렇게 에트세바리의 메뉴에 버터가 더해지면서 올리브유가 기본인 바스크 요리의 전통이 깨졌다.

버섯 재배자는 빅토르와 레녹스가 종종 하이킹을 하는 악스페 위쪽 언덕에서 시사스(zizas), 즉 성 조지의 버섯을 공급했다. 시사스는 봄에 나는 귀중한 버섯으로 시장에서 비싸게 팔린다. 우리는 감자를 깔고 그 위에 계란 프라이와 함께 날것으로 담아낸 시시스를 점심으로 먹었다. 우리는 선사시대의 것처럼 보이는 페르세베(percebe), 갈리시아 지방의 유명한 거북손도 처음 먹었다. 달콤하고 두툼하며 고기 맛이 나는 독특한 거북손의 살을 빨아 먹으면서 즙이 사방으로 튀지 않게 하려면 연습이 필요하다는 사실 알게 되었다. 문어 맛도 나고 홍합 맛도 나는 것이 계속 먹고 싶을 만큼 아주 맛있었다. 좀더 시적인 일부 스페인 사람들은 거북손에서는 바위에 부서지는 파도 맛이 난다고 말하기도 하는데, 거북손이 있는 바위에서 이것을 캐는 위험한 작업을 가리키는 표현이다.

레녹스와 아쉽게 작별 인사를 한 뒤, 차 안에서 우리는 점심으로 먹은 음식들 중에서 가장 맛있던 것으로 거북손을 선택했다. 그러나 우열을 가리기가 힘들 정도로 모든 요리가 맛있었기 때문에 간신히 결정을 내릴 수 있었다. 굉장히 기름지고 즙이 많아서 하나만 먹어도 충분한 새우는 팔라모스에서 신경 써서 들여오는 것이다. 팔라모스는 카탈루냐 지방에서 마지막 남은 어선단이 있는 곳으로 연안 해저의 깊이로 유명하다. 새우는 해저 800미터에 서식하는데 수면 위로 올라오면 온도 변화로 인해서 밝은 분홍색으로 변한다. 앙헬의 채소밭에서 기른 어린 햇양파를 곁들인 쫄깃한 맛조개도 너무 맛있었다. 그리고 캐비어도 좋았는데 적당한 온기가 돌면서 캐비어 특유의 짠맛은 없어지고 훈제향이 감돌았다. 나는 이곳에 처음 왔을 때 쇠고기를 먹었는데, 레어로 구운 부드러운 쇠고기를, 손가락 길이로 자르고 웨지 모양으로 큼직하게 자른 싱싱한 양상추와 게랑드 소금을 함께 내왔다. 레녹스는 쇠고기가 7개월에서 23개월 사이의 일을 더 이상 하지 않는 갈리시아 젖소의 것이며, 최대 4주일 동안 숙성시켰다고 했다. 도축한 소에는 인증서가 딸려 있다. 빅토르는 향이 좋은 포도나무 숯불과 함께 특수 개조한 그릴을 사용해 고기의 양면을 동시에 그을려 겉이 잘 구워지도록 한다. 이번에 쇠고기를 주문했을 때에도 양상추와 어린 햇양파가 곁들여졌는데 채소를 딸 때 우리가 보고 있었기 때문인지 더욱 특별하게 느껴졌다.

에트세바리는 오랫동안 철저히 비밀에 부쳐진 곳이었지만, 이곳의 음식에 대한 소문이 퍼지고 전 세계의 주방장들이 피레네 산맥 양 끝자락에 각각 위치한 산세바스티안과 바르셀로나로 음식 순례를 하는 도중에 빅토르의 캐비어 요리법을 알아내고 싶어 악스페 내륙으로 우회를 하기 시작했다(정답은? 빅토르는 소금을 뿌리지 않고 저온 살균을 하지 않은 신선한 최상급 이란 캐비어를 철망에 얹어 해초와 사과나무 숯불 연기를 이용해서 아주 정성들여 굽는다).

그러나 주방장들이 이곳에 와서 가져가려고 한 것이 요리기술이었다면, 그들은 이곳의 핵심을 놓친 것이다. 만약 에트세바리에 연금술이나 마법적인 비법이 있다면, 그것은 요즘 새로운 스페인 주방장들 대부분이 주방만큼이나 필수로 여기고 있는 과학실험실에서 나오는 것이 아니다. 이곳에는 실험실이 없다. 단지, 주방 문 밖에 장작이 쌓여 있고 신선한 식재료가 매일 공급될 뿐이다. 비법은 해저 깊은 곳에서 잡은 새우와 길 위쪽 초록색 지붕의 농가에 사는 농부가 들통에 넣어둔 양의 젖일 것이다. 우연히 훌륭한 요리사가 된 자연인과 그의 제자 그리고 그들이 만든 음식은 가능한 손을 대지 않은, 자연 그대로의 것이라는 믿음이 있다.

"이러한 스타일의 요리는 원시적이잖아요." 빅토르는 『멘즈 보그』와의 인터뷰에서 미국의 한 기자가 자신의 음식에 관심이 있다는 얘기를 듣고 당황했다고 말했다. "이곳의 음식 맛은 전부 그릴에서 나옵니다. 그것뿐이에요."

팜플로나

살짝 데친 흰 아스파라거스,
엑스트라 버진 올리브유에 구운 흰 아스파라거스, 봄철 채소들의 향연

나바라는 지리학적으로 작은 스페인으로 종종 묘사되곤 한다. 나바라의 풍경 일부는 너무 적막해서 바위가 많은 산맥은 서부영화의 촬영지로도 손색이 없을 정도이다. 그러나 재미있게도, 강 유역의 평야는 비옥하다. 팜플로나는 나바라 주의 주도(州都)로, 조금 있으면 나는 이곳에서 낸시 프레이를 만나 성지 순례를 시작할 것이다. 그보다 먼저 나바라의 채소요리 성지 두 군데를 순례해야 했다. 에브로 강에서부터 펼쳐진 평야에서 자란 채소—채소 대부분이 아직도 가족들이 운영하는 작은 밭에서 재배된다—가 스페인을 통틀어 최고라는 데에 이의를 제기하는 사람은 거의 없을 것이다.

나는 오래 전부터 오스트레일리아의 대형 슈퍼마켓에서 너무 아름다운 나바라의 하얀 아스파라거스, 숯불에 구운 피키요(piquillo, 붉은 피망), 유기농 토마토를 보고 군침을 흘리곤 했다. 모두 병 속에 든 보물이었다. 특히 『늦은 저녁식사(A Late Dinner)』를 읽고 영국 요리작가 폴 리처드슨이 나바라 채소계의 믹 재거인 플로렌 도멘사인과 하루 종일 시간을 보낸 사실을 알고서 그가 무척 부러웠다. 대담한 플로렌은 폴에게 "내가 지금까지 먹어본 것 중에서 가장 통통하고, 하얗고, 달콤한 아스파라거스"를 비롯해 여러 가지 채소로 성찬을 차려주기까지 했다. 플로렌은 단언했다. "나바라의 진짜 아스파라거스를 드시고 있는 겁니다. 이 맛이 오랫동

안 기억에 남을 거예요."

　플로렌의 말이 진리임을 막 깨닫는 순간이었다. 그 아스파라거스의 맛뿐만 아니라 엘나바리코에 도착했을 때, 우리를 맞아준 살짝 데친 최상급의 흰 아스파라거스의 향도 마찬가지로 잊혀지지 않았다. 스페인 사람들은 병조림 채소를 아주 좋아한다. 엘나바리코는 최고의 병조림 전문업체이다. 이곳의 병조림은 자신이 하는 일에 자부심을 가지고 있으며 최상의 재료만을 사용하는 사람들에 의해서 아직도 수작업으로 만들어지고 있다. 회사를 창업한 가족 구성원들은 지금도 경영에 상당 부분 참여하고 있다.

　파치 파스토르는 창업자인 아말리아 에르세와 호세 살세도의 조카이다. 그들은 1950년대 말에 집 지하실에서 처음으로 토마토 통조림을 만들었고 얼마 지나지 않아 엘나바리코를 설립했다. 파치의 어머니는 제품 관리 담당자로 일하고 있다. 그는 아스파라거스 상자를 보여주기 위해서 맨 처음 우리를 서늘한 방으로 데려갔다. 아스파라거스는 모두 그날 아침에 밭에서 딴 다음 손으로 일일이 22센티미터의 길이로 정확하게 자른 것이었다. 그는 나바라에서 제작한 신형 껍질 벗기는 기구의 사용 허가를 올해 처음 받았다고 했다. 그 이전에는, 아스파라거스 줄기의 껍질을 손으로 일일이 벗겼다—펠라도 아 마노(pelado a mano)—하지만 여전히 많은 여성들이 이전에는 사람이 직접 해오던, 높은 기준에 어긋나지 않게 잘 작동되도록 기계가 돌아가는 것을 지켜보고 있었다. 그리고 더 많은 사람들이—대부분 여성들이었다—소금물에 데쳐서(데칠 때 구연산을 넣지 않는 것이 중요하다) 병에 담은 아스파라거스를 손으로 분류하고 있었다. 내가 시드니의 대형 슈퍼마켓에서 그렇게 사고 싶어 눈독을 들였던 그 아스파라거스 병조림이다.

　파치는 흰 아스파라거스는 서늘하고 가급적이면 어두운 곳에서 따는

것이 중요하다고 말했다. 그는 선뜻 우리에게 엘나바리코에 아스파라거
스를 공급하고 있는 농부 발렌틴 사라시바르를 소개시켜주었다. 그의 농
장은 우테르가 마을 근처의 언덕들 사이에 깊숙이 자리잡고 있다. 우테르
가는 팜플로나 이후 첫 구간의 성지 순례 도중에 순례자들이 나무 아래
에서 점심을 먹을 수 있는 곳으로 인기가 많다. 발렌틴이 재배하는 작물
들 가운데 줄지어 늘어선 긴 흙더미들이 검은 비닐로 덮여 있는 작은 공
간이 있었다. 검은색 비닐 아래에는 자신을 푸른색으로 변하게 할 햇빛을
피하고 있는 귀한 "백금", 흰 아스파라거스가 있었다.

　우리는 아침나절에 도착했는데 때마침 발렌틴의 일꾼 열 명이 마지막
남은 줄의 아스파라거스를 캐는 모습을 볼 수 있었다. 그들은 매일 새벽
3시에 전등을 벨트에 매달고 일을 시작하는데, 4월부터 3개월 동안 하루

에 8시간에서 10시간씩 수확한다. 달이 밝게 빛나는 날에는 아스파라거스의 끝부분이 달빛에 반짝이기 때문에 수확작업이 더 수월하다. 특수 채굴기를 이용해서 아스파라거스 끝부분 밑으로 조심스럽게 땅을 파고 아스파라거스 줄기를 도려낸다. 밭에 계속 서 있던 우리는 파치가 준 아스파라거스 병을 따고 싶어서 도저히 참을 수가 없었다. 아스파라거스는 정말 백금색이었다. 너무 맛있어서 나중에 우리는 성찬식 포도주를 마시는 듯한 경건한 마음으로 병을 돌려가며 남은 소금물을 마셨다. 이 아스파라거스가 어렸을 때 먹은 곤죽이 된 통조림 아스파라거스와 같은 품종이라는 사실이 믿기지 않았지만 그 시절에 느꼈던 아스파라거스도 나름대로 매력적이었다.

트레인타이트레스(33) 레스토랑은 에브로 강변의 나바라 제2의 도시인 투델라에 있어서 레스토랑의 채소밭은 아주 가까이에 있는 셈이다. 33 레스토랑의 리카르도 힐은 스페인의 채소왕국인 나바라에서 플로렌 도멘사인만큼 존경을 받고 있다. 두 사람은 모두 최상의 채소를 재배하는 일에 앞장서고, 위기에 처한 채소 품종의 멸종을 막기 위한 운동도 성공적으로 펼치고 있다. 플로렌은 현재 스페인 최대의 채소 유통업자이고 리카르도는 채소 요리의 권위자이다.

"파시온 포르 라 베르두라(Pasion por la Verdura, 채소에 대한 열정)"는 이 레스토랑 메뉴에서 맨 처음 볼 수 있는 문구이다. 마침 우리의 성지 순례 팀에 마지막으로 합류할 오스트레일리아인 2명이 저녁식사 시간에 맞춰 공항에서 바로 레스토랑으로 왔다. 우리가 그들에게 그날 아침에 발렌틴의 농장을 방문한 얘기를 하고 있는데, 때마침 첫 번째 코스로 흰 아스파라거스가 나왔다. 한입 베어 먹는 순간, 더할 나위 없이 행복했다. 반응을 기다리며 초조하게 우리 주변을 맴돌던 리카르도는 이 요리가 신 메뉴라고 말했다. 그는 통통하고 크림 같은 흰 아스파라거스 줄기를 투델라에서 멀지 않은 곳에서 자라는 아르베키나종 올리브로 만든 엑스트라 버진 올리브유에 20분간 부드럽게 구웠다.

할머니와 아버지 두 분 다 식당을 운영하셨던 리카르도는 1952년에 이 레스토랑을 열었다. 그가 자신의 아버지께 주방장이 되고 싶다고 처음 말을 꺼냈을 때, 그의 아버지는 이렇게 말씀하셨다고 한다. "내가 나무를 줄 테니 너는 십자가를 만들어 그것에 스스로 못 박힐 줄 알아야 한다." 그 후 주방장으로 수십 년간 일해왔지만 자신이 하는 일에 대한 애정은 그대로 남아 있다. 그가 좋아하는 베르두라스(verduras), 채소들의 놀라운 맛과 기쁨을 발견한 우리의 모습을 그는 아주 즐겁게 지켜보았다.

첫 요리 다음으로 흰 아스파라거스가 또 나왔는데, 이번에는 껍질 채로 물에 삶아 풍미를 더욱 살려냈다. 두 번 튀긴 마늘종 아호 프레스코. 어린 양파를 샤도네 포도주에 조린 콩피(confit, 진하고 깔끔한 맛에 우리가 모두 감탄했다). 리카르도식 나바라 향토요리인 메네스트라(menestra)는 갓 딴 아스파라거스와 아티초크, 완두콩, 누에콩으로 만든 수프 같은 스튜로, 밀가루를 넣지 않았기 때문에 전통적인 것은 아니라고 한다. 채소 라자냐와 튀긴 아티초크와 리크(leek)를 먹고 나니 단 한입도 더 먹을 수 없을 것 같았지만, 무화과 콩피와 부르봉 바닐라 아이스크림이 들어갈 배는 따로 있었다. 너무 배가 부른 나머지, 우리는 몇 시간 내로 등산화 끈을 졸라매고 성지 순례를 시작하는 것이 좋겠다고 결정했다.

강인한 정신력의 소유자만이 얼어붙을 것같이 낮은 기온과 높은 구간의 순례길에 쌓인 눈더미를 이겨낼 생각을 하는 겨울에, 낸시 프레이와 남편 호세 플라세르는 아이들과 함께 리아 데 아로우사 해변 위로 휩쓸려온 가리비 껍데기를 찾으러 다닌다. 산티아고 남서쪽 낸시의 집 근처에 있는

이 해변은 조수의 영향을 받는 만(灣)으로 이곳에서 사람들은 석기시대부터 바다의 산물인 가리비 껍데기를 찾아다녔다. 그들은 가리비 껍데기를 깨끗하게 씻고, 껍데기 맨 위에 작은 구멍을 두 개 낸 다음, 빨간 명주실을 꿴다. 낸시와 호세의 성지 순례는 봄에 시작해서 가장 무더운 여름 몇 주일을 빼고는 가을까지 계속된다. 그들과 함께 성지 순례를 하는 사람들은 모두 그들이 모아 만들어둔 가리비 껍데기를 받는다.

프랑스 국경에서 그다지 멀지 않은 스페인 피레네 산맥의 바람이 많이 부는 높은 산길에서 낸시와 호세의 딸인 다섯 살배기 마리나는 우리에게 가리비 껍데기를 하나씩 주었다. 가리비 껍데기를 받는 순간 우리는 순례길만큼 오래된 한 친목회의 일원이 되었다. 가리비 껍데기가 그토록 중요한 의미를 가지게 된 정확한 **시기**와 **이유**에 대한 논쟁은 계속해서 관련 서적을 출간시키고 논평가들을 분열시키지만, 적어도 가리비 껍데기가 전 세계적으로 인정을 받는 가장 강력한 성지 순례의 상징이라는 점에는 모두가 동의할 수 있을 것이다. 그리고 아주아주 오래 전부터 그래왔다는 점에도. 작년 10월에 툴루즈 인근 라바스탱의 성당에서 보았던 성 야고보의 삶을 묘사한 그림에는 성인의 삼각형 모자 중간에 눈에 띄게 달린 가리비 껍데기가 그려져 있었다. 이 그림은 1300년대에 그린 것이다.

이제 우리는 순례자로서 첫 걸음을 내디디려는 참이었다. 낮고 짙게 깔린 구름과 안개가 계곡 건너편에 있는 우리의 시야를 가렸다. 우리가 이바네타 길에 모인 순간, 과거에 대한 기억이 소용돌이쳤다. 8세기에 바로 이곳에서 샤를마뉴 대제의 후방부대는 이 길에 살던 바스크인들의 습격을 받았다. 그들은 분명 샤를마뉴 대제가 기독교의 이름으로 무어인에 대한 공격을 감행하면서 팜플로나 성벽을 파괴했던 일이 달갑지 않았던 것이다. 기독교인들이 인피델(Infidel, 신앙심이 없는 자)이라고 부른 무어인은 당시에 스페인의 대부분을 통치했다. 이 무용담은 중세에 순례자들이 좋아하는 유흥거리가 된 서사시, 「롤랑의 노래(*Chanson De Roland*)」에 영향을 끼쳤다. 호세는 샤를마뉴 대제가 무릎을 꿇고 성 야고보에게 기도를 드렸다고 전설에 나와 있는 자리에 작은 나뭇가지를 풀잎으로 묶어 만든 십자가를 놓아두었다.

샤를마뉴 대제의 전설에서는 성지 순례를 밤하늘에 보이는 은하수와 연관 짓는다. 은하수가 지상의 산티아고 순례길과 평행선을 이룬다고 믿는 사람들도 있었다. 이 위대한 전사의 꿈에 성 야고보가 나타나서 별들의 길, 즉 은하수를 따라 스페인의 북서단으로 가면 사라진 자신의 무덤을 찾을 수 있을 것이라고 했다고 한다. 샤를마뉴 대제는 그렇게 산티아고 데 콤포스텔라 순례길을 해방시켰다. 이 순례길을 따라 가는 우리의 여행 중에 신화와 역사, 신앙과 현실의 구분이 모호해지는 일들은 계속되었다.

배낭에 가리비 껍데기를 달자, 갑자기 진정한 순례자가 된 기분이 들었다. 내 가리비 껍데기는 걸을 때마다 배낭의 금속 클립에 스치면서 부드럽고 편안하며 둔탁한 소리를 냈다. 이 소리는 도보용 지팡이를 톡톡 두드리는 소리와 함께 내 순례길의 배경음악이 되었다. 낸시는 친절하게도 이 바네타 길에서 함께 성지 순례를 시작해주었다. 왜냐하면 우리 뒤편으로 생장피에드포르에서 우뚝 솟은 험준한 절벽이 있었기 때문이다. 하지만 비탈길을 1.5킬로미터 정도 내려가면 너도밤나무 숲을 지나 론세스바예스 마을로 가는 이끼로 뒤덮인 길이 있다. 바로 이곳이 스페인 순례자들 대부분이 성지 순례를 시작하고, 생장피에드포르에서 온 순례자들은 스페인 땅에서 첫날밤을 보내는 곳이다. 우리가 출발해 그 길을 걷고 있었을 때는 늦은 오후였다. 우리는 그날 아침 생장피에드포르에서 출발해서 어떤 곤란한 상황을 겪지 않았다면(그리고 날씨가 지독하고 위험하게 바뀔 가능성이 없다면), 지금쯤은 하루의 도보를 끝냈을 순례자들이었다.

중세의 순례자들에게 론세스바예스 병원은 호화로움의 극치였는데, 지푸라기가 아닌 진짜 침대와 식사와 다음 여정에 먹을 음식도 제공했다. 순례자들은 수도원 문에 서서 빵을 나눠주는 수도사의 환대를 받았는데, 이는 18세기까지 지속된 관습이었다. 론세스바예스 병원은 지속적인 보수작업으로 알아볼 수 없을 정도로 외관이 바뀌었다. 그러나 관습은 지금도 남아 있어 잠자리를 제공하는 순례자들의 쉼터가 되고 있다.

론세스바예스에서부터 길은 숲을 지나고 목초지를 따라 구불거린다. 갓 태어난 송아지가 어미 곁에 바짝 붙어 있었고 씨감자 모종을 넣을 커다란 나무상자가 쌓여 있었다. 불과 몇 시간 전에 처음 만난 우리 팀원들은 가는 길에 이야기를 나누며 서로에 대해서 알아가기 시작했다. 다른 사람들은 모두 캐나다나 미국에서 왔다. 우리가 걸으며 얘기할 때 낸시는 야생자두 덤불을 가리켰다. 파차란(pacharan)이라는 야생자두 리큐어는 바스크인들이 좋아하는 술이다. 이곳은 또한 헤밍웨이의 활동무대이기도 했다. 1927년에 그가 쓴 소설 『해는 또 다시 떠오른다(*Fiesta: The Sun Also Rises*)』의 내용에 따르면 그는 인근의 얼음처럼 차가운 이라티 강에서 숭어를 잡으며 목가적인 생활을 했다고 한다. 우리는 헤밍웨이가 머물렀고, 흰색으로 벽을 칠한 큰 농가들이 세대를 거듭하며 아직도 남아 있는 부르게테를 지나갔다. 부르게테 마을이 자랑스러워하는 또다른 향토술은 산에서 아침에 마시는 피타라(pitarra)라는 싸구려 브랜디로 헤밍웨이는 이 술을 더 좋아한 듯하다. 왜냐하면 『해는 또 다시 떠오른다』에서도 가끔 언급되기 때문이다.

우리는 첫날밤을 팜플로나의 현대식 관광 호스텔에서 보낼 계획이었다. 팜플로나도 수많은 중세 순례자들의 방문으로 부를 축적한 곳이다. 몇 가지 특혜가 프랑스 이민자들을 그곳에 정착하도록 만들었는데, 빵을 팔든 순례자 신발용 못이나 부자들이 타고 다니는 말의 발굽을 공급하

128

든 프랑스 이민자에게는 순례길의 맨 앞자리가 주어졌다. 예상대로, 이러한 특혜는 현지 나바라인들의 반발을 샀고, 결국 모든 사람들이 성지 순례로 생기는 이익에 접근할 수 있는 기회를 얻게 되었다. 나중에 이 대학도시 팜플로나는 번영을 이루어 아름다운 광장과 대로가 생겼고, 20세기에 헤밍웨이가 그곳의 축제와 투우의 들뜬 분위기를 소설의 배경으로 사용함으로써 더욱 유명세를 탔다.

　팜플로나는 오래 전부터 어떻게 축제를 하는지 알고 있는 곳이었다. 매년 7월, 이곳에서 세계 최대의 축제가 열린다. 바로 8일간 지속되는 피에스타 데 산 페르민(Fiesta de San Fermin)이다. 축제 기간에는 물가가 세 배로 뛰고, 배낭객들은 잘 수 있는 곳이면 아무데서나 잠을 청하며, 매일 아침 8시, 용감하고 무모한 사람들은 좁다란 길을 따라 소와 같이 달린다.

운이 좋은 사람들은 이 사실을 뽐낼 수 있을 때까지 살아남는다. 무모하기보다는 용감한 팜플로나의 한 투우광은 우리에게 단호하게 말했다. "소와 달리려면 계획을 짜야 해요." 그는 소가 어느 방향에서 오는지 알지도 못한 채 소와 달리는 관광객들도 있다는 사실에 기절초풍했다. "반드시 사전준비를 해야 합니다. 이와 관련해 TV를 보고 책도 읽어야 해요. 미리 잠을 자고 건강해야 합니다. 가장 중요한 것은 길 어느 쪽으로 달릴지 반드시 결정해야 한다는 거예요. 아무도 길 전체를 달리진 않아요."

　헤밍웨이가 소설을 쓰는 동안 그가 다니던 단골 술집은 카페 이루냐

(Cafe Iruña, 이루냐는 팜플로나의 바스크어 이름이다)였는데 이 카페는 최근에 그 영광을 되찾은, 벨 에포크(Belle Epoque, 아름다운 시절)의 경이로운 유산이다. 소설의 배경이 된 1920년대에, 시골 사람들은 산 페르민 축제를 기념하기 위해서 이곳으로 몰려들었고 새벽부터 술을 마셨다. 카페 이루냐에서 그는 이런 글을 썼다. "대리석 테이블과 하얀 고리버들 의자는 사라졌다. 그 대신 주철 테이블과 평범한 접이식 의자로 바뀌었다. 카페는 마치 전투를 치를 태세를 갖춘 전함 같았다." 우리가 론세스바예스와 부르게테를 걸어 카페 이루냐에 도착했을 때는, 축제까지 두 달이나 남아 있었다. 카페에는 팜플로나의 어르신들 몇 분이 커피를 마시며 쉬고 있었고, 회사원들은 바에서 포도주를 천천히 음미하며 타파스를 맛있게 먹고 있었다. 우리도 거기에 끼어들어 나바라산 적포도주를 주문하고 우리의 성지 순례 시작을 위해서 건배했다.

푸엔테 라 레이나

호세와 함께 한 첫 피크닉,
몸을 따뜻하게 데워주는 바스크의 야생자두로 만든 리큐어 파차란

우리는 팜플로나를 뒤로 하고 페르돈 고개를 오르기 시작했다. 시야가 닿는 위쪽 언덕 꼭대기에 펼쳐진 풍력 발전기의 실루엣을 볼 수 있었는데, 그 모습은 마치 하얀 봉선화가 질서정연하게 일렬로 서 있는 것 같았다. 길 정상에 가까워질수록 풍력 발전기가 낮게 돌아가는 소리는 점점 커졌다. 그러나 적어도 그날만큼은 그 소리가 전혀 방해가 되지 않았다. 영국 출신의 존 브라이어리가 쓴 카미노 프랑세스에 관한 안내서는 성지 순례의 매 구간을 반추해보는 것으로 시작한다. 그는 푸엔테 라 레이나로 가는 구간에 대해서 "때로는 인생에서 엉뚱한 친절과 정신 나간 선행을 실천하라"고 썼다. 허리까지 오는 샛노란 가시금작화와 꽃이 피는 타임이 자라는 곳을 얼마 지나지 않아, 낸시와 의사인 우리 일행 중 한 명이 애들레이드에서 온 젊은 오스트레일리아인을 돕기 위해서 멈춰섰다. 다리를 절룩거리던 그는 곤경에 처했음이 분명했다.

100킬로미터나 더 가야만 나오는 로그로뇨에는 부상당한 발과 다리를 치료할 수 있는 대형 병원이 있다. 순례자들은 자신의 체력이 허용하는 범위 내에서 가볍게 걸어야 한다는 충고를 무시하고 지나치게 열심히 걷다가 이처럼 초기 단계에서 성지 순례를 포기해야 하는 경우가 너무나 많다. 애들레이드에서 온 이 남성은 첫날 생장피에드포르에서 등반을 하다가 무릎을 삐었다. 그로 인해서 반대쪽 무릎에도 무리가 가서 다친 상태였

다. 며칠간 쉬는 것밖에 별도리가 없었다. 그는 자신의 짐도 가볍게 덜어내야 했다. 수많은 순례자들처럼 그도 배낭에 너무 많은 짐을 넣고 순례를 시작했던 것이다. 생각보다 짐이 훨씬 덜 필요하다는 것을 순례자들이 곧 깨닫는다는 사실은 성지 순례 초반 구간에 있는 우체국들이 증명해준다.

낸시는 자신의 책에서 멋진 구절로 성지 순례를 묘사했다. "발의 리듬과 혼연일체가 된 영혼들의 공동체." 우리는 매일 아침에 꽤 먼 거리를 걷는 것으로 하루를 시작했다. 보통 10킬로미터 정도를 걸었다. 호세는 점심 도시락을 먹을 평화로운 장소를 찾기 위해서 먼저 출발했다. 그는 가는 도중에 소시지, 초리조, 치즈, 빵 등 지역에서 나는 먹을거리들을 샀고, 매일 다른 종류의 샐러드를 만들어서 우리에게서 레시피를 알려달라는 요청을 받았다. 오후와 저녁에는 낸시가 경치와 역사적 관심을 고려해 신중하게 선택한 직선 코스를 따라 더 많이 걷는 일정이 뒤따랐다. 우리의 작은 배낭은 우리가 하루 종일 걷는 여행객이라는 사실을 보여주는 결정적인 증거였지만, 그렇다고 해서 우리가 덜 중요한 순례자라는 느낌을 받게 한 적은 단 한번도 없었다. 부엔 카미노(Buen camino)는, 순례길 잘 걸으세요라는 뜻의 순례자들이 하는 인사로 순례자들과 그들이 지나가는 농지와 농부와 마을사람들을 하나로 결속시켜준다. 길에서 짜증을 일으키는 원인 중 대부분은 산악용 자전거를 탄 소수의 자전거 순례자들이다. 이들은 갑자기 우리 뒤에 나타나서 뒤늦게 소리를 지르며 자전거 벨을 눌러대는 일명 "라이크라를 입은 나치"였다.

산티아고로 가던 마지막 날 아침은 내가 길에서 유일하게 잠깐 신경이 곤두선 순간이었다. 왜냐하면 몇몇 자전거 순례자들이 순례자 미사시간에 맞춰 성당에 도착하려고 자전거를 타고 휙휙 소리를 내며 진흙탕 바로 옆을 미끄러지듯이 지나갔기 때문이다. 언짢을 정도로 아주 가깝게. 우리 일행 중 한 명은 성지 순례 도중에 친구들이 쉼터에서 휴대전화 알람을 사

용하거나, 공동침실에 앉아서 스포츠 경기 결과를 확인하는 8명의 스페인 자전거 순례자들 때문에 화가 난 이야기를 해주었다. 나는 성지 순례의 정신을 살려 자전거 순례자들에게 관대하려고 노력했지만 가끔은 인내심의 한계를 느꼈다.

그런 방해물에도 불구하고, 성지 순례의 본질은 곧 내 몸 속으로 스며들기 시작했다. 그리고 내 영혼 속에도. 삶의 속도는 아주 느리면서도 차분한 상태가 되었다. 성지 순례의 상당 부분은 농지를 지나간다. 그렇게 우리는 스페인 농업과 시골 생활을 직접 체험했다. 나는 사람들의 생활과 생활방식을 경험하는 것이 얼마나 영광스러운 일인지 곧바로 깨달았다. 우리는 페르돈 길에서 봄의 선명한 녹색 밀밭을 내려다보았다. 밀은 한 달 정도 지나면 연갈색으로 바뀌고 추수를 한 밀밭은 전부 갈색 땅이 될 것이다. "여름은 붐비고 덥다. 겨울은 적막하고 춥다. 가을은 봄보다 날씨가 쾌적하다. 꽃을 보지는 못하지만 과일을 먹을 수 있다"라고 존 브라이어리는 썼다. 우리도 꽃을 보기에는 조금 늦은 시기에 순례를 하고 있었다. 우리는 햇 체리가 빨갛게 익어가는 과수원을 지나갔다. 몇 주일 후면 농부들이 길 옆 좌판에서 순례자들에게 체리를 팔 것이다.

좀더 길을 걷다가, 우리는 이틀 전에 구경했던 아스파라거스 텃밭을 알아보았다. 검은색 비닐로 덮인 흙더미의 전경을 내려다보니, 한 가지 작물만 경작하는 것이 아니라 패치워크 퀼트처럼 밀 옆에 나란히 아스파라거스, 올리브 나무, 포도나무 등 다양한 과일과 견과류 나무들이 건강하게 자라고 있는 것을 보니 기분이 좋았다. 잠시 후에 우리는 우테르가 마을로 걸어갔다. 호세는 이곳에서 점심에 먹을 팜플로나산 초리조와 론세스바예스산 양 치즈를 비롯해 흰 아스파라거스를 조금 가져왔다. 그리고 몸을 따뜻하게 데워줄 리큐어인 야생자두와 진(Gin)으로 만든 분홍색 파차란도. 점심을 먹고 나니 비가 내리기 시작했다. 그래서 우리는 식사를 하거나 비를 피하기 위해서 몰려든 순례자들 틈에서 커피를 마시기 위해서 마을의 바(bar)로 갔다. 비에 젖어 물이 뚝뚝 떨어지는 배낭과 재킷들이 바의 문 옆에 쌓여 있었다. 성지 순례를 하는 동안 거의 매일 비가 내렸다. 우리가 특히 좋아하는 몇 가지 추억은 길을 가는 도중에 들른 카페에서 방수복을 벗고 채소 수프나 반짝반짝 빛나는 새 에스프레소 머신에서 내린 커피를 주문하면서 느끼는 동지애와 순례자들이 웅성거리는 소리였다. 우리는 낸시가 출발할 때 항상 커다란 우산을 배낭에 단단하게 고정시키는 이유를 이해하기 시작했다.

스페인으로 떠나기 몇 달 전부터, 나는 스페인 북부지방, 스페인 음식과 포도주, 그리고 성지 순례에 관한 책에 푹 빠져 있었다. 집으로 돌아왔을 때에도, 그만큼의 읽지 않은 책들이 나를 기다리고 있었다. 젊은 시절에 읽었던 미국의 작가 제임스 A. 미치너가 쓴 베스트셀러들이 어렴풋이 기억났다. 스페인으로 떠나기 전에 낸시에게서 받은 도서목록에도 제임스의 1968년작인 『이베리아(Iberia)』가 들어 있었다. 나는 인터넷에서 중고책을 사서 838페이지를 건너뛰고 그의 산티아고 데 콤포스텔라 성지 순례에 관한 마지막 장부터 읽기 시작했다. 여러 책들을 읽으며 나는 글들이 너무 비슷해서 서로 다른 책에서도 똑같은 부분을 여러 번 읽고 있다는 느낌을 자주 받았다. 그러나 미치너는 스페인과 성지 순례의 오랜 연관성, 당대 최고의 학자들의 소개, 날카로운 시각, 작가의 문체, 풍부한 역사적 정보를 주제로 글을 썼다. 웨이벌리 루트의 『프랑스의 음식』이 십수 년 전 프랑스에서 나의 개인 가이드이자 현명한 여행 동반자였던 것처럼, 출간된 지 40년이 되어 중고로 구입한 나의 『이베리아』도 내가 영혼들의 오래된 연속체에 소속된 느낌을 받게 했다.

미치너는 성지 순례의 대표적 건축양식인 로마네스크 양식과 위대한 건축학적 연애에 빠졌다. 오후에 순례길을 걷고 있을 때, 주변에는 밀밭이 펼쳐져 있고 가장 가까운 마을로부터 수 킬로미터 떨어진 곳에서 12세기의 벌꿀색 석조건물 "에우나테의 성모(St Mary of Eunate)"라는 이름의 로마네스크 성당이 갑자기 나타났다. 이 성당은 중세 순례자들의 묘지였다. 미치너는 이 성당과 로마네스크 양식에 대해서 굉장히 감동적인 글을 썼다. "나는 이 평야 위의 적막한 에우나테 성당에 왔다. 사라지지 않는 공허감만이 이곳을 감싸고 있다. 이 성당의 건축양식은 로마네스크이다. 다시 말해서, 이 성당을 지은 시기가 11세기 초 이후의 어느 시점, 고대 로마 건축양식이 고딕으로 바뀌기 전인 과도기라는 뜻이다.……에우나테 성당은 땅과 관련된 성당이다. 성당의 아치는 마치 땅에 붙어 있는 편이 더 좋다는 듯, 낮고 둥글다. 나는 스페인에서 본 아름다운 것들 가운데 북부지방의 로마네스크 양식 성당들이 가장 좋았던 것 같다."

낸시는 자신의 책에서 걷기로 하나가 된 성지 순례 단체에 대해서 이야기한다. 뿐만 아니라, 공동의 목적을 가지고 같은 땅을 밟으면서 그들의 선조와 강한 유대감을 느끼는 오늘날의 순례자들에 대해서도 다루고 있다. 그날 오후, 반투명의 설화석고로 만든 작고 높은 창문을 뚫고 빛이 스며들어오는 신비한 팔각형 모양의 에우나테 성당 안에서, 나는 갑자기 선조들과의 유대감과 천 년이라는 세월을 건너 우리와 만난 로마네스크 장인들의 숭고한 유산에 압도되었다. 성지 순례를 위해서 아무리 많은 책을 읽고 계획을 세웠다고 하더라도, 이 성당에서 내가 성지 순례로 서로 연결되어 있는 인류의 긴 대열에 합류했다는 사실을 깨달았을 때 느낀 감정을 미리 대비할 수는 없었을 것이다. 이 성지 순례 대열 속의 사람들은 각자의 방식으로 이승에서 자신의 위치를 파악하고 다음 생의 존재에 대해서 곰곰이 생각해보려고 노력한다.

성지 순례에서 가장 사진이 많이 찍히는 로마네스크 양식 건축물이 성당 인근에 있다. 바로 푸엔테 라 레이나에 있는, 아치가 6개인 고대의 다리로 그날 우리의 목적지였다. "여왕의 다리(Queen's Bridge)"의 후원자는 나바라의 여왕인 도냐 마요르로, 여왕은 11세기에 점점 늘어나는 순례자들의 여행을 돕기 위해서 물살이 빠른 아르가 강을 안전하게 건널 수 있는 수단을 제공했다. 아르가 강은 물살을 헤치며 건너기에는 너무 넓고 깊어서 순례자들은 나룻배에 의존해야만 했다. 다리는 이 구간을 지나는 성지 순례를 완전히 바꿔놓았고 수백 미터의 뱃길보다 더 오래 살아남아 지금까지 천 년간 이어지고 있다. 뿐만 아니라, 성지 순례 전체에서 가장 우아하고 아름다운 다리라는 영예를 차지했다. 영향력이 컸던 여왕의 남편 산

보데가의 지하 저장실

초 3세는 성지 순례길이 푸엔테 라 레이나를 통과하도록 변경했다. 이전의 더 구불구불했던 길을 대신하여, 산초 3세는 팜플로나에서 시작해서 푸엔테 라 레이나, 에스테야, 로그로뇨, 나헤라, 부르고스로 이어지는 더 안전하고 곧은 길을 만들었다. 그때에 이 길이 프랑스 순례길, 카미노 프랑세스로 알려지게 되었다. 왜냐하면 수많은 순례자들이 프랑스인이었을 뿐만 아니라 그들 중 상당수—성직자, 수도사, 장인, 상인 등—가 이 길을 따라 정착해서 살았기 때문이다.

아를에서 시작되는 비아 톨로사나는 에우나테 성당과 푸엔테 라 레이나 사이에서 카미노 프랑세스와 만나고 프랑스를 거치는 4대 길이 모두 하나로 합쳐진다. 카미노 프랑세스가 지금까지 스페인 북부지방을 통과하는 가장 인기 있는 순례길이라는 점으로 미루어볼 때, 산티아고로 가는

순례자들의 **대다수**가 푸엔테 라 레이나를 걸었다고 결론짓는 것이 타당하다.

우리가 이 지역을 지나서 푸엔테 라 레이나의 중심가를 통과하는, 순례길 바로 위에 있는 작은 호텔을 향해 갈 때, 낸시는 굴뚝 꼭대기와 다른 높은 건물 위의 커다란 둥지에 있는 하얀 황새를 가리켰다. 오랫동안 이 황새들은 모로코에서 겨울을 났지만, 최근에는 겨울이 따뜻해져서 일 년 내내 이곳에 머무른다고 한다. 나는 잠에 들려고 할 때 분명 황새가 부리를 쪼는 소리를 들을 수 있었다. 성지 순례를 하는 도중에도 자주 들을 수 있는 소리였다.

로그로뇨

리오하의 키가 작은 포도나무 덤불, 마리사 산체스의 크로켓과 양고기와 감자로 만든 스튜,
마르케스 데 리스칼 포도주, 사람들과 경쟁하면서 타파스 먹기

푸엔테 라 레이나에서는 성지 순례를 목적으로 특별히 세워진 마을들이
순례길을 따라 늘어선 상인들의 집과 함께 주로 어떤 식으로 배치되어 있
는지 알아보기가 쉽다. 다음날 아침, 우리는 호텔에서 아침으로 너무 맛있
고 차가운 라이스푸딩을 먹고 나서 중심도로인 좁은 마요르 가(街)를 잠
깐 걸었다. 마요르 가는 푸엔테 라 레이나를 세분하고 에우나테 성당을
지나 유명한 여왕의 다리로 이어진다. 순례자들이 한때 몸을 씻던 샘이 있
던 자리에 지금은 분수대가 서 있다. 순례자들이 과일과 식량을 구입하고
있었다. 좀더 가까이 다가가보니, 거리에 있는 모든 건물의 정면이 1142년
에 이 성지 순례 마을이 생겼을 당시에 배정된 건물들처럼 넓이가 똑같았
다. 우리가 지나온 좀더 작은 마을들 중에는 그 폭이 건물 한 채가 들어
갈 정도인 것도 있었다.

특히 그날 우리의 첫 행선지였던 에스테야는 성지 순례의 혜택을 받기
위해서 탄생한 전형적인 마을이다. 성지 순례의 공통된 방식을 따르면서
나바라의 군주인 산초 라미레스 왕은 영리하게 원래의 성지 순례길을 북
쪽으로 약간 변경하여 순례길이 1076년에 세운 상업마을 에스테야를 거
치도록 했다. 프랑스 성지 순례 정착민들이 들어왔고, 장인들은 그들의
능수능란한 조각술을 이용해 산 페드로 데 라 루아와 산 미겔과 같은
멋진 성당과 더불어 순례자 병원, 나바라의 왕들이 거처할 궁전을 지었다.

에스테야는 내부경쟁으로 인해서 으레 발생하기 마련인 일들을 겪었고, 결국 나바라 왕국은 나바라 사람들이 이주민들과 똑같은 상업적 혜택을 받으며 자신들의 구역에서 안전하게 살 수 있도록 했다. 에스테야의 귀중한 건축물들은 훼손되지 않고 그대로 보존되어 있을 뿐만 아니라 주민들의 일상생활에 이용되고 있었다. 우리는 낸시와 함께 몇 시간 동안 그곳의 건축물들을 둘러보았다. 우리는 누군가가 성당의 열쇠를 가지러 간 사이에 산 페드로 데 라 루아 성당의 특이하게 조각된 정문 밑에서 기다리면서 중세부터 이 성당에 있었던 중요한 유해가 1979년에 도난을 당하는 바람에 지금은 성당 문을 잠가둔다는 사실을 알게 되었다. 나는 콩크에서 아침을 먹을 때 만난 영국인 순례자가 한 말을 다시 생각해보았다. "성당에서 귀중한 물건을 모두 빼내고 사람들이 언제든 방문할 수 있도록 성당 문을 열어두어야 합니다."

왜 그런지는 모르겠지만, 에스테야가 미치나가 살던 시대에 스페인에서 여성들에게 투우를 허가한 유일한 마을이라는 사실에 매료되었다. 이러한 사실은 에스테야가 여성들에게 계승권을 부여하는 9세기의 법을 반대하는 데에 뿌리를 둔 강력한 정치운동 단체인 카를로스주의자와 오랫동안 유대관계를 지속한 점을 고려해볼 때 대단히 이례적인 일인 것 같았다.

일행 중에서 오스트레일리아에서 온 사람들은 그날 오후에 시골을 걷는 일정에서 빠질 예정이었다. 왜냐하면 차를 타고 1시간 거리에 있는 리오하 알라베사의 마르케스 데 리스칼 포도주 양조장에 식사 예약을 했기 때문이다. 리오하 알라베사는 스페인에서 가장 유명한 포도주 제조용 포도를 재배하는 리오하 지역에 속해 있다(그러나 엄밀히 말하자면 리오하보다는 알라바 바스크 지방에 위치하고 있다). 포도나무는 최초의 순례자들이 오기 오래 전부터 이곳에서 자라고 있었고 고대 로마인들이 들여온 것으로 보이지만, 성지 순례로 인해서 창출된 부는 마을들을 탄생시켰을 뿐만 아니라 순례길에서 포도주 거래를 활성화시켰다. 그리고 뜻밖의 사람들로부터 포도주의 위력을 평가받았다. 곤살로 데 베르세오는 13세기의 유명한 리오하의 시인이자 수도사로 성자와 신학에 관한 그의 전문적인 글은 분명 향토술인 리오하 포도주 덕을 본 듯하다. "이 편지와 함께, 나는 간단한 산문을 짓고 싶다. 사람들이 이웃과 더불어 사용하는 평범한 언어로. 왜냐하면 사람들은 배우지 못해서 성서에 사용되는 언어를 모르기 때문이다"라고 쓰며, 그 다음에 "좋은 포도주 한 잔 가득 따라 마시면 여기에 딱 어울리겠다"라고 자세히 덧붙였다.

그 수도사가 말한 "좋은 포도주"는 요즘 기준으로는 입에도 댈 수 없는 포도주였을 것이라는 말이 맞을 것이다. 1860년대에 마르케스 데 리스칼은 리오하의 기본적이고 다소 투박한 포도주 양조기술이 보르도 지방의 최고급 저택에서 사용하는 프랑스 제조법의 상대가 되지 않는다는 것을 알게 되었다. 그는 자신의 포도농장에서 양조법을 개량했고, 포도주를 숙성시킬 돌로 지어진 대형 지하 저장고를 똑같이 만들기 위해서 보르도에 건축가를 보내어 최고의 포도주 저장실에 대해서 연구하도록 했고, 마침내 엘시에고에 보데가(bodega, 포도주 저장실)를 처음으로 지었다. 19세기 말 이전, 마르케스 데 리스칼 포도주는 프랑스 이외의 지역에서 생산된 것으로는 최초로 프랑스에서 가장 탐내는 포도주상인 디플로마 도뇌르(Diplôma d'Honneur)를 수상했다.

리오하 포도주는 가장 오래된 포도주이며, 엘시에고에 있는 그 멋진 포도주 저장실들은 거미줄과 함께 이제 유산이 되어버린 마르케스 데 리스칼 이전 시대의 포도주를 아직도 보유하고 있다. 그래서 20세기 말 이 포도주 양조장이 현장에 호텔을 건설하기 위해서 캐나다 건축가인 프랭크 게리에게 건축설계를 의뢰할 때, 그가 태어난 해인 1929년산 포도주를 가져가 그의 마음을 움직일 수 있었다. 빌바오 항구와 게리의 구겐하임 미술

관에서 시작되는 산 너머에, 그의 포도주의 도시는 인구가 900명인 중세의 마을 엘시에고에 위치한 리스칼 포도주 양조장 바로 위에서 솟구쳐 오른다. 포도주의 도시에 자리한 티타늄으로 된 리본은 햇빛을 받아 분홍색과 파란색으로 반짝이고 세심하게 매만져놓은 신부의 머리모양처럼 장난스럽게 물결친다. 리오하에 있는 다른 포도주 양조장들—이오시스, 바이고리, 비냐 레알—도 오늘날의 유명 건축가들에게 설계를 의뢰하고 있으며, 성지 순례로 리오하에 불었던 건축혁명의 정신이 다시 한번 활기를 띠게 되었다. 지금은 포도주를 위한 성당들을 짓고 있다.

오스트레일리아의 많은 지역이 산업화된 대규모 포도농장과 고도로 기계화된 포도 재배 및 수확에 익숙해져 있는 반면, 리오하의 포도농장들은 소박하고 키가 작은 포도덤불이 매력적이며 포도나무를 지지대나 지선 없이 재배하고 고블릿(goblet)이나 꽃병 모양으로 가지치기를 한다. 1960년대와 1970년대에 9년간 스페인에 살았던 멋진 영국의 요리작가 엘리자베스

루아드가 포도나무 사이에서 자라는 주홍색 피망 밭에 대해서 써놓았던 전원적인 이미지가 나의 상상력을 자극했지만, 주홍색 피망철이 되기에는 아직 너무 일렀다. 아마 지금쯤은 피망이 평범한 온실 속에서 다 자라 있을지도 모른다. 그러나 에스테야에서 차를 타고 오면서 여러 줄로 늘어선 포도나무 사이에서 산들바람에 살랑거리는 선홍색의 양귀비를 발견했다. 6개월이라는 시간이 지나면 수확을 위해 일꾼들이 포도를 따러 올 것이다.

마르케스 데 리스칼에서 경험할 수 있는 신구 결합은 흥미진진하다. 보관되어 있는 단색의 포도주와 그동안의 노고와 역사에 대해서 강한 자부심을 가진 어두운 보데가는 게리의 티타늄 처마 아래에 있는 세련된 레스토랑의 선명하고 아름다운 원색만큼 강렬하다. 레스토랑의 화장실에 비치된 빨간색 휴지를 보고 얼마나 놀랐는지! 우리는 시골길의 외진 곳에 멈춰서 순례길을 걷는 동안 입고 있던 옷을 좀더 깔끔한 것으로 재빨리 갈아입고 약간 죄를 지은 듯한 기분으로 고급 만찬에 자리를 잡고 앉았다. 고대와 현대의 조화였다. 저 멀리, 게리의 티타늄 처마 가장자리 아래에 황금빛 석조 교회탑과 엘시에고 마을의 집들이 들어서 있었다.

마르케스 데 리스칼은 전통과 현대의 균형을 맞춘 메뉴를 개발하기 위해서 리오하 외식업계의 최고 스타를 선택했다. 프란시스 파니에고는 인근의 에스카라이 마을에 자리한 가족 호텔, 에차우렌에서 어머니 마리사 산체스가 맡고 있는 주방에서 요리를 하며 자랐다. 마리사는 에차우렌 레스토랑으로 수많은 상을 받았고, 2005년에 프란시스는 가족 호텔에 있는 그의 레스토랑 에차우렌 엘 포르탈로 미슐랭이 선정한 리오하 최초의 주방장이 되었다. 우리는 마르케스 데 리스칼을 방문한 다음날 그곳에 가기로 했다. 나는 어머니와 아들이 같은 주방을 쓴다는 사실에 반했다. 마리사는 모두에게 감동을 주는 리오하 전통요리를 만들고, 프란시스는 당시 엘불리(elBulli)에 있었던 스페인 신(新)요리의 대부 후안 마리 아르

사크와 산세바스티안에서 보낸 시절의 영향을 받아 현대식 요리를 만든다. 파니에고의 음양설(陰陽說)은 모자가 공동 저자인 스페인어로 된 요리책들의 주제이다. 이들 가족의 다양한 현대식 및 전통식 요리를 기념한, 가장 화려한 최근 작품은 이름하여 "에차우렌 : 엘 사보르 데 라 메모라 (Echaurren: El Sabor de la Memora, 추억의 맛)"이다.

마리사가 스페인 요리에 대한 공헌으로 무수히 받은 찬사 중 하나는 그녀가 만든 크로켓에 대한 것으로 한때 스페인을 통틀어 최고의 맛으로 인정받았다. 스페인 사람들은 크로켓을 사랑하는데, 마리사의 크로켓은 마르케스 데 리스칼의 메뉴의 가장 눈에 잘 띄는 자리에 적혀 있다. 그녀의 크로켓은 기름에 튀긴 겉은 바삭바삭하고 햄과 닭고기로 만든 속은 부드럽다. 스페인의 일반 가정집과 타파스 바에서 볼 수 있는 대중적인 스페인 음식에 대한 경의의 표시라고 할 수 있겠다.

감자와 양고기를 넣고 만든 마리사의 스튜도 그렇다. 이 스튜는 길고 푸짐한 일곱 코스의 점심 중에서, 프란시스의 현대식 요리와 함께 먹은 리오하의 전통요리이다. 스페인 신요리가 엉뚱한 사람의 손에 들어가면 불행한 결과를 낳을 수 있지만, 프란시스 파니에고가 주방을 수호하고 있을 경우에는 그렇지 않다. 스페인 신요리는 예상 밖의 질감과(적포도주 "캐비어") 능수능란한 솜씨로 결합시킨 맛으로(팬에 버섯 무스를 넣고 올리브유로 구운, 우리가 좋아하는 흰 아스파라거스) 우리의 미각을 자극하고 주의를 환기시킨다. 우리는 프란시스가 유기농 아르베키나 올리브로 만든 리우엘로 올리브유, 에스카라이산 벌꿀, 그 지역에서 만든 염소 치즈 등 지역 농산물을 선호하는 것도 마음에 들었다.

기쁘게도, 점심을 먹을 때 마르케스 데 리스칼의 포도주를 다양하게 선택할 수 있었다. 이곳의 포도주 저장고는 최상급 적포도주와 밀접한 관련이 있다. 게다가 인근의 루에다에서 재배한 포도로 맛있는 백포도주도

감자와 양고기를 넣고 만든 마리사의 스튜

만든다. 우리는 루에다에서 처음 재배된 소비뇽 블랑(Sauvignon Blanc)으로 시작한 뒤에 루에다의 전통 품종인 베르데호(Verdejo)를 마셨다. 그 다음에는 달콤하고 향이 있으며 발사믹처럼 진한 그란 레세르바(Gran Reserva)가 첫 번째 적포도주로 나왔다.

리오하의 포도주 분류법을 알면 이해하기가 쉬워진다. 최상급은 엄선된 최고의 포도만 가지고 매년 마르케스 데 리스칼에서 제조하는 그란 레세르바이다. 레드 그란 레세르바는 5년이 지나야만 출시가 가능하다. 2년은 오크통에서 3년은 병 속에서 반드시 숙성을 거친다. 레드 레세르바는 그 다음 등급으로, 수확 후 4번째 되는 해에 판매할 수 있는데 오크통에서 최소 1년간 숙성된다. 레드 크리안사(Red Crianza)도 반드시 오크통에서 1년간 숙성을 거쳐야 하지만 수확한 지 3년째 되는 해에 판매가 가능하다. 마르케스 데 리스칼 고유의 최상급 포도주가 있다. 스페인 포도주 전문가 줄리언 제프의 설명에 따르면 바론 데 치렐(Baron de Chirel)은 모든 것이 "딱 들어맞는" 해에만 제조된다고 한다. 이 "딱 들어맞는"이라는 말은

식사를 마쳤을 때 의자에 기대어 앉아 기쁨의 한숨을 내쉬며 우리가 마신 2002년산 포도주에 대해서 든 바로 그 느낌이었다.

만족하고 감격스러워하며("리오하 하면 토스카나와 관련된 내가 좋아하는 모든 것들이 생각나"라고 일행 중 한 명이 말했다) 우리는 리오하의 주도인 로그로뇨로 차를 타고 이동했다. 그날 밤 우리는 대학도시 로그로뇨의 타파스 바가 있는 동네로 갔다. 이곳은 이른 저녁 시간에는 텅 비어 있지만 밤에는 나이와 국적을 불문하고 사람들로 꽉 차는데, 바에서 쏟아져나온 사람들로 좁은 길은 더 북적거린다.

타파스 바는 한 가지 메뉴를 전문적으로 하는 경우가 많다. 심지어는 한 가지 재료만(예를 들면, 새우 같은 것) 들어갈 때도 있다. 메뉴는 문 위의 간판에 그림으로 나타나 있다. 타파스 바의 주문법은 사람을 취하게 만드는데, 특히 자율 지불제가 그렇다. 손님은 나가기 전까지 돈을 내지 않는데, 아수라장 속에서도 어떻게든 바 직원들은 손님이 먹은 음식과 술을 기억한다. 나는 아무것도 먹지 않은 척 하려고 종이 냅킨을 뭉쳐서 바닥에 버릴 수도 있지 않을까 상상해보았다. 밤새도록 술을 마실 작정이라면, 우리가 그랬던 것처럼 여러 바들을 돌아다닐 수도 있고, 집이나 레스토랑으로 저녁을 먹으러 가기 전에 사람들과 잠시 어울릴 수도 있다. 스페인 북부지방에서는 타파스를 핀초스라고 부른다.

우리는 처음에는 소심하게, 지나칠 정도로 예의를 갖추며 사람들 주변을 맴돌기 시작했다. 우리 중 가장 용기 있는 사람이 사람들 틈 속으로 끼어들자 갑자기 어색함이 사라졌고, 카운터로 밀고 들어가 바에 기대어 소란한 가운데 큰 소리로 주문을 했다. 일행은 하몽, 모차렐라 치즈, 피망, 앤초비로 만든 작은 샌드위치를 가지고 의기양양하게 돌아왔다. 다른 바로 옮겨가며 우리는 버섯을 그릴에 구워 마늘과 올리브유를 뿌린 뒤 이쑤시개로 빵에 고정시키는 과정도 지켜보았다. 우리가 버섯 갓 안쪽에 고여 있는 기름이 튀지 않도록 낑낑대고 있는 모습을 지켜보던 한 여성이 다가와서 타파스 밑에 이쑤시개를 다시 꽂는 방법을 직접 보여주었다. 몇 번 연습을 통해 기름을 빵 위에 제대로 부어 다른 데에 기름이 튀지 않게 할 수 있었다. 다른 바에서는, 우리가 힘들게 칠판 위에 적힌 메뉴를 해석하고 있을 때 한 학생이 친구를 두고 우리 쪽으로 건너와 영어로 말을 걸며 메뉴를 해석해주겠다고도 했다.

신나게 먹고 마시며 시간을 보낸 다음 우리는 타파스 바의 신선한 칼라마리가 놓여 있던 접시와 똑같이 생긴 백청색 에나멜 접시를 로그로뇨의 어느 상점에서 살 수 있는지 현지인의 도움 없이 물어보는 데에 성공한 사실에 기뻐했다. 우리는 그 접시가 모든 수준의 리오하 음식을 맛보고 한 입 한 입 먹을 때마다 감사하게 여긴 이 특별한 날을 기념할 수 있는 완벽한 기념품이라고 생각했다. 이 접시를 어디서 구했는지 알아내는 것은 어렵지 않았다. 우리의 질문에 주인은 노란색 포스트잇에 정성스럽게 답을 써서 바 너머로 우리에게 건네주었다. 포스트잇에는 이케아라고 적혀 있었다.

산토 도밍고 데 라 칼사다

추러스와 따뜻한 초콜릿 소스, "금가루를 뿌린 콩폭탄",
프란시스 파니에고의 "비밀 글레이즈를 바른 양고기",
에차우렌 엘 포르탈에 있는 올리브유 카트, 메추리알 프라이를 얹은 마늘을 넣은 빵가루

다음날 아침, 우리 일행이 로그로뇨에서 버스를 타고 나오자, 걷는 것이 진정한 순례가 아닐까 하는 순례의 정통성 문제가 내 머릿속에서 싹 사라졌다. 나헤라로 가는 성지 순례 29킬로미터 구간 중 상당 부분이 굉장히 붐비는 간선도로 옆에 위치하고 있다. "계속 집중해야 한다. 그렇지 않으면 길을 잃거나 목숨을 잃을 수도 있다"라고 한 안내서는 이 구간을 지나가는 순례자들에게 주의를 준다. 반면, 우리가 탄 편안한 버스는 같은 그 도로를 따라 불과 30분 만에 주파하여 우리를 나헤라로 안전하게 데려다줄 예정이었다. 위험한 길을 걷는 일보다 즐거운 일이 더 많이 기다리고 있었다. 점심시간에 우리는 프란시스 파니에고의 수상경력을 말해주는 액자들이 잔뜩 걸린 레스토랑에서 식사를 할 것이다. 그리고 그날 밤에는 스페인 정부가 고급 호텔로 개조한 역사적 건물인 오래된 국영 호텔, 파라도르(parador)에서 묵을 예정이다. 이 특별한 국영 호텔은 한때 중세의 순례자들에게 숙소를 제공했으며, 운이 좋은 순례자들은 바닥이 아닌 판석 위의 짚으로 된 매트리스 위에서 잠을 자고 치즈를 걸러내고 얻은 유장에 빵을 찍어 먹을 수 있었다.

대부분의 순례자들이 순례를 하면서 가장 중요하게 생각해야 하는 것은 하루의 일과를 꼭 해야 하는 일로만 대폭 줄이고, 가장 기본적인 욕구에 대해서만 걱정하는 단순화 작업이다. 이것이 성지 순례의 전부이기도

한 순례자들도 있다. 종교적이든 아니든, 순례자들은 자신이 가진 물건의 개수를 최소화함으로써 정신적인 경험의 발판을 마련한다. 일부 순례자들에게는 단순화의 기쁨이 성지 순례를 통해서 맛볼 수 있는 뜻밖의 보너스와 같은 것이다. 천성이 낭만주의자인 나는 지속적으로 중세 순례자들의 삶을 떠올렸다. 중세는 왠지 좀더 순수하고 정당하며 정통성이 있었을 것이라고 믿는 현대의 순례자들도 있다. 그러나 나는 그 사람들과는 생각이 좀 달랐다. 중세의 순례자들에 대한 나의 관심은 나보다 앞서 간 선조들의 일상생활이 매력적이라고 느끼면서 항상 가지게 된 관심에서 비롯되었다. 즉 그들이 무엇을 먹었고 그 음식은 어디에서 났는지, 그들이 하는 일의 특성과 사용한 도구 등등 그들의 심신을 지탱해준 것들이 어떤 것인지에 대한 궁금증이다.

성지 순례에 관한 고전들 중에서 위대한 네덜란드의 작가 겸 역사가 세스 노터봄이 쓴 『산티아고 가는 길(*Roads to Santiago*)』이라는 책이 있다. 그는 자신의 책에서 초기 성지 순례자들에 대해서 지나친 환상을 품지 말라고 당부한다. 초기 순례자들이 성자와 순교자의 유해에 부여한 중요성은 오늘날의 우리는 도저히 이해할 수 없는 것이라고 말하며 해석 불가능한 그들의 확고한 믿음에 대한 감동적인 얘기도 하고 있다. 에드윈 멀린스는 중세의 순례자들과 오늘날의 관광객들이, 어느 장소와 사물에는 신기한 영적인 힘이 있다는 공통된 믿음을 가지고 있다고 말한다. "우리는 그 힘을 예술이라고 부르고, 그들은 신이라고 불렀다." 중세 순례자들이 쫓아다닌 종교인들의 유해가 한때 안치되어 있던 교회와 기념물은 현대 순례자들에게는 역사적 유해가 되었다. 역사가 되어버린 종교인 것이다. 나는 어느 정도는 그 말에 공감한다. 그러나 멀린스의 주장은 하느님이 오늘날 많은 순례자들을 위해서 아직도 존재하신다는 현실을 간과한 것이다. 나는 어렸을 때부터 가톨릭 신자였고 지금도 가끔 미사에 참석한다. 내가 믿고 있는 하느님은 분명 나의 성지 순례에서 반가운 존재였다. 내가 유럽 혈통을 가지고 있지만 유럽 문화가 전해진 지 겨우 200년이 된 나라, 오스트레일리아에서 살고 있어서인지 이 오래된 성지 순례의 역사적인 면에 더욱 강렬하게 매력을 느꼈던 것 같다.

　나헤라 마을에는 아름답게 보존되어 아직도 운영되고 있는 산타 마리아 라 레알(Santa Maria la Real, 진실의 성모님) 수도원이 있다. 그곳의 역사는 프랑스의 모든 것에 대한 찬양과 함께 프랑스 순례길의 발전과 그 후 스페인 기독교의 암흑시대를 압축해서 보여준다. 우리는 11세기(1044)에 가르시아 왕이 사냥 도중 우연히 동굴에 성모의 조각상을 세운 곳으로부터 멀지 않은 산비탈의 둥지에서 황새가 딱딱 부리를 맞부딪치는 소리를 들을 수 있었다. 그는 동정녀 마리아에 대한 숭배의 의미로 동굴 주변에 성당과 수도원을 짓게 했다. 차기 국왕이자 정복자였던 알폰소 6세가 막강한 세력을 가진 프랑스 클뤼니 수도사들에게 이 성당과 수도원을 하사했다. 알폰소 6세는 스스로를 스페인 황제라고 칭하며 프랑스가 무어인들과의 싸움에서 그를 지지해줄 것을 원했다. 그가 바로 성지 순례 마을에 정착한 프랑스인들에게 특혜를 부여했던 왕이다. 그는 순례자들에게 숙소를 제공하고 순례길을 개선했으며 보안을 강화했다.

　이 수도원은 처음에 로마네스크 양식으로 설립되었다. 그러나 설립 이후 수백 년간 지속적으로 순례자들을 받았기 때문에 수도원의 시설은 점차 현대식으로 바뀌었다. 성당과 회랑의 좀더 두드러져 보이는 고딕과 바로크적 요소들이 이와 같은 지속적인 투자와 건축양식의 변화를 보여주는 증거이다. 고딕 양식으로 꾸며진 성가대석의 좌석에 순례자 문양이 새겨져 있기까지 하다. 이후, 나폴레옹의 군대는 이 수도원을 징발해서 막사와 마구간으로 쓰려고 했다. 이는 성지 순례길에 있는 다른 많은 건축물들에도 적용되는 이미 들었던 이야기이다. 낸시는 회랑 안의 머리가 없는 조각상을 가리켰다. 이 조각상은 재산을 재분배하고 수도회를 스페인에서 축출하려는 시도가 있었던 1830년대의 한정상속해제(Disentailment) 시기에 성당과 종교적 중심지에 대한 공격으로 훼손되었다. 우리는 성지 순례 중에 그렇게 훼손된 종교 조각상들을 계속 볼 수 있었다.

나헤라에서 얼마 떨어지지 않은 곳에 현대식 성지 순례 마을인 아소프라가 있다. 그곳의 쉼터, 카페, 상점이 순례자들을 대상으로 번 수입으로 생계를 유지하는 비교적 특징 없는 마을이다. 아소프라에서 산토 도밍고데 라 칼사다까지의 거리는 20킬로미터 정도밖에 되지 않는데 여정 대부분이 탁 트인 농지를 지나는 넓은 길을 걷는 것이어서 수월하다. 발 아래의 비옥한 적색토가 비오는 날 걷는 사람들의 신발을 더럽히지만, 아소프라의 도공들은 이 적색토를 가지고 갈색을 띠는 전통냄비인 카수엘라를 만든다. 낸시가 버스에서 우리가 이 지역의 주요 도자기 마을 옆을 지나가고 있다고 했을 때, 타파스 바에서 본 이케아 접시 얘기를 하던 나와 친구는 순간 깜짝 놀랐지만 계속 접시 쇼핑에 관한 이야기를 나누었다.

걸은 지 한 시간가량 되었을 때 우리 일행은 낸시와 헤어져 에차우렌 호텔에서 점심을 먹으러 에스카라이로 향했다. 호텔로 올라갈수록 점점 기온이 떨어지고 있음이 느껴졌다. 에스카라이는 오래된 산속 휴양지 같은 느낌이었다. 에스카라이의 공장에서 생산하는 직물이 한때 인기를 끌었지만, 지금은 장인 정신이 깃든 담요와 숄을 제작하는 회사 하나만 남아 있었다. 운 좋게도 이 회사는 레스토랑에서 가까운 곳에 있었고, 사고 싶을 정도로 정교하게 짠 귀한 직물들이 우리를 맞아주었다. 그곳에서 우리는 100퍼센트 오스트레일리아 극세사 메리노 양털로 만든 담요를 사지 않을 수 없었다. 담요는 강렬한 분홍색, 파란색, 빨간색의 체크로 되어 있으며, 우리 모두가 어린 시절에 덮었던 오스트레일리아에서는 흔한 담요의 화려하고 화사한 버전이었다.

엘 포르탈에서 먹은 파니에고의 순백의 디저트

호텔 에차우렌은 한 집안이 400년 동안 운영해오고 있다. 그래서 프란시스 파니에고는 자신의 가슴속에 요리를 늘 품고 있을 뿐만 아니라 손님들을 능숙하게 접대할 수 있는 DNA도 가지고 있다. 우리는 전날 마르케스 데 리스칼 레스토랑에서 먹었던 점심이 이곳, 엘 포르탈에서 먹을 식사의 서두에 불과하다는 것을 곧바로 알아챌 수 있었다. 파니에고는 이곳을 자신의 "실험실"로 이용하고 있었다. 그는 만든 요리를 마르케스 데 리스칼의 메뉴에 넣을 것인지 이곳에서 먼저 시험해본다. 그의 레스토랑에서 일하는 젊은 종업원들은 아주 뛰어났는데 일본인 소믈리에도 그랬다. 그는 팔라시오스 레몬도 상표로 리오하에서 제조되는 플라세트(Plácet)라는 백포도주를 비롯한 새로운 스페인 포도주들을 우리에게 소개해주었

엘 포르탈의 다양한 올리브유 카트

다. 플라세트는 우리가 며칠 후에 만나기로 되어 있는 비에르소 포도주를 만든 포도주 제조사가 만든 포도주이다. 팔라시오스 가문은 토종 품종의 포도를 가지고 포도주를 제조하는데, 플라세트는 싱싱하고 사과 맛이 나는 비우라(Viura) 포도로 만든다.

테이블 맞은편에는 엑스트라 버진 올리브유 전용 카트가 있었는데 올리브유가 7가지나 놓여 있었다. 만세! 우리 테이블에는 소금통이 하나가 아닌 훈제 소금, 몰든(Maldon) 소금, 바다 소금 이렇게 세 가지나 있었다. 나는 주방에 있는 프란시스가 점점 더 좋아졌다. 이 최고의 요리사가 우리가 취향에 맞게 간을 조절할 것을 믿는다는 것이 얼마나 흔치 않은 일인가. 점심을 먹고 난 후에 프란시스 파니에고를 만날 생각을 하자 절로 신이 났다. 그리고 그가 만든 음식을 맛본 그 순간, 그가 매력적이고 열린

마인드를 가진 사람이라는 것을 알 수 있었다.

우아하고 절제미가 돋보이는 엘 포르탈의 모든 물품들은 호텔의 다른 곳에 비치된 편안한 소파가 풍기는 분위기와는 완전히 대조를 이루었다. 가족들은 대대손손 휴가를 보내거나 특별한 날을 기념하기 위해서 이곳에 온다. 우리는 주방에서 보석처럼 아름다운 12가지 코스 요리가 하나씩 나올 때마다 감탄을 연발했다. 요리 하나하나가 레스토랑의 분위기처럼 우아하기 그지 없었다. 우리는 마리사의 전통적인 크로켓으로 시작했다. 하지만 뒤이어 나온 작은 "금가루를 뿌린 콩폭탄"은 이제부터 우리가 전통요리라는 것은 잠시 잊게 될 것임을 알려주었다.

위의 두 가지 요리를 포함해서 우리는 다음과 같은 순서로 요리를 먹었다. 새싹을 곁들인 신선한 저지방 염소 치즈, 작은 토마토 가재 타르트 타탱(Tarte Tatin), 붉은 피망으로 만든 듯한 향긋하고 묽은 소스에 익힌 자연산 버섯을 곁들인 반숙 계란, 버섯 마요네즈와 올리브유 전용 카트에 있던 다우로 엑스트라 버진 올리브유를 뿌려 그릴에 구운 신선한 흰 아스파라거스 끝부분, 우리가 본 것 중에 가장 작은 콩과 입 속에서 터지는 신기한 감자 폭탄을 비롯한 여러 가지 아주 작은 채소에, "신선한 풀에서 추출한" 엑기스를 뿌린 완전히 새로운 스타일의 요리, 버섯과 작게 깍둑썰기한 돼지호박과 골파를 넣고 만들어 가늘게 썬 갑 오징어를 위에 얹은, 더 이상 칭찬해줄 형용사가 모자라서 그저 완벽하다고 표현할 수밖에 없는 리조토, 마늘 쿨리(coulis)와 감자 크림을 깔고 그 위에 얹은 농어. 이 생선은 "증기에 찌기만 한 것"인데 생선이 너무 싱싱해서 다른 조리가 거의 필요 없기 때문이라고 파니에고는 설명했다. 그의 "비밀 글레이즈를 바른 양고기"는 내가 "내 생애 최고의 양고기"라고 메모에 적게 하고 "비밀"이라는 단어를 아쉬워하도록 만드는 맛이었다(메뉴에 이미 적혀 있는 대로 생강으로 만들었다는 사실 말고는 이 졸여서 정교하게 작은 조각으로 자른 양고기의 레시피를 알아낼 수 없었다). 입가심으로 딱 좋은 코코넛 크림과 민트 아이스크림을 곁들인, 투명하게 비칠 정도로 아주 얇게 썬 그래니스미스 사과가 나왔고, 공기처럼 가벼운 요거트 무스와 치즈 아이스크림과 화이트 초콜릿 수프로 이루어진, 삼박자를 고루 갖춘 하얀 푸딩으로 마무리 되었다.

　식사를 마치고 돌아오는 길에 우리가 먹었던 음식에 대해서 이야기하는 것이 여행의 소중한 추억이 되었다. 점심을 먹고 난 후, 나는 다른 사람들에게 원래는 마리사가 주방을 맡고 있는 호텔의 다른 전통 레스토랑에 예약했지만 프란시스가 우리가 전날 마르케스 데 리스칼에서 식사한 사실을 알고 엘 포르탈로 변경해주기로 했다고 고백했다. 나는 새로운 음식에 대한 두려움이 아니라 이곳의 향토요리가 우리가 걸어온 농장과 포도밭의 영혼을 더욱 많이 보여줄 것이라는 판단하에 그런 결정을 내렸다. 어쩌면 나는 나와 옛날 순례자들을 연결시켜줄 그 무엇인가를 바라는 환상에 빠져 있었을지도 모른다. 천 년까지는 아니더라도 리오하 요리의 대표적인 재료인 토마토, 피망, 감자가 신세계에서 들어온 뒤인 500년 전쯤에 식탁에 올랐을 음식(한때 스페인의 파라도르에서 나눠주었고, 지금은 치즈를 만드는 누구에게서나 얻을 수 있는 응고된 우유 단백질을 걸러낸 물). 산토 도밍고 데 라 칼사다 인근에 있는 한 수도원의 식당 테이블에 올랐을지도 모를 음식. 이탈리아 출신의 신부이자 여행작가인 도메니코 라피가 1670년에 성지 순례를 하던 도중 이 수도원에 와서 먹어보고는 너무 맛있다고 생각한 그런 음식 말이다.

　우리의 대화는 곧 정통성 문제로 다시 돌아왔다. 산토 도밍고 현지에서 공급되어 오늘 메뉴에 오른 감자가 마리사의 스튜에 넣어 리오하 스타일로 간단히 익힌 것이 아닌, 한입 먹었을 때 풍미가 입 안 가득 퍼지는 특이한 모양의 "폭탄"으로 나왔다고 해서 이 요리의 정통성이 전혀 없다고 할

168

수 있을까? 그렇지 않다고 생각한다. 파니에고의 요리에는 순수함과 친근함이 스며들어 있었다. 소스를 많이 뿌리거나 오랫동안 졸이지도 않고, 그냥 간단하게 올리브유와 채소를 농축한 묽은 소스로 맛을 낼 뿐이다. 그의 요리는 불어나는 허리살과 씨름하고 있는 오늘날의 순례자들에게 독창적이고 흥미로우면서도 새로운 음식이었다. 나는 그가 만든 음식을 언젠가 다시 한번 먹을 수 있게 되기를 바랐다. 다음번에는 12가지 코스가 아닐 수도 있겠지만, 무슨 일이 있어도 이곳에서 나오는 음식은 뭐든지 다 맛을 보고 싶다.

산토 도밍고 데 라 칼사다(길 위의 도밍고 성인)에 관한 전설의 중심에는 먹는 이야기가 자리를 잡고 있다. 성지 순례에 관한 전설은 모두 현대의 맹신을 놀리는 듯하다. 성 도밍고는 우리가 밤을 보낼 예정인 도시를 건설했고, 교각과 국영 호텔, 숙소와 성당을 지어 순례자들의 편의를 위한 장소의 수준을 향상시키는 데에 자신의 일생을 바쳤다. 그는 그 마을에 안장되었고 산티아고로 가던 순례자들은 그의 유해를 숭배한다. 가장 유명한 성지 순례 일화들 중에 암탉과 수탉의 기적에 관한 이야기가 있다. 마을의 판사가 이 닭들을 구워 먹으려고 잡았는데, 갑자기 다시 살아나더니 부당하게 교수형을 선고받은 순례자의 결백을 증명하기 위해서 울었다고 한다. 그리고 그동안 성 도밍고가 그의 발을 떠받치고 있어서 그는 교수대에서 계속 살아 있었다는 일화가 전해진다.

처음에는 이 기적에 관한 일화가 프랑스의 툴루즈 인근에서 등장했지만, 나중에 산토 도밍고 데 라 칼사다가 도용했다는 설이 있다. 적어도 15세기 이후부터 이곳의 성당에는 살아 있는 하얀 암탉과 수탉을 항상 전시해두고 있다. 우리는 성당에 도착했지만 한창 결혼식이 진행 중인데다가 성당이 일반인에게 공개되지 않는다는 사실을 알고 망연자실했다. 그래서 노터봄은 "이 세상에서 가장 아름다운 닭장"이라고 썼고, 멀린스는 "앙증맞은 나무 새장"이라고 놀려댄 성당을 전혀 볼 수 없었다. 마을에 있는 "카사 델 산토(Casa del Santo, 성인의 집)"에 머무르던 순례자들은 이 쉼터의 정원에 들어갈 수 있다. 성당에 전시되는 암탉과 수탉들이 이곳에서 살고 있다. 그러나 나는 이곳의 파라도르를 전적으로 추천하고 싶다. 이곳에서 당신은 인류가 잃어버린 믿음에 대해서 고민하며 스스로 지쳐버릴 수도 있고, 빳빳한 침대 시트 속에서 다행스러웠던 일들을 생각하며 더 없이 행복한 기분으로 자신도 모르는 사이에 잠이 들지도 모른다.

스페인 파라도르의 아침 식탁은 스페인 특산물의 향연과 다름없었다. 그 지방에서 나는 치즈, 과일 절임, 스페인 오믈렛 토르티야(tortilla)(초리조와 감자 두 종류), 훈제 햄과 소시지, 블랙 푸딩, 페이스트리, 마데이라 파운드 케이크, 너무 먹어보고 싶게 생긴 메추리알 프라이를 얹은 마늘맛이 나는 튀긴 빵가루 한 그릇, 따뜻한 초콜릿 소스에 빠져 울부짖고 있는 추로스를 두고 우리가 간신히 식당에서 빠져나온 것이 신기할 정도이다. 남김없이 맛보지 않는다는 것은 불가능한 일이었다. 게다가 그날 아침 이후에는 많이 걸어야 하는 일정이 기다리고 있었다. 이것은 과식에 대한 변명이기도 했다.

도보 순례는 유기적이고 변화무쌍한 힘을 가지고 있었다. 두 사람이 출발해서 1시간 정도 함께 걷다가, 한 사람이 사진을 찍거나 커피를 한잔 더 마시러 가다가 멈추면, 나머지 한 사람은 다른 사람과 가거나 혼자서 계속 걷는다. 지구 반대편에서 온 다른 팀원들과도 공통점이 많았고 서로에게 편안함을 느꼈으며 특별한 여행가족이 된 듯한 기분이 들었다. 거의 매일 밤, 낸시가 골라준 곳에서 모두 함께 저녁을 먹었는데 항상 흥미롭고 재미있었다. 메뉴는 우리가 지방 향토요리를 먹어볼 수 있도록 사려 깊게 선택되었다. 나를 포함한 오스트레일리아 일행이 우리만의 음식 순례를 떠났다가 돌아올 때마다 다른 팀원들은 코스마다 어떤 음식을 먹었는지 차근차근 설명해달라고 졸랐다.

우리는 매일 버스에서 보내는 몇 시간을 소중하게 여기게 되었다. 왜냐하면 이때는 낸시가 성지 순례 이야기를 들려주는 시간이기 때문이다. 우리는 낸시가 순례자들과 성지 순례와의 오랜 유대관계를 통해서 얻은 폭넓은 지식을 직접 접할 수 있다는 것이 얼마나 행운인지 금세 깨달았다. 낸시는 타고난 이야기꾼으로, 날이 갈수록 자신의 이야기를 멋들어지게 구성했다. 흥미를 느낀 우리 모두는 버스 뒷좌석 옆에 앉아 있는 낸시를 붙들어두고 난처할 정도로 이것저것 물어보기도 했다. 나는 이런 식으로 성지 순례를 처음 접할 수 있어서 행복했다. 낸시는 내가 혼자서는 결코 보거나 이해하지 못했을 상황에 눈을 뜨게 해주었다. 내가 낸시의 도움 없이 매일같이 한발 한발 걷기만 했더라면 스페인의 정경과 일상생활을 무심히 지나는 도중 내가 놓치는 것은 없는지 초조하게 궁금해하고 있었을 것이다.

동시에, 나는 강렬한 부러움을 느낄 때도 있었다. 하루가 시작될 무렵 다른 순례자들이 조용히 숙소를 떠나 텅 빈 거리를 지나서 자신의 길을 가는 모습을 지켜볼 때에는 특히 부러웠다. 그들은 아주 독립적으로 보였고 그들의 세계는 아주 단순해 보였다. 마치 다른 이동방식은 전혀 존재하지 않는다는 듯이 그들은 걸었다. 날씨가 좋으면 등 뒤에서 떠오르는 태양의 따사로움과 앞에서 지는 노을로 자신의 하루를 평가했다. 이는 농장에서 보낸 나의 소중했던 시절의 생활 리듬과 무척 비슷했다. 내가 시드니에 돌아갈 때마다 그립게 떠올리는 시절. 나는 마지막 남은 수백 킬로미터의 순례길에서 진정한 순례자가 되기를 기대했다. 누가 알겠는가. 언젠가 내가 다시 돌아와서 지금과는 다른, 훨씬 더 길고 색다른 성지 순례를 하게 될지.

부르고스

카사 세사르의 새끼 양고기, 튀긴 커스타드(레체 프리타), 레몬술 리몬첼로—아주 많이!

비야프랑카 몬테스 데 오카에서부터 걸어서 소나무와 떡갈나무 숲이 있는 산을 오르고 능선을 따라 산 후안 데 오르테가 마을로 가는 길은 가장 힘든 여정 중 하나였다. 중세에 이 길은 성지 순례의 길들 중에서 가장 무섭고 위험한 구간이었다. 노상강도와 늑대가 순례자들을 노렸고, 그들의 유일한 방어책은 무리를 지어 다니는 것뿐이었다. 그들의 보호자가 후안 데 오르테가의 모습으로 나타났다. 그는 산토 도밍고 데 라 칼사다와 힘을 합쳐 순례자를 위한 쉼터와 교각을 지었다. 후안은 12세기 초에 이 구간을 지나가는 순례자들을 더한 위험에 빠뜨린, 파괴적인 내전이 발생한 후에는 쉼터와 교각을 보수해야 했다. 그는 순례자들이 안전한 안식처가 근처에 있다는 것을 알 수 있도록 종이 울리는 성당과 수도원을 지었다.

　나와 순례자 일행은 비가 계속 내리는 가운데 3시간 동안 터벅터벅 걸었는데 가끔은 신발 위까지 올라오는 진흙에 빠지기도 했다. 그래서 유해가 안치되어 있는 성자의 이름을 딴 성당은 반갑고도 안전한 안식처였다. 그곳에 도착하자 태양이 구름을 뚫고 나와 연한 크림색 돌 위를 비췄다. 이 성당은 순례자들이 머무를 곳이 거의 없었던 1970년대 말, 신부이자 성지 순례의 지지자인 돈 호세 마리아 알론조 마로키가 재개방한 수도원 옆 빈터에 위치해 있다. 신부의 누나가 그를 도왔고, 덕분에 순례자들은 그녀가 수도원의 주방에서 끓인 소박한 마늘 수프를 고마운 마음으로 먹을

수 있었다. 돈 호세 신부는 그 당시에 순례자들을 설득해 배낭에 있던 음식을 죄다 공동 식사로 기부하도록 했다. 그는 2008년에 여든한 살의 나이로 숨을 거두기 전까지 30여 년간 산 후안 데 오르테가 교구의 신부로 지냈다. 오르테가 마을에 있는 그밖의 나머지 건물들이라고 해야 농가 몇 채와 작은 바 하나가 전부였다. 우리는 바에서 커피를 주문하고 밖에 앉아 햇볕을 쪼이고 있는 소수의 순례자들과 합석해 비에 젖은 몸을 말렸다. 빨리 마를 수 있도록 가장 흠뻑 젖은 윗옷을 벗어두기도 했다. 그러고 나서 낸시는 우리를 성당 안으로 데리고 갔는데, 이곳에서 우리는 스페인 여왕 이사벨라의 발자취를 따라가보았다. 여왕은 불임을 치료해준다는 산 후안의 유해에 아이를 가지게 해달라는 기도를 드리기 위해서 1477년에 이 성당을 찾아왔다. 그 기도는 효과가 있었고 여왕은 엄마가 되었다. 여왕은 감사의 의미로 성당의 대공사를 위해서 돈을 기부했다. 성당 안은 평온한 기운이 가득했고 우리 모두는 그곳에 오랫동안 머물렀다.

우리가 일요일의 로스트 정찬을, 스페인 스타일로 먹기로 결정하고 방향을 틀기 전까지 부르고스는 우리의 행선지에 포함되어 있지 않았다. 이 지역은 전문가가 고른 새끼 양고기를 장작 오븐에 굽는 레스토랑인 레차소스 카스테야노스(lechazos castellanos)가 있는 약속의 땅이다. 레녹스 하스티는 에트세바리에서 나에게 벽돌처럼 두꺼운 스페인 요리 및 레스토랑 안내서인 『미식의 최고봉(Lo Mejor de la Gastronomía)』을 들려서 보냈다. 책 속에서 나는 부르고스에서 구불구불한 농장 길을 따라 8킬로미터 거리에 있는 카사 세사르(Casa César)에 관한 자세한 내용을 발견했다. 레차소스 카스테야노스는 이 지역에서 아주 중요한 역할을 하고 있는 요리이다. 『미식의 최고봉』에서는 한 장(章) 전부를 할애하여 이 양고기 구이를 다루었는데, 책에 실린 레스토랑마다 고기 사진을 보여주며 양고기 공급처와 조리방법에 대한 아주 자세한 설명도 덧붙였다. 카사 세사르는 교외의 작은 광장에 특별히 지은 현대식 건물로, 첫 영성체를 기념하러 온 대가족을 포함한, 성당 일요 미사에 잘 어울리는 점잖은 복장을 한 가족을 태운 수많은 차들이 도착하고 있었다. 식당 안으로 들어서자마자 우리가 이 레스토랑에서 유일한 관광객이라는 사실을 알아챌 수 있었고, 지역 주민들만 즐겨 가는 곳을 발견한 것 같아 무척 기뻤다.

레스토랑의 여종업원인 피에다드 마르티네스와 우리는 서로 말은 통하지 않았지만 그녀는 자신이 생각하기에 우리가 먹어야 할 것 같은 음식과 술을 단호하게 추천해주었다. 그 유명한 양고기 구이를 먹기 전에 이베리코 햄, 초리조, 앤초비를 넣은 피망으로 이루어진 모듬 요리가 나왔다. 나는 카사 세사르에 대한 그 안내서의 설명을 해석하려고 최선을 다하던 중 흥미로운 사실을 발견했다. 요리에 쓰이는 양은 생후 1개월 미만이며 몸무게가 5-6킬로그램밖에 되지 않는 새끼이고, 요리가 담길 그릇은 낸시가 전날 얘기한 바로 그 도기 마을, 페레루엘라에서 특별히 이 양고기 요리를 위해서 수작업으로 만든 것이었다. 레스토랑 주인 세사르는 이 그릇을 만들기 위해서 사용하는 특수한 찰흙이 이 고기 요리 특유의 풍미를 더해준다고 믿었다. 우리는 기념품으로 그릇을 따로 사러 갈 필요가 없을지도 모른다. 하여간 그 그릇을 먼저 체험하게 되었다.

피에다드는 양고기 덩어리가 가득 든 그릇을 어깨에 얹어 가져왔고, 그다음에는 우리가 좋아하는, 소스를 뿌리지 않아 담백한 햇양파가 들어간 아삭거리는 채소 샐러드를 가지고 다시 왔다. 지금까지는 말이 서로 통하지 않는다는 것이 아무런 문제가 되지 않았다. "샐러드를 양고기와 같이 먹지 말고, 고기는 손으로 드세요"라고 그녀가 알려주었다. 나는 불과 하루 전에 프란시스 파니에고가 만든 양고기가 지금껏 먹어본 것 중에서 최고라고 선언했는데! 이 양고기도 환상적이었다. 파니에고의 양고기와 비교했을 때, 이 요리는 시골풍의, 장식이 없는 소박한 요리라는 점이 좀 달랐다. 고기는 달콤하고 육즙이 풍부했으며, 푹 익어 뼈에서 살이 부드럽게 발려 나오고 겉은 바삭바삭했다. 양고기는 물, 레몬, 식초, 라드, 마늘, 파슬리, 송로버섯 추출물을 섞은 육수를 조금 부어 2시간 이상 천천히 굽는다. 육수가 졸아들면 고기 위에 조금씩 끼얹고 소금을 조금씩 뿌린다.

우리가 식사를 할 때, 세사르는 손에 담배를 쥐고 레스토랑을 돌아다니며 손님들의 등을 두드려주기도 하고 이따금 바 옆의 태엽식 오르간을 열정적으로 연주하기도 했다. 그 안내서에는 그가 "독창적이고 자유분방한 사람"이라고 소개되어 있었는데, 직접 만나보니 과연 그랬다. 디저트로 시나몬과 레몬술인 리몬첼로(limoncello)를 넣은 소르베를 곁들인, 입에 넣으면 조용히 녹아버릴 것처럼 부드러워 보이는, 튀긴 커스타드인 레체 프리타(leche frita)가 나왔다. 우리는 디저트를 한 번 더 먹었다.

우리는 오후 2시가 막 지나서 도착한 첫 손님에 속했다. 4시에도 손님들이 계속 도착했는데, 그중에서 첫 영성체를 기념하러 온 두 번째 손님은 일행이 모두 24명이나 되었다. 우리는 계산서를 달라고 다섯 번 이상 말

했다. 결국 계산서를 재촉하기 위해서 떠나려는 듯이 자리에서 일어났더니 피에다드는 계산서 대신 우리에게 앉으라는 동작을 취했고 세 번째 리몬첼로 잔을 가져왔다. 그러고 나서 세사르는 나를 주방으로 데려가 한쪽 구석에 있는 벽돌과 찰흙으로 된 오븐을 보여주었다. 그는 에트세바리에서 사용하는 것과 똑같은 털가시나무를 오븐에 땔감으로 사용한다. 그는 오늘 양고기 50마리를 구웠다고 내게 말했다. 아니, 적어도 내 생각이 그랬는지도 모른다. 리몬첼로를 많이 마신 것이 내 스페인어가 급속히 좋아지는 데에 별 도움이 되지는 않았나 보다.

1221년에 건설되기 시작한, 고딕 시대부터 존속하는 부르고스의 이 웅장한 성당에 우리가 도착했을 때에 마침 문을 닫으려던 중이라 다행히도 둘러볼 수 있었다. 늦은 오후의 햇살에 반짝이는 성당의 첫 인상은 정말 경외심을 불러일으켰다. 최근 봄맞이 대청소를 한 성당의 연한 석조 부분이 보란 듯이 깨끗한 모습을 뽐내고 있었고, 성당의 첨탑과 돔이 부르고스 중심가에 우뚝 솟아 있었다.

이 정도의 짧았던 방문이 그날 내가 이곳에서 할 수 있는 일의 전부였지만, 부르고스는 그 이상의 가치가 있는 곳이다. 하지만 그것은 내가 스페인의 국민적 영웅, 투사 엘 시드와 그의 아내 히메나의 정교한 무덤을 보지 못했다는 의미이기도 했다. 내가 본 최초의 영화, 「엘 시드」의 주인공 찰턴 헤스턴과 소피아 로렌. 그 시절, 나의 부모님은 시골 극장에 가서 그 시대의 스펙터클 명화를 보셨겠지. 나는 최대한 빨리 부르고스를 보러 다시 갈 것이다. 그랬으면 좋겠다. 그날 아침 진흙투성이 길을 걷고 산 후안 데 오르테가에 감격하고 모든 구이 요리를 제패해버린 양고기 구이를 저녁으로 먹고 난 뒤라 나는 일찍 잠자리에 들었다.

체크인을 하고 나서야 내가 최고의 선물을 받았다는 사실을 알게 되었다. 호텔 창으로 광장 바로 맞은편에 있는 성당의 멋진 장관이 마치 특별

부르고스 대성당의 팀파눔

석에 앉아 있는 것처럼 잘 보였기 때문이다. 나는 커튼을 열어둔 채 잠이 들었고 아침에 길을 떠나는 순례자들의 모습을 바라보았다. 이번에는 부르고스에서 레온으로의 여정을 시작하는 사람들이었는데, 그들은 거대한 이 두 성지 순례 도시를 이어주는 고원, 메세타(meseta)를 넘을 것이다. 옛날에는 다람쥐가 땅에 닿지 않고도 스페인 이베리아 반도의 북부지방을 건너갈 수 있었을 정도로 나무가 많았다고 한다. 그러나 요즘에는 스페인의 곡창지대이자, 수많은 곡식작물이 재배되는 이런 계단식 고원에서는 나무를 보기 힘들다. 우리도 아침식사를 한 뒤에 고원으로 향했다.

카리온 데 로스 콘데스

스페인 곡창지대에 끝없이 펼쳐진 밀밭,
무너져내리는 거대한 비둘기장, 가족이 먹을 식량을 저장하는 지하 동굴(보데가)

산 볼에 있는 침대가 6개인 작은 쉼터는 아침 도보 여정의 첫 번째 경유지
였는데, 걸치레도 수돗물도 없는 그런 곳이었다. 걷던 중 저 멀리서 갑자
기 나타난 이 쉼터는 아주 오래되고 흥미로워 보였다. 메세타를 넘어 6킬
로미터 정도 걷고 나면 나오는, 사람이 살고 있는 첫 번째 거주지인 것 같
았다. 양귀비, 미나리아재비, 데이지가 활기차게 늘어서 있는 넓은 길은 옹
기종기 붙어 있는 녹색 밀밭을 마치 노란색으로 죽 그어놓은 듯이 관통
하고 있었다. 우리는 성지 순례를 시작한 이후 처음으로 적당히 따뜻하고
맑은 날씨를 즐기고 있었다. 우물과 시내가 있는 포플러 숲에 자리잡은
산 볼의 아름다운 장소는 피크닉을 즐기며 잠시 머무르기에 그만인 곳이
었다. 호세와 마리나가 점심에 먹을 음식을 이미 펼쳐놓고 우리를 반갑게
맞이했다. 우리는 일행의 생일을 축하하기 위해서 포도주 몇 병을 피크닉
음식에 슬쩍 넣어두었다.

우리는 순례자 여권인 크레덴시알을 길에서 우연히 발견했는데, 나는
그 쉼터에서 알레한드로라는 이름의 멕시코 영화배우인 여권의 주인을 찾
아냈다. 지지라는 한 젊은 순례자는 어두침침하고 지저분한 쉼터 안을 청
소하고 정리하다가 이 건물이 전혀 오래되지 않았다는 사실을 알게 되었
다. 바깥 벽에 그려진 외설적인 누드화가 인근 주민들의 심기를 불편하게
만들었던 험난한 과거가 있는 곳이었다. 인습을 거부하는 건물의 흔적은

183

장작 연기와 촛불 냄새와 함께 그곳에 계속 남아 있었고 별 그림이 아치
형 천장을 뒤덮고 있었다.

　그러나 바로 오늘부터 이 건물은 자칭 템플 기사단의 평수사인 한 남
성의 새로운 관리하에 다시 태어날 것이다. 나는 나중에 이 사실을 지지의
홈페이지에서 알게 되었다. 지지는 최고의 블로거로서 그녀의 블로그는 수
많은 순례자들의 성지 순례에서 가리비 껍데기만큼이나 중요한 역할을 한
다. 그녀는 그 남자를 도와 청소를 하고 성모 마리아의 그림이 그려져 있
고 "신성한 루르드의 성수"라고 적힌 라벨이 붙어 있는 반 갤론짜리 물병
에 우물에서 길어온 물을 채워, 지나가는 순례자들을 위해서 차와 커피를
끓이면서 3일 동안 산 볼에서 어떻게 지냈는지에 대해서 글을 썼다.

　알레한드로는 지지가 블로그에 올린 인터뷰에 나오는, 자칭 평수사라는 그 남성의 통역 역할을 했다. "이번 주, 우리는 이곳에 욕실 몇 개를 짓기 시작할 거예요. 욕실이 필요해요! 하지만 돈을 어디에서 구해야 할지 모르겠네요. 그렇지만 우리는 일을 시작할 것이고 돈은 하느님이 마련해주실 겁니다. 이런 식으로 모든 일이 이루어지지요"라고 수사는 말했다. 앞으로 그곳에 머물러야 하는 순례자들을 위해서 나는 그의 믿음대로 모든 일들이 이루어졌기를 바랐다.

메세타는 사람들이 무관심해지도록 내버려두는 법이 좀처럼 없다. 안내서에는 이곳이 황량하고, 활기가 없고, 불모지이며, 특색이 없다고 묘사되어 있다. 그래서 일부 순례자들은 이곳을 아예 건너뛰거나 부르고스에서 레온까지 180킬로미터 정도 거리를 버스를 타고 이동한다. 그러나 성지 순례에 대한 도메니코 라피의 안내서를 읽은 17세기의 순례자들에게는 이용할 수 있는 대중교통 같은 것이 없었다. 그들은 하늘을 덮어버릴 정도로 많은 메뚜기 떼 때문에 모래만 덮인 허허벌판이 되어버린 황량한 풍경과 서로를 잡아먹을 정도로 굶주린 늑대에 대한 이야기에 겁을 먹었을 것이 분명하다. 낸시는 이 성지 순례 구간이 일부 사람들을 육체적, 정신적으로 얼마나 약하게 만들 수 있는지를 자주 목격해왔다. 수확이 끝난 후의 끝없는 갈색 들판이 황량함을 더해주는, 무더운 여름에는 특히 그렇다. 그러나 그날 밤 나는 일기에 이렇게 썼다. "메세타가 너무 좋았다! 광활한 하늘도 너무 좋았고! 어디로 가는지 모르는 길도 너무 좋기만 했다!"

날씨가 험악했다면 나도 다르게 느꼈을지 모르겠다. 그러나 지금은 5월의 맑은 날씨의 비호 아래에 비가 올 걱정 없이 평원의 광활함을 감상하며 스페인이 인구가 희박한 지역이 많은 참 큰 나라임을 다시 한번 깨닫게 되었다. 눈길이 닿는 길은 울타리가 없는 밀밭을 지나 쭉 뻗어 있었다. 마치 오즈의 마법사에 나오는 노란색 벽돌길처럼, 우리는 그 길을 따라 다음 푸른 언덕을 오르고 넘고 또 그 다음 언덕을 오르고 넘었는데 매

풍경에 점을 찍은 듯이 보이는 어도비 벽
돌집

번 언덕을 오를 때마다 눈앞에는 똑같은 경치가 펼쳐졌다. 이따금씩 작은 올리브 나무 숲이 나왔고 사이프러스가 바람막이나 잠시 물가에서 쉴 수 있는 오아시스 같은 용도로 작은 개울 옆에 일렬로 심어져 있었다. 하늘은 맑았고 날씨는 따뜻해서 걷기에 딱 알맞았다. 우리의 메세타 경험은 산티아고로 가는 마지막 구간에서 만나 잠시 얘기를 나눈 세 명의 영국 여성들의 경험과 너무도 달랐다. 그들은 메세타를 아주 안 좋게 기억하고 있었다. 그도 그럴 것이, 폭우가 내린 뒤라 무릎까지 진흙이 올라와 걸을 수가 없었기 때문에 결국에는 포기하고 버스를 타고 부르고스로 다시 돌아와 다른 버스를 타고 레온으로 갔다고 한다. 그들은 풀이 무성한 "그린 스페인"을 예상하지 못했다고 시인했다. 스페인 전체가 덥고 건조한 스페인 남부지방과 같을 것이라고 생각했던 것이다.

오후에 평원을 걸으면서 어도비(adobe : 흙에 짚 등을 섞어서 만든 벽돌/

역주) 벽돌집이 모여 있는 마을들을 지났다. 우리가 교차로에서 양을 몰고 지나가는 농부에게 길을 양보하고 있을 때 나는 집 밖에 있는 귀여운 당나귀를 쓰다듬었다. 나는 양의 숫자를 세어보았다. 50마리 정도로, 세사르가 전날 자신의 레스토랑에서 단숨에 판 양고기 요리의 수만큼 많았다. 우리는 마을 사람들이 식량과 포도주를 저장하기 위해서 파놓은 지하 보데가(포도주 저장실), 즉 동굴을 처음 보았다. 우리는 여행을 하면서, 진흙더미 위에서 통풍관을 찾아내는 데에 전문가가 다 되었다. 보아디야 델 카미노 마을 바로 밖에 큰 헛간 정도 크기의 그 지역에서 나는 진흙으로 지은 비둘기장이 있었다. 망가진 비둘기장은 구름 한 점 없이 선명한 푸른색 하늘과 대조되어 그 형체가 몹시 생경해 보였다. 부스러지고 있는 벽은 거대한 금색 벌집들을 이어놓은 것 같은 내부를 드러냈다.

오후 늦게 우리는 18세기에 만들어진 카스틸 운하 옆을 조용히 걸었다.

카스틸 운하는 곡식과 밀가루를 운송하기 위해서 70년간 진행된 대형토목 프로젝트였다. 철도에 화물운송 역할을 빼앗기자, 운하는 중요한 관개수로 역할을 하게 되었다. 그래서 우리가 지금 이렇게 채소밭을 지나갈 수 있는 것이다. 이 운하로 인해서 프로미스타라는 작은 마을과 작고 아름답게 균형이 잡힌 산 마르턴이라는 로마네스크 성당이 하나 더 생겼다. 이 성당은 베네딕트 수도원의 유물로, 스페인 로마네스크 시대의 가장 순수한 유물로 여겨지고 있다. "숭고한"은 이 성당을 묘사하는 데에 가장 흔히 쓰이는 단어이다. 그렇기 때문에, 안내서에는 수없이 많은 관광 버스 여행단체에 대해서 주의할 점들이 열거되어 있다. 그러나 우리는 성당의 소박함, 부드러운 금빛 돌로 된 아무것도 없는 벽, 설화석고 창문을 뚫고 들어오는 희미한 빛을 즐기며 성당의 모든 분위기를 받아들였다. 특히 흥미로웠던 부분은 이 작은 성당이 벌인 조각의 잔치이다. 300여 가지의 장식 코벨(처마 아래의 조각 그림)과 기둥머리(기둥 끝의 조각)가 있었는데, 그중 상당수가 도덕적인 교훈으로 성경보다는 인간의 본성을 나타내고 있었다. 낸시는 기둥머리에 그려진 이솝 우화 "까마귀와 여우"를 가리켰다. 까마귀는 먹이를 탐내던 여우의 아첨에 속아 입을 벌리고 여우에게 먹이를 빼앗긴다는 허영심의 악습에 관한 이야기이다. 인어공주(욕망)에서부터 목에 달린 돈주머니(탐욕)와 개가 지켜보는 가운데 하프를 연주하는 당나귀(오만)에 이르기까지, 이 조각 그림들은 악행뿐만 아니라 선악의 싸움과 악을 선택했을 때에 발생하는 엄청난 결과를 로마네스크 양식으로 비유적 묘사를 하고 있다. 이 그림들과 중간에 우리가 본 나머지 다른 그림들은 중세 순례자들에게 회개하라는 메시지를 반복적으로 전달했을 것이다. 돌에 새겨진 성경인 셈이다.

그날 밤 우리의 숙소는 카리온 데 로스 콘데스에 있는 4세기의 성자 소일로의 이름을 딴 아름답게 개조된 수도원이었다. 성 소일로는 로마인들에 의해서 스페인 남부지방의 코르도바에서 순교했는데 그들은 그의 신장을 도려내고도 아직 숨이 붙어 있자 머리를 잘라 고문을 했다. 신장을 도려내는 장면은 위풍당당한 고딕 및 르네상스 양식으로 지은 16세기의 웅장한 회랑에서 꽤 떨어져 있는 성구보관실의 거대한 그림에 잔인하고도 자세하게 묘사되어 있다. 그 지역의 귀족가문이 11세기에 새 교회와 병원을 위해서 성 소일로의 유해를 북쪽으로 가져왔다. 그래서 이 마을은 매우 중요한 성지 순례 경유지가 되었다. 이 수도원의 초기 로마네스크 아치 부분은 1993년에 호텔로 개장될 때에 공개되었다.

수도원 벽 너머, 카리온 데 로스 콘데스의 상점들은 다음날 순례길을 떠나기 위해서 먹을거리를 사려는 순례자들로 붐볐다. 이후 17킬로미터 구간에는 식량을 살 수 있는 곳이 없다. 안내서에는 식수용 분수대의 물이 말라 있다고 되어 있었다. 이 구간의 길에는 그늘도 거의 없었다. 메세타에서의 또다른 험난한 하루인 것이다.

며칠 전에 생장피에드포르에서 산티아고 데 콤포스텔라로 도보 순례를 시작한 지 2주일째로 접어든 오스트레일리아의 친구들로부터 장문의 이메일이 도착했다.

안녕. 이렇게 메일을 보내줘서 너무 고마워. 메일을 보니 힘이 불끈 난다. 우리의 일상이 어떤지 궁금하겠지. 우리는 25명에서 100명 사이의 사람들이 묵는 도미토리나 건물에서 새벽 5시 반쯤 일어나. 화장실이 2, 3개밖에 없어서 엄청 혼잡해. 화장실 휴지가 이곳에서는 통화가 될 정도지(한 두 루마리에 50센트부터 얼마나 볼 일이 급하냐에 따라 몇 장에 엄청난 가격인 것도 있어). 우리는 보통 아침으로 빵, 치즈, 살라미를 먹고, 6시 반쯤 출발해서 10-15킬로미터 정도 걷다가 카페에 들러. 우리는 독일, 이탈리아, 프랑스, 체코에서 온 친구들을 만났지. 프리츠, 프란츠, 안토니오,

이사벨라, 귀니아, 게르노, 그리고 오스트레일리아에서 온 진과 브루스야. 그 다음 밭에 울타리가 쳐져 있지 않은, 대부분 경작되고 있는 들판으로 향해 20−30킬로미터 정도를 계속 걷지. 이 정도 거리라면 지형에 따라서 4, 5시간 정도 걸려. 언덕을 오르고 양떼가 다닌 길을 건널 때도 있고 로마 시대의 자갈길을 걸을 때도 있고 평지를 걸을 때도 있어. 우리는 쉼터인 알베르게(albergue)를 예약해. 그때마다 순례자 여권을 보여줘야 하는데, 진짜 순례자가 아닌 사람이 시설을 이용하는 것을 막기 위해서야. 우리는 짐을 풀고 샤워를 하고 더러워진 옷을 빨고 오후에 잠깐 낮잠을 자기 전에 바에 가서 맥주를 마셔. 그리고 세 가지 코스의 저녁을 먹기 전에 술을 마셔. 그날의 순례자 식사지. 저녁을 먹으면서 포도주를 한 잔 마실 때도 있어. 그리고 숙소로 와서 100명 옆에 나란히 놓인 따뜻한 침낭 속으로 쏙 들어가. 너무 멋진 날들이야! 사랑해. 키스를 보내며.

조니와 그의 아내가.

걸을 때까지 걷다가 숙소에 방이 없다는 사실을 알게 된 순례자들에게는 어떤 일이 일어날까? 아니면 어떤 숙소에도 방이 없다면? 조니와 그의 아내는 카미노 프랑세스를 걷는 데에 5주일이 걸렸는데 한번도 숙소 때문에 문제가 된 적은 없었다고 말했다. 그들은 5월과 6월 초에 성지 순례를 했다. 만약 그들이 여름에 갔다면 숙소에 대해서 분명 다르고 안타까운 이야기를 했을 것이다. 아마도 그들은 단지 억세게 운이 좋았던 것 같다. 왜냐하면 카미노 프랑세스는 하페 케르켈링이 쓴 성지 순례에 관한 책 『그 길에서 나를 만나다(*Ich bin dann mal weg*)』가 출간된 이후 그곳에 몰려든 수많은 순례자들의 후폭풍을 여전히 겪고 있기 때문이다. 그 책은 2006년 독일에서 200만 권 이상 판매된 베스트셀러였다. 독일 위키피디아에는 2007년에 카미노 프랑세스 전체 순례자들 중 12퍼센트가 독일인이라고 기록되어 있고, 이러한 현상은 곧 "케르켈링 효과"로 알려지게 되었다. 숙소를 항상 찾을 수 있는 것은 아니라는 그의 설명에 불안해진 순례자들은 다음 경유지에서 숙소를 잡기 위해서 새벽에 급히 순례를 시작한다. 정말 말도 안 되는 일 아닌가? 왜 시간의 압박감을 성지 순례에까지 가져와야 하는가? 그 대신, 숙소를 찾지 못하는 만일의 사태에 마음을 열어두고 해결하는 것이 당연하다. 5킬로미터를 걸어야 할지도 모른다. 이곳저곳 문을 두드리며 방이 있는지 알아봐야 할지도 모른다. 아니면 숙소를 찾기 위해서 바에서 여기저기에 전화를 걸고 숙소까지 택시를 타고 가야 할지도 모른다. 아니면 모두 실패하고 밖에서 자야 할지도 모른다.

우리가 해결할 수 없는 일은 먼저 다녀온 순례자인 17세기의 이탈리아 신부 도메니코 라피의 조언에 의지해보자. 그는 숙소가 없는 곳에 막 도착한 순례자들에게 그 지역의 경찰관에게 가라고 조언했다. "경찰관은 순례자들을 좋은 침대가 있는 숙소로 안내해줄 자신의 부하를 부를 것이다. 순례자가 빵이나 포도주를 달라고 한다면 그들은 서슴없이 그렇게 할 것이며, 순례자가 무엇이 필요하든, 그가 경찰관에게 요청하면 그들은 묻지 않고 줄 것이다. 순례자가 아프면 경찰관은 말을 가진 사람에게 그에게 빵과 포도주를 주고 그를 말에 태우고 가장 가까운 마을로 데리고 가거나 아픈 사람을 돌봐줄 좋은 병원이 있는 마을까지 가달라고 요청할 것이다."

레온

판테온 레알의 중세 농부의 일 년 생활을 묘사한 그림

고대 로마인이 없었다면 위대한 산티아고 성지 순례도 없었을지 모른다는 말이 갑자기 떠오른다. 초기 기독교인에 대한 로마의 박해로 수많은 순교자들이 생겨났고 그 결과 이들의 유해는 순례자들에게 귀중한 숭배의 대상이 되었다. 가장 귀중한 유해는 말할 것도 없이 헤롯 왕에게 참수형을 당한 성 야고보의 그것이다. 성지 순례 코스의 성당 건축가들은 영감을 받고 해답을 얻기 위해서 고대 로마 건축에 의지했으며 건물의 내부만큼 외관도 영속적이고 아름다운 건물로 설계하기 위해서 또 한 번 의지했다. 그들은 신을 경배하는 기념물을 세우기 위해서 수십 년, 때로는 수백 년이라는 시간을 들일 정도로 믿음이 굳건했고 최고의 장인을 고용할 수 있을 만큼 재산도 있었다. 고대 로마의 석조 건축기술의 부활과 더불어 돌을 절단하는 새로운 방식이 개발되어 훨씬 일이 수월해졌는데, 이는 목재 공급이 어려워져서 그런 신기술이 필요했기 때문이었다. 10세기 말, 서유럽 사람들은 낸시의 책에 일명 "건축 열기"라고 표현된 있는 것에 사로잡혔다. 남아 있던 삼림지대는 건축 열기의 희생양이 되었다. 교회, 성(城), 급속도로 증가하는 인구의 수요에 맞추기 위해서 거주지가 마구 세워졌다. 선박은 말할 필요도 없었다. 메세타에서도 볼 수 있었듯이 숲은 영원히 사라졌다.

부유하고 특별했던 고대 로마인들은 로마 제국 후반기에 도시를 떠나

197

GAL
LVS

메세타에 호화 저택을 지었다. 그들은 보르도와 아스토르가를 잇는 로마의 포장도로 비아 트라야나를 통해서 쉽게 접근할 수 있었고, 좀더 서쪽에 있는 엘 비에르소의 금광에서는 풍족한 재산을 얻을 수 있었다. 우리가 묵고 나온 산 소일로 호텔에서 멀지 않은 곳에 있는 이 로마인의 길, 비아 트라야나는 12킬로미터의 순례길이 되었다. 그 인근에서 고고학자들은 3, 4세기 어느 대저택의 잔해를 조사해왔다. 수십 년에 이르는 이들의 피나는 노력으로 이 대저택 주인의 일상생활이 상당 부분 밝혀졌다. 지하 난방이 되고 아름다운 모자이크 바닥과 도자기가 있는 공중목욕탕이 높은 데 위치한 통로에서 내려다보였다. 다시 밖으로 나갔을 때 나는 발굴 지점 옆의 들판에서 무엇인가를 열심히 찾고 있는 호세를 목격했다. 그는 밀밭 속으로 허리를 굽혀 이상한 모양의 붉은색 "돌"같이 생긴 것을 찾아냈다. 이 돌은 그 저택의 부서진 지붕 타일 조각이었다. 이 돌은 1970년대에 그 지역에 살던 눈썰미 있는 농부에게 자신의 땅 밑에 뭔가 있을지도 모른다는 궁금증을 심어주었던 물건이다. 기원후 300년의 지붕 타일 조각을 우연히 줍는다는 것이 얼마나 진귀한 일인가!

우리는 지나쳐온 마을들에서 많은 집들이 매물로 나왔다는 사실을 알아차리지 못했다. 그래서 우리가 모라티노스 마을에서 "집 팝니다"라고 적힌 큰 표시판이 세워진 집을 지나칠 때 무척 이상한 기분이 들었다. 낸시는 그 집이 순례자들에게 자신의 집을 숙소로 제공하려고 모라티노스로 온 영국인 부부의 것이라고 말했다. 부부는 이루지 못한 꿈을 이제 정리하려는 모양이다. 다음 마을인 산 니콜라스 델 레알 카미노에 있는 벽돌로 지은 성당의 그늘진 현관에서 우리는 점심을 먹었고 마을 바의 노천에서 맥주와 커피를 마셨다. 그리고는 메세타와는 작별을 고하고 레온으로 향했다.

레온(León)은 로마 제7부대(Legion)의 중요한 주둔지였다. 그래서 그러

한 이름이 생긴 것이다. 레온의 유명한 성당이 로마 공중목욕탕 위에 세워졌고 장엄한 산 이시도로 바실리카가 고대 로마의 신전이 있던 장소에 자리잡고 있다. 우리가 도착하기 전에, 나는 미치너가 로마네스크 양식에 대해서 느낀 애정이 고딕 양식의 성당에도 지속될 수 있었는지 알아내기 위해서 너덜너덜해진 나의 『이베리아』를 뒤져보았다. 하지만 학자 출신 신부이자 레온 안내서의 작가인, 연줄이 많은 그의 친구가 최고급 송에뤼미에르(Son et lumière : 사적지 등에서 밤에 특수 조명과 음향을 곁들여 그 역사를 설명하는 쇼/역주)로 그의 마음을 사로잡았을 것이라는 상상만 해볼 수 있을 뿐이었다. 그의 친구는 125개의 스테인드글라스 창문—다른 성당에는 보통 창문 수가 더 많다—이 커다란 보석상자처럼 반짝이도록 가장 어두운 새벽 시간에 성당 안에서 불이 켜지게 했다. 그때 얼마나 감동적이었을까!

산 이시도로 바실리카는 당대 최고의 학자이자 백과사전을 편찬한 최초의 기독교인인 7세기의 위대한 성자 이시도로의 유해를 안치하기 위해서 11세기에 건축되었다. 그의 유해는 다행스럽게도, 쌍방의 합의를 통해서 1063년에 무슬림이 통치한 세비야에서 되찾아왔다. 그가 사망하기 바로 직전인 636년에 쓴 책 『에티몰로기아에(*Etymologiae*)』는 중세에 대부분의 교육기관이 채택한 교과서였다. 이 시대에는 고전주의 세계에 대한 모든 지식이 이시도로라는 단 한 사람에게서 나온 셈이었다.

오늘날 순례자들에게 가장 신나는 과거와의 연결 고리는 이 성당의 다른 부분에 있다. 그것은 바로 판테온 레알(Panteón Real)이라는 아치형 영안실로 이곳에 중세의 왕족이 묻혀 있음을 뜻한다. 이곳은 초기 순례자들에게는 출입금지 구역이었을 것이다. 그러나 지금은 레온을 방문한 사람들은 누구나 반드시 둘러보아야 할 곳이다. 색을 칠한 천장은 이 판테온을 스페인의 위대한 보고(寶庫)로 만들었고, 스페인의 "로마네스크 양식의 시스티나 성당 천장화"라고 자주 불린다. 고맙게도, 비록 일부 무덤이 훼손되고 유골들이 섞여버리기는 했지만 그곳은 19세기 나폴레옹 군대의 약탈에서 살아남았다(다시 분류되어 원래 무덤으로 복구될 수 있도록 DNA 감식작업이 진행되고 있다).

그날 앞서, 나는 로마 장인이 만든 지붕 타일을 손으로 만져보았다. 그리고 이곳에 있는, 중세의 예술가가 1년, 12개월의 농부의 생활을 그린 그림은 사계절 동안 식량이 생산되는, 삶의 본질인 자연적 순환과정을 보여주고 있다. 그 아치는 항상 시원하고 건조한 상태로 유지되고 있어서 천년 전이 아닌 불과 작년에 채색된 것처럼 그림이 선명하다.

몰리나세카

석회암 동물에서 숙성시킨 치즈 케소 데 카브랄레스,
미치녀가 먹은 돼지고기와 병아리콩 수프, 400년 된 밤나무 과수원,
리카르도 페레스의 100년 된 멘시아 포도나무의 포도로 만든 맛이 깊은 라스 라마스 적포도주

과거는 레온에서 계속 우리의 길동무가 되어주었다. 우리가 묵었던 매력적인 숙소 호텔 포사다 레히아는 고대 로마 시대의 성벽에 붙박이처럼 붙여서 지은 14세기 도시 주택으로 성당에서 도보로 딱 1분 거리에 있다. 레온을 떠나는 길에 아름다운 산 마르코스 호스탈을 지나갔다. 이곳은 원래 순례자 호스피스였는데 12세기에 순례길을 보호하기 위해서 조직된 강력한 산티아고 기사단의 본부가 되었다. 지금은 스페인 정부가 운영하는 또 하나의 훌륭한 파라도르이다. 우리는 그동안 고대해온 산티아고 데 콤포스텔라 파라도르에서 호사스런 마지막 밤을 보낼 예정이기 때문에, 세탁 서비스도 받고, 편안한 밤을 보내기 위해서 레온의 이 파라도르에 슬쩍 들어간 순례자들을 너무 부러워하지는 않았다.

우리가 레온을 떠나서 마을의 마지막에 있는 보데가를 보았을 무렵 관목이 우거진 언덕이 나타났다. 언덕이 있다는 것은 드디어 메세타의 평지가 끝나고 완만한 오름이 시작된다는 의미였다. 그리고 순례자들은 앞에 펼쳐진 산과 순례길에서 가장 높은 이라고 길에 오를 각오를 해야 한다. 순례길의 상당 부분을 우리와 동행해준 칸타브리아 산맥이 북쪽 지평선으로 사라졌다.

우리의 아침 순례길은 오르비고 강에 놓여 있는 아치가 20개인 중세의 다리 푸엔테 오르비고에서 시작되었다. 이 다리는 상사병에 걸린 기사, 한

달간의 마상창 시합, 산티아고 성지 순례, 이후 돈키호테 전설을 연상시키는 내용과 함께 위대한 성지 순례 이야기의 배경이 되었다. 돈 수에로 데 키뇨네스라는 기사는 아름다운 한 여성에게 차인 뒤에 자신이 사랑의 포로가 되었음을 보여주기 위해서 자신의 목에 쇠고리를 걸기로 했다. 그는 이 굴레에서 스스로 벗어나기 위해서 성 야고보를 자신의 증인으로 삼고 그와 그의 부하들이 함께 대결 상대인 다른 기사들로부터 이 다리를 지키는 시합을 하겠다고 발표했다. 그는 300개의 창을 부러뜨렸을 때, 자신이 사랑의 족쇄에서 벗어날 것이라고 단언했다. 마지막에는, 그와 그의 전우들이 1434년에 산티아고로 성지 순례를 가는 순례자들에게 중요한 오락 행사였던 시합에서 겨우 68명의 경쟁자들을 상대했을 뿐이다. 무찌를 대결상대가 부족해지자, 그는 명예를 회복하고 성 야고보의 무덤으로 성지 순례를 떠났다. 돈 수에로가 성 야고보에게 감사의 의미로 선사한 금팔찌는 지금도 여전히 산티아고 성당의 보물실에 보관되어 있다(이 팔찌는 작은 성 야고보 조각상에 목걸이로 걸려 있다).

길을 따라 걸어가자 그 옆으로는 채소를 심어놓은 작은 텃밭이 보였다. 반듯하게 여러 줄로 늘어선 햇양파가 철분이 풍부한 적토에서 자라고 있었고, 빈 플라스틱 물통이 새를 쫓기 위해서 사과나무 가지에 묶여 있었다. 물통이 효과가 있을까? 나는 이렇게 물통을 이용하는 방법으로 검파크의 과일을 쪼아먹는 끈질긴 앵무새를 쫓아버릴 수 있을지 궁금해졌다. 이곳 밭에서 일하는 사람은 60명이 채 되지 않았다. 나는 프랑스에서의 시간을 돌이켜 생각해보았다. 프랑스의 본 씨 부부는 농사를 짓는 마지막 자손이겠지. 또, 프랑스의 라 방자민의 주인 세드릭은 수많은 이웃 농부들이 외로운 미혼 남성이며 시골 생활을 하고 싶어하는 결혼상대를 찾을 수 없다고 말했다. 고향 오스트레일리아에서는 농부의 수가 1980년 이후에 3분의 1가량 줄어들었다. 소규모 가족농장이 성공할 가능성은 적어졌

고 지금은 농부의 수가 20만 명도 되지 않는다. 점점 더 많은 사람들이 농산물을 재배하는 사람들과의 직거래를 중시하고 보존해야 할 음식 전통을 지키고 있는 전문 생산자들을 찾아다니는 이 시대에, 이러한 일이 발생한다는 사실은 뭔가 잘못된 것 같다.

걷는 것이 진정한 기쁨이 되었고, 오늘 아침처럼 구름이 걷히고 봄 햇살에 소매를 걷어야 할 정도로 따뜻한 날에 걷는 것은 뜻밖의 즐거움이었다. 우리 뒤로 몰려온 정말 건강한 순례자들이 우리와 보조를 맞추는 잠깐 동안 그들이 하루에 평균 35-40킬로미터를 걷는다는 얘기를 듣고 경외심을 느끼기도 했다. 그러나 나는 내게 맞는 적당한 속도를 찾아서 기뻤다. 하루 24킬로미터를 걸으면서, 나는 잠깐 쉬기도 하고 작은 마을의 헛간 문에 달린 정교한 디자인의 녹슨 자물통을 보며 감탄하기도 하며 채소밭을 가까이 들여다보기 위해서 천천히 되돌아가는 시간을 가질 수 있었다. 추위에 강한 들장미가 우아하게 길가에 가득 피어 있고, 돌이 많은 적색 토양의 광활한 들판에 흩어져 있는 발목 높이의 옹이투성이 포도나무 덤불이 봄 가지를 뻗어내고 있었다. 아침나절에 마을 바에서 커피 한 잔을 마신 뒤 우리는 허리까지 오는 곡식과 우거진 떡갈나무 숲, 향기가 좋은 타임, 야생 민트와 라벤더 사이를 누비며 길을 걸었다. 하얀 금작화나무에 꽃이 피었다. 낸시는 이 지역의 농부들이 한때 소들이 지낼 외양간에 금작화와 가시금작화를 심었다고 설명해주었다.

아스토르가 마을이 내려다보이는 언덕에서 점심을 먹으려고 할 때 갑자기 비가 쏟아져서 음식을 싸들고 버스 정류장으로 달려갔다. 그곳에서 우리의 소박한 점심 파티는 계속 되었다. 날씨 때문에 호세가 그날 가져온 지역 특산물들—북향의 석회암 동굴에서 숙성시킨 인기 많은 수제 블루 치즈로 톡 쏘는 냄새가 나는 일품인 케소 데 카브랄레스와 입안에서 사르르 녹는 육포—을 맛보지 않고 넘기는 일은 일어나지 않는다.

푸엔테 오르비고의 일부

　며칠 전, 우리는 모두 세스 노터봄의 책에 나온 한 구절을 읽고 엄청나
게 크게 웃었다(조금 안심하기도 했다). 책 속에서 갑자기 그는 스페인 학
술 여행 중에 겪은 성당이 주는 끈질긴 괴롭힘에 대해서 털어났다. "별별
고문방법으로 순교한 모든 성인 조각상들이 마치 당신을 쫓아다니고,
사지를 찢어 죽이고, 십자가에 매달아 죽이고, 심문하고, 눈을 멀게 하고,
산 채로 살갗을 벗기고, 심지어는 성인이 가지고 있는, 페이지가 넘어가지
않는 책을 내게 끝없이 읽어주려고 하는 것처럼 괴롭힘을 당했다." 그 피
로의 원흉은 아스토르가 언덕 아래의 성당이었다. 비가 그쳤을 때 우리는
아스토르가로 갔지만 주저 없이 그 성당을 행선지 목록에서 빼버렸다.
　바람이 거센 오후에 무서운 조각상이 가득한 성당보다 우리를 유혹한
것은 아스토르가의 라 페세타(La Peseta) 레스토랑이었다. 한 가문이 5대
째—6대째였나?—운영하고 있다. 4대가 운영하던 시기에, 미치녀는 그
레스토랑에서 점심을 먹었는데 훈제 돼지고기와 병아리콩을 넣어 만든 그

가우디가 설계한 성지 순례 박물관

지역의 마라가토(maragato) 스튜를 너무 맛있게 묘사했다. 이 스튜는 특이하게 역순서로 먹는데, 고기를 먼저 먹고 그 다음에는 병아리콩과 채소를 먹고 마지막으로 국물을 먹는다. 이러한 풍습은 아스토르가가 교역 중심지이며 짐꾼이 스페인에서 당나귀로 물건을 운반하던 시대로 거슬러올라간다. 노새를 모는 짐꾼들은 갈리시아에서 도착한 귀한 해산물을 기다리는 동안에 식사를 했을 것이다. 그들은 생선이 도착하면 내륙으로 배달하기 위해서 즉시 출발해야 했으므로 메인 요리가 나오기 전에 떠날 수밖에 없었을 것이다. 우리의 경우에는 레스토랑이 재방문을 기다려야 했다. 가우디가 설계하고 성지 순례 박물관이 있는 아스토르가의 폴리(folly)처럼 생긴 주교의 성이 사람을 애태우며 재방문을 기다리게 하는 것처럼. 왜냐하면 안타깝게도, 그곳은 우리가 오후에 잠깐 들렀을 때에는 닫혀 있었기 때문이다.

그후에 우리가 이라고 길에 도착해서 구불구불한 길을 올라가자, 짙은

안개와 빗속을 뚫고 신비한 철십자(Cruz de Ferro)를 향해 바로 걸어가는 것 같았다. 이 십자가는 가장 중요한 성지 순례 기념물로 늘 묘사되고 있다. 그 시작은 기원전에 살았던 여행객들이 돌무더기에 돌을 얹어놓았던 때로 거슬러올라간다. 그후 12세기에 기독교인들이 이 의식을 도용했고, 그때 마을은 그곳에 십자가를 꽂아두었다. 돌무더기 가운데 꽂힌 긴 나무막대기의 맨 끝에 달려 있는 그 십자가를 오늘날에도 여전히 볼 수 있다. 순례자들은 가끔 돌을(그들이 버리고 싶어하는 죄나 부담을 상징한다) 집에서 가져와서 먼저 다녀간 사람들이 그랬던 것처럼 수백 년간 쌓여온 몇 미터 높이의 돌무더기와 함께 쌓아둔다. 돌무더기에서 볼 수 있는 봉납 물건의 종류에 대한 낸시의 설명에 따르면, 돌뿐만 아니라 성지 순례의 힘을 보여주는 증거로 놓아둔 사람들의 생활 속 작은 물건들도 쌓여 있다. 낸시는 아이들 사진(아프거나 사망한 듯하다), 삶의 변화를 준비하

는 한 여성 순례자가 잘라서 놔둔 긴 끈, "이제는 끊어야 할 때"라고 적힌 종이와 함께 놓아둔 담배 한 갑을 본 적이 있다고 말했다. 고백하자면, 내가 그곳에 좀더 머물러 있지 않은 것은 부슬비 때문이 아니라 돌무더기 위에 던져져 있거나 막대기에 걸려 있는 버려진 신발들 때문이었다. 이것들이 이전 주인에게는 개인적으로 큰 의미가 있었는지 모르지만 다른 사람의 지저분하고 오래된 신발이 나에게는 이 경험의 가치를 높여주지 못했다. 모든 중요한 성지 순례 기념물 중에서 철십자가가 내게 유일한 계륵 같은 순간이었다는 것이 무척 서글펐다.

우리는 구름 속을 뚫고 차를 운전해서 갈라시아에 접근하고 있음을 말해주는 언덕 깊숙이 들어간 뒤, 버려진 마을을 지나갔다. 도중에 토마스라는 사람이 운영하는 쉼터가 있다. 낸시는 호세가 5월에 뜻밖의 폭설이 내리는 가운데 자전거를 타고 마을을 지나가다가 저체온증에 걸려 방향감각을 잃게 된 얘기를 해주었다. 토마스가 자신의 자전거 벨을 울리고 있어서 호세는 그 소리를 듣고 쉼터로 가는 길을 찾을 수 있었다. 쉼터에서 그는 호세에게 몸을 말릴 수 있도록 난롯불 옆 자리를 내어주었다.

리에고 데 암브로스는 나무 난간 발코니가 쑥 나온 땅딸막한 2층짜리 석조 가옥들이 순례길 위에 이어져 있는 아주 오래된 느낌의 산골마을이다. 바로 이곳에서 나의 성지 순례 중 만난 가장 아름다운 길을 걷기 시작했다. 우리는 1시간 반 동안 구불구불한 좁은 돌길을 따라가다가 탁 트인 언덕을 지나 하룻밤을 보낼 몰리나세카로 걸어갔다. 낸시는 마을 공동 소유의 밤나무 과수원을 가리켰다. 300년에서 400년가량 된 웅장하고 옹이투성이의 나무들이었다. 밤나무는 한때 탄수화물의 주요 공급원이었기 때문에, 사람들은 그 수확량을 늘리기 위해서 지금의 모습처럼 밤나무를 특별한 방식으로 매년 가지치기했다. 갈리시아에서 농부들은 원기를 유지하기 위해서 들판에서 갓 구운 군밤을 먹는 전통이 있었다.

　우리는 협곡을 따라 더 내려갔다. 길에 있는 것이라고는 들장미가 전부인 이곳의 나무에서 물이 뚝뚝 떨어졌다. 강을 건너고 더 내려가서 라벤더, 노란 금작화, 들장미가 핀 계곡으로 강물 소리가 들릴 때까지 갈지자로 걸어 내려갔다. 계곡을 세차게 흐르는 이 강물 소리는 우리가 목적지에 다다르고 있음을 말해주었다. 이곳, 넓고 비옥한 강의 저지대 위에 매력적인 역사지구가 있는 그림 같은 마을 몰리나세카가 있었고, 마을의 반대쪽에는 우리가 묵을 편안한 현대식 숙소가 있었다. 우리가 도착했을 때는 이른 저녁이었는데, 가족들—이곳에서는 젊은이들이 부모님과 조부모님과 더불어—은 강기슭을 따라 펼쳐져 있는 무성한 과수원과 채소밭에서 일을 하며 얘기하느라 바빴다.

몰리나세카 위쪽 계곡 맞은편 산속에 비야프랑카 델 비에르소라는 마을이 있다. 날이 저물어갈 무렵, 이곳에는 햇빛이 살짝 비쳤고 샤워를 하고 기분이 상쾌해진 순례자들은 큰 광장의 노천 카페에 앉아 술을 마시며 그날의 경험담을 나누고 있었다. 비야프랑카 델 비에르소는 성지 순례의 오랜 역사에서 중요한 장소이다. 이곳의 성당은 용서의 문, 푸에르타 델 페르돈(puerta del perdon)이 있는 몇 안 되는 성당들 중 하나이다(레온의 산 이시도로에도 용서의 문이 있다). 너무 아파서 성지 순례를 계속할 수 없는 중세의 순례자들은 이 문을 통과하고 나면, 산티아고까지 갔을 때에야 얻을 수 있는 하늘로 가는 열쇠를 받을 수 있었다.

독일과 프랑스의 수도사들이 수도원과 병원을 짓기 위해서 이 지역으로 왔다. 이 수도사들이 멘시아(Mencia)라는 품종의 포도나무 가지를 가져왔다고 주장하는 사람들도 있다. 고대 로마인들이 가져왔다고 믿는 사람들도 있지만, 우리는 수도사라고 확신했고 그래서 우리가 이곳에 있는 것이다. 펑크 음악 마니아인 포도주 제조자 리카르도 페레스는 길 바로 위에 있는, 작아서 놓치기 쉬운 보데가에 자신의 낡은 자동차를 세웠다. 백미러에 솜털처럼 보송보송한 소재로 만들어진 주사위가 달려 있었다. 우리가 차에 올라타자 리카르도는 자신의 포도농장을 향해 쏜살같이 차를 몰았다. 리오하에서 그리고 오늘 앞서 본 포도나무처럼 컵, 고블릿 모양으로 가꾼 농장의 낮은 멘시아 포도나무가 너무 가팔라서 황소나 말, 아니면 그의 또다른 관심 대상에 해당하는 당나귀만이 일굴 수 있는 산비탈의 좁은 땅에서 자라고 있다.

리카르도는 100년 전 마르케스 데 리스칼이 리오하에서 시작한 것처럼 인상적이고 대담한 현대 스페인 포도주 혁명의 차기 대표주자이다. 그에게는 자신만의 포도주 제조방식이 있다. 그의 삼촌 알바로 팔라시오스는 스페인 포도주를 침체기에서 구해낸 현대 포도주 업계의 록스타이다. 그들은 고대 품종과 오래된 포도나무에 특별한 애정을 쏟고 있으며—알바로는 자신과 리카르도를 포도 재배의 "발굴자이자 복원가"라고 얘기한다—이곳 비에르소 지역에서 두 가지 모두 재배하고 있다. 포도나무들은 모두 60년에서 100년 정도 되었다. 최고의 유기농 생물역학 재배실습과 숙련된 포도주 제조기술을 가진 이 장인의 손길이 닿은 멘시아는 신데렐라처럼 화려한 부흥기를 맞이했다. 데센디엔테스 데 J. 팔라시오스라는 회사명으로 출시되고 있는 리오하와 프리오라토 지역에서 나오는 포도주에도 알바로가 관여하고 있는데, 이 포도주에 쓰이는 포도와 더불어 멘시아는 열광적인 평가를 받았다.

이곳 비에르소 지역에서 인정받는 포도주 제조사들의 자녀들은 새 시대의 포도주 제조로 이름을 떨치고 있다. 카베르네 소비뇽(Cabernet Saubignon)이나 메를로(Merlot)와 같은 도입 품종들에 자리를 내주기 위해서 이전 세대들이 멘시아를 뽑아버렸지만, 그들은 다시 심었다. 오래된 포도나무가 재배되고 있는 작은 땅들은 인기 많은 자산이 되었다. 이 땅들은 외지고 가파른 산비탈에 있어서 기계를 접할 기회가 없었기 때문에 살아남을 수 있었던 귀중한 보물이었다. 오래된 포도나무들은 완벽하게 균형을 이룬 열매를 맺기 위해서 성장속도를 조화롭게 유지하는 방법을 터득했고, 포도주의 깊고 담담한 아로마는 포도나무가 자라는 가파른 산비탈의 척박한 점판암 토양에서 비롯된다고 전해진다. 각 땅은 저마다 고유의 특성을 가진 포도를 생산하고, 하나의 품종으로만 만드는 싱글 에스테이트(single-estate) 포도주를 위해서 포도는 별도로 압착된다. 포도주를 찾아 전 세계 여러 곳을 여행한 어느 포도주 무역상이 시드니에서 내게 리카르도의 비에르소를 방문한 날은 자신이 여러 포도농장에서 지금껏 보낸 시간들 중에서도 가장 영적인 날이었다고 말했다. 그는 포도나무 아래와 바람이 많이 부는 산봉우리에 깔린 구름층을 내려다보며 느낀 기분을 절대 잊지 못할 것이라고 말했다.

땅을 일구고 유지하기 위해서 말이 끄는 장비를 다시 사용해야만 했다. 그래서 리카르도는 말을 길들이고, 부리는 말과 함께 일하는 방법을 배우기 위해서 프랑스로 떠났다. 그는 우리를 집으로 데려가서 자신이 기르고 있는 당나귀 루치오를 보여주었다. 그날 돈키호테와의 두 번째 만남이었다. 루치오가 리카르도에게 코를 비벼대는 모습을 보니, 돈키호테의 몸종인 산초 판사에게 헌신적이었던, 이름이 같은 산초의 당나귀 루치오 못지않게 이 당나귀도 자신의 주인에게 헌신적이라는 것이 확실했다. 그는 2년 전에 마을 시장에서 루치오를 샀다. 지금은 다른 당나귀들 즉, 노새 1마리와 말 3마리가 함께 있지만, 루치오는 경치가 보이는 밭 귀퉁이에서 지낸다. "루치오는 내 홍보 담당자예요"라고 리카르도는 장난스럽게 웃으며 말했다. 그러고 난 다음 그는 자신의 차로 우리를 30분 거리의 광대한 지방 중심지인 폰페라다에 있는 자신이 추천하고 싶은 레스토랑으로 데려다주겠다고 고집을 피웠다.

멘타 이 카넬라(Menta y Canela, 민트와 계피)라는 레스토랑에 도착하여, 리카르도가 주방으로 사라진 동안 우리는 테이블로 안내를 받았다. "걱정 마세요. 제가 다 얘기해놨어요"라고 그는 다시 나타나서 말했다. 그는 계속 함께 있을 수 없음을 안타까워했고 우리도 마찬가지였다. 포도나무에 대한 그의 에너지와 열정은 그의 강렬하고 향기로운 적포도주만큼 사람을 기분 좋게 취하게 만들었다. 포도주가 계속 바뀌어가며 나왔다. 그는 전년도에 2주일 동안 카미노 프랑세스를 걸었다고 했고 우리는 두말할 나위 없이 그 얘기를 전부 듣고 싶었다.

우리는 맨 처음에 그가 소개한 "포도주" 페탈로스(Pétalos)를 마셨다. 피노 누아(Pinot Noir)의 부드러움과 쉬라즈(Shiraz)의 향신료 맛이 나는 아주 마시기 편한 포도주였다. 좀더 값이 나가는 비야 데 코루욘(Villa de

Corullón)은 훨씬 무겁고 강한 포도주로, 그 이름은 50년에서 90년가량
된 건조한 지역에서 자란 포도나무의 포도를 공급하는 인근 농장의 비에
르소 지역명에서 따온 것이다. 스페인에서는 비교적 이른 시간인 저녁 9시
에 예약을 한 터라 처음 한 시간 동안 레스토랑에는 우리 일행뿐이었다.
저녁 11시쯤 되었을 때에도 우리는 첫 번째 코스를 끝내려는 중이었다. 레
스토랑 주인인 페르난도 페르난데스는 이 지역에서 가장 포부가 큰 쉐프
라고 한다. 음식이 도착하자, 그는 현지에서 생산되는 제철 채소, 풀을 먹
고 자란 고기, 항구에서 바로 가져온 해산물을 능숙하면서도 창의적으로
다루는 요리의 대가라고 자신을 소개했다. 전체요리는 구운 햇마늘과 새
우 회, 염소 치즈와 발사믹 식초를 곁들인 졸인 양파, 비둘기고기 샐러드,
푸아그라와 포르치니 버섯이었다. 이미 우리 일행 중 한 명은 지금까지 먹
어본 저녁식사 중 최고라고 인정했다.

레스토랑이 꽉 차기 시작하자, 메인 요리로 양배추와 사과 퓨레를 곁들
인 데친 고기와 진한 국물 요리인 전통 볼리토 미스토(bollito misto)가 나
왔다. 맛은 정말 훌륭했지만, 그날 마신 최고의 포도주인 리카르도의 라
스 라마스에는 약간 못 미쳤다. 라스 라마스는 말이 1년에 2번 땅을 일
구는, 돌이 많고 거의 수직인 땅에서 자란 포도나무의 포도로 만든다. 이
포도나무들 중에서 상당수가 나의 할아버지가 검파크를 매입한 1909년
이전에 심어졌을 것이라는 생각을 하지 않을 수 없었다. 이 포도주는 딱
5통만 생산된 귀한 것이다. 그래서 가격이 아주 독특한 포도주의 맛만큼
이나 비싸고 자극적이다. 하지만 천 년간 이어져온 전통을 체험하는 데는
훌륭한 포도주를 즐기는 것보다 더 좋은 방법이 없을 것 같다. 레스토랑
은 이제 정말 사람들로 북적이기 시작했고, 아마 자정이 지날 때까지도 그
럴 테지만 우리는 어쩐지 이곳과 잘 어울리지 못하고 분위기를 깨는 사람
이 될 것 같아 자리에서 일어났다.

사모스

고대 로마 이전 시대의 부엌, 카를로스 바의 입에 불이 붙을 정도로 독한 "화주"

불가능해 보였던 우리의 성지 순례는 날이 갈수록 마법과 같이 변해갔다. 길을 가다가 마주치는 순례자들과 나누는 인사, 부엔 카미노. 걸을 때마다 나는 가리비 껍데기의 행복한 달그락 소리와 같은 새로운 일상에서 기쁨과 위안을 느꼈다. 점점 더 건강해지는 기분이었고 길에서 뭔가를 발견하는 기쁨도 계속되었다. 매일 더 강해지고 있음이 느껴졌고 전날보다 훨씬 더 귀중한 지식을 얻었다. 그리고 호사스럽게 이 모든 것들을 뒤돌아보는 시간을 가지기도 했다. 성지 순례는 이러한 사소한 일상에 감사하는 마음의 부활을 즐기는 길이다.

우리가 차를 타고 폰페라다 이곳저곳을 빠르게 지나가면서, 멘타 이 카넬라 레스토랑이 나오기 몇 시간 전에 우리가 단호하게 피해갔던 몰리나세카 간선도로를 보았고 요새화된 성벽 위로 우뚝 서 있는 템플라르 성도 언뜻 볼 수 있었다. 이 성벽은 지난 20년 동안 오래된 마을 폰페라다와 요새에 이례적으로 시행된 복구작업의 일환이다. 중세의 건축가와 장인들이 성당과 성지 순례 마을을 세우기 위해서 온 후로는 볼 수 없었던 규모로 건물을 짓고 수리하는 소리가 순례길 전체에 울려퍼지고 있다.

성시순례의 유행은 11-13세기의 실제 전성기 이후로 성쇠를 반복했다. 나는 초기 성지 순례가 몇 달이, 성지 순례를 완전히 마치는 데에는 몇 년이 걸렸다는 것을 알고 있었는데, 재미있게도 15세기에 영국에는 배를 타

고 갈리시아 북부도시인 라 코루냐로 간 다음 거기서부터 걸어서 3일 만에 산티아고를 순례하는 사업이 있었다고 한다. 1년 중 특정 시기에 조류가 알맞고 바람이 유리한 방향으로 불면, 순례자들은 2주일 만에 산티아고에 갔다가 다시 돌아올 수 있었을 것이다. 성지 순례 단기 코스라고 할 수 있었다.

20세기 성지 순례 부활의 역사는 1936-1939년에 발발한 스페인 내란 이후 25년간 스페인을 통치한 논란이 되었던 프랑코 장군 정권 때부터 시작되었다. 자랑스러운 갈리시아인인 프랑코 장군은 라 코루냐 인근의 페롤 출신이다. 그에게는 성 야고보와 공통된 이미지를 떠올리게 하는 점이 있었는데, 순례자라기보다는 무어인을 무찌른 전사의 이미지가 강했다. 그는 성 야고보의 이미지를 강조한 나머지 내란의 주요 전투 중 하나를 기독교인들이 무어인과 벌인, 844년에 일어난 끔찍한 전투의 이름을 따서 제2의 클라비호라고 명명했다. 원래 전투에서는 성 야고보가 갑옷과 투구를 완전히 갖추고 손에는 칼을 든 강인한 전사처럼 하얀 군마를 타고 나타나서 직접 수천 명의 무어인들을 무찔렀고, 사람들은 그를 무어인을 무찌른 자, 마타모로스(Matamoros)로 숭배했다. 그의 존재는 수적 열세에 있던 기독교인들을 승리로 이끈 원동력이었다. 이러한 전사의 이미지는 스페인 재정복 운동에서 기독교인들을 지속적으로 결집시켰고, 평화로운 순례자의 모습만큼이나 자주 성 야고보의 조각상과 그림에서 찾아볼 수 있다.

제2차 세계대전 이후, 프랑코 장군은 7월 25일 성 야고보 축일의 대규모 행진을 위해서 군대를 매년 산티아고 데 콤포스텔라에 파견했다. 그는 학자들이 성지 순례에 대해서 연구할 수 있도록 후원했고 이들 중 다수는 미치너가 자신의 책과 관련해 자료를 조사하러 스페인에 갔을 때 만난 전문가들이었다. 한편, 프랑스에서도 성지 순례에 대한 관심이 다시 일고 있었다. 프랑스의 "성지 순례 친구"라는 단체가 중세를 연구할 목적으로 한 센터를 세웠다. 1960년대 후반부터 1970년대에, 소규모 학생단체들이 갑자기 초기 순례자들의 복장을 하고—초기처럼 성지 순례를 재탄생시키자는 진심 어린 취지로—에스테야에서 산티아고까지의 구간을 걸어서 현지 주민들을 놀라게 했다. 1970년대에 대규모 이동이 시작되고 『이베리아』와 같은 책들이 많은 인기를 얻으면서 스페인과 성지 순례는 세간의 관심을 받았다. 자동차 휴가가 유행하자, 자동차를 이용한 성지 순례는 특히 스페인으로 휴가를 가려는 여행객에게 딱 알맞은 여행이 되었다.

1980년대에는 다른 부류의 여행객들이 성지 순례에 발을 들이기 시작했다. 이들은 점점 더 도보로 순례를 하는, 대부분이 많이 배운 사람들이었다. 1986년, 브라질의 작가 파울로 코엘료는 성지 순례를 하고 이에 감흥을 받아 세계적인 베스트셀러가 된 책 2권을 쓰게 된다. 그 당시 런던에 살고 있던 나는 성지 순례가 「더 타임스(*The Times*)」와 「데일리 텔레그래프(*Daily Telegraph*)」와 같은 신문의 여행란에 등장한 것을 알고 있었다. 나는 셀프리지스 백화점의 회장이 내게 카미노 프랑세스를 도보로 순례하러 가기 때문에 당분간 자리에 없을 것이라고 말했을 때 매력을 느꼈다. 이러한 현상은 여피족의 화려한 전성기에 나타났지만, 입소문은 유럽을 포함한 더 먼 곳에서 사는, 더 많은 사람들이 다른 경험을 원하고 중세의 장거리 순례여행을 똑같이 해보고 싶어하도록 만들었다. 노란색 화살표를 도입해서 나무 몸통에서부터 벽에 이르기까지 모든 곳에 방향을 표시하고 그와 같은 시기에 순례길 안내서가 발간되면서 성지 순례는 훨씬 더 수월해졌다. 이 화살표는 최초로 알려진 성지 순례 설명서에 묘사되어 있는 길과 가능한 유사하게 도로를 확정시킨 지도 연구작업의 결과였다. 이 책은 12세기에 나온 『리베르 상크티 야코비(*Liber Sancti Jacobi*)』로 라틴어를 스페인어로 번역해 1944년에 발간되었다. 그러나 여전히 스페인 순례자보다는 해외 순례자들이 많았다. 아마도 프랑코 장군이 산티아고의 영웅인 성 야고보를 자신의 국민당과 스페인 가톨릭 국가 재건의 상징으로 내세웠던 여파가 스페인 국민들에게는 여전히 남아 있기 때문이었으리라.

그러나 1993년에 모든 상황이 변했다. 7월 25일 성 야고보 축일이 일요일인 해는 "성스러운 해"로 지정되어, 그해에 기도와 고해성사를 위해서 산티아고 데 콤포스텔라 대성당을 방문하는 순례자들은 가톨릭 교리에 따라서 모든 죄를 없애주는 전대사(全大赦)를 받는다. 1993년이 바로 성스러운 해였고 낸시는 그 당시 성지 순례 중이었다. 우리가 아스토르가에 있을 때 낸시가 작은 땅을 가리킨 적이 있었는데, 그곳이 바로 군대가 수많은 순례자들을 치료해주기 위해서 비상 막사를 친 곳이었다. 갑자기 스페인에 경이로운 일이 일어났다. 수백만 명이 그해에 산티아고를 방문했고, 10만여 명의 사람들이 최소 100킬로미터를 걷거나 자전거로 200킬로미터를 순례해서 성당에서 발급하는 성지 순례 인증서, 콤포스텔라를 받았다. 순례자의 수가 전년도보다 무려 918퍼센트나 증가했다! 산티아고로 몰려든 사람들 중에는 애매모호한 관광 캠페인을 보고 온 사람들도 있었지만, 성지 순례가 부활한 것은 확실했다. 1994년부터 순례자의 수는 급속도로 증가 추세를 보이고 있으며, 얼마 되지 않아 스페인 성지 순례자의 수가 외국인들의 수를 앞지르기 시작했다. 성스러운 해가 아니었음에도 불구하고 2007년에는 150만 명의 사람들이 성지 순례 인증서를 받았는데 대다수가 다시 외국인이었다. 이는 하페 케르켈링이 쓴 독일 책 『그 길에서 나를 만나다』의 출간으로 반전된 현상이었다.

내 개인 안내책자는 우리의 그날 목적지인 오세브레이로에 쳐들어갈 마음의 준비를 단단히 하라고 했다. 에레리아스 마을에서 아름다운 숲을 지

나 가파르게 오르기 시작해 멀지 않은 곳에 오세브레이로가 있었다. 물망초, 야생 민트, 새들이 지저귀는 소리와 계곡 물소리, 갓 베어낸 건초 냄새 등 봄에 유럽 북부지방에서 경험할 수 있는 가장 아름다운 것들이 주변에 펼쳐져 있었다. 길에서 순례자들이 낸시에게 다가오는 일이 자주 있었는데, 언젠가 낸시는 40대 초반으로 보이는 한 남자와 얘기를 나누기도 했다. 나중에 낸시가 말하기를 그는 그냥 미나리아재비가 핀 풀밭에 누워서 하루를 즐기고 싶은데 다음 쉼터에 가서 잠자리를 확보해야 하기 때문에 그럴 수 없다고 했다고 한다. "아니 그게 무슨 성지 순례예요?"라고 낸시는 말했다.

짙은 푸른 초원 때문에 오스트레일리아에서 온 일행의 눈은 계속 휘둥그레졌다. 점점 높이 올라갈수록 초목은 변하기 시작했다. 산비탈은 헤더 꽃으로 뒤덮여 있었다. 우리는 어느 농부가 자신의 소를 몰고 갈 때 옆에 서 있었다. "꼭 뒤를 돌아보세요!"라고 낸시는 항상 말했다. 그래서 농부가 지나가기를 기다리는 동안, 나는 발카르세 계곡 위의 산비탈의 장관을 마음껏 흡수했다. 푸르고 붉은 들판과 숲이 은은한 조화를 이루며 눈앞에 펼쳐져 있었다.

우리는 맥주를 마시기 위해서 중간에 잠시 멈췄다. 태양이 내리쬐는 가운데 여름에만 영업을 하는 작은 마을의 바에 앉았다. 맥주를 마시고 나서 조금 걸어가니 산티아고 행을 알리는 첫 번째 이정표가 나왔다. 152.5킬로미터. 이 이정표는 다음 일주일 동안 산티아고 성당으로 가는 내내 우리에게 믿을 수 있는 친구가 되어줄 것이다. 마지막 남은 거리의 표시가 측정 오류로 인해서 정확하지 않다는 사실은 알고 있었지만. 성지 순례의 이 변덕스러운 점이 지금은 오히려 고유한 풍습의 일부가 되어버렸으니, 아무도 이것을 고치려고 들지 않기를 바랄 뿐이다. "152.5킬로미터 이상" 이 갈리시아 도착을 알리는 표지판인 것이다. 갈리시아!

그 다음으로 우리는 오세브레이로에 왔다. 이 산골마을은 성지 순례가 시작된 9세기에 지은 최초의 성지 순례 성당이 있어서 주목을 받는 곳이다. 현대의 성지 순례는 1960년대에 오세브레이로에 살던 엘리아스 발리냐 삼페드로 주교의 선견지명과 학식의 덕을 크게 보고 있다. 그가 이 노란색 화살표를 도입한 장본인이다. 그는 오세브레이로의 순례자 쉼터뿐만 아니라 성당도 복구했다. 이 마을에는 모양이 특이한 이 지역의 전통 초가인 파요사(palloza)가 있었다. 이를 통해서 고대 로마인들은 이곳에 왔을 때 사람들이 거주하고 있다는 사실을 알게 되었다. 삼페드로 주교의 노력의 일환으로 주민들에게 현대식 가옥이 제공된 1960년대 전까지도 사람들은 계속 이렇게 파요사에서 살았다. 오늘날 어둡고 연기가 나는 내부에서, 바닥에 불을 피워 그 위에서 바로 요리를 하고 가축과 같이 지내며 살려는 사람이 있다고는 상상하기 힘들었다. 그러나 원래의 모습이 보존된 파요사에 들어가서 선조들의 생활 현장을 보는 것은 무척 흥미로운 일이었다. 마치 집주인이 밭을 가꾸다가 언제라도 돌아올 것처럼 모든 것이 오싹하게 느껴졌다.

성지 순례를 하면서 가장 눈부셨던 두 번의 순간 중 하나가 그날 오후에 일어났다. 물이 뚝뚝 떨어지는 울창한 삼림지대를 걸어가다가 빈터에 들어서니 낸시가 낮고 오래된 건물 옆에서 우리를 기다리고 있었다. 건물의 절반은 언덕 비탈에 지어져 있었다. 그곳은 수력 발전식 방앗간으로 소에게 먹일 옥수수를 빻으며 돌아가고 있었다. 정말 놀라운 것은 방앗간 주인인 마누엘 로드리게스 산체스의 가문이 180년간 그곳을 소유하고 있다는 점이었다. 마누엘은 그가 죽으면 이 방앗간도 사라질 것이라고 말했다. 왜냐하면 자녀들이 이곳을 떠나서 현재 다른 일을 하고 있기 때문이다. 낸시는 그동안 이 길을 총 수십 시간을 걸었지만 방앗간이 작동되는 모습은 거의 보지 못했다고 했다. 마누엘은 방앗간을 보며 감탄

사모스 수도원 벽에 걸려 있는 1895년에 촬영된 기념 사진

하는 우리를 보고 너무 신이 났는지 일을 마치고 우리 모두를 데리고 19명이 거주하는 작은 마을인 렌체 인근의 카를로스 바로 가서 커피와 입에 불이 붙을 듯이 알코올 도수가 높은 화주를 대접했다.

　그리고 나서 우리는 술이 올라 알딸딸한 상태로 비를 맞으며 사모스를 향해 계속 걸었다. 이곳에서 우리는 토리비오 강과 우연히 맞닥뜨렸는데, 이 강은 숲이 무성한 계곡을 빠르게 흐르며 스페인에서 가장 오래된 수도원 로스 산토스 훌리안 이 바실리사 데 사모스 옆을 지나간다. 6세기에 세워진 이 수도원이 오세브레이로에 있는 성당보다 300년 앞서 지어진 것이며, 지금도 수도사가 기거하고 있는 갈리시아의 수도원 세 곳 중 하나라는 사실이 믿기지 않았다. 거대한 회랑과 예배당을 쭉 돌아보던 도중 대례복 스치는 소리가 나기에 돌아보니 한 수도사가 종종걸음으로 사라

1951년의 대화재로 성당과 성구보관소를 제외한 건축물의 내부가 모두 소실되었다. 1959년에 4명의 화가가 다시 그린 벽화에는 성 베네딕트의 이야기가 담겨 있다.

지는 모습이 보였다. 하지만 지나가던 수도사 무리 중 한 명인 아구스틴 수사에게 수도사 특유의 과묵함 같은 것은 없었다. 우리가 수도원 상점에 들어서자 아주 깔끔하게 옷을 입은 이탈리아 여성이 종교음악 CD 두 장을 놓고 갈등하고 있었다. 계산대 안쪽에 있던 아구스틴 수사는 그 여성이 들고 있던 CD 뒷면의 한 트랙을 가리켰다. "제가 부른 겁니다." 그는 스페인어로 말했다. 그리고 깊게 숨을 쉬더니 성가를 부르기 시작했다. 그의 깊고 풍부한 목소리가 상점에 울려퍼졌고, 사모스의 오래된 수도원에서 녹음된 코라이스 데 카미노의 8번 트랙인 전통 성가 "성모 찬가(Salve Mater)"는 내 성지 순례의 영원한 사운드트랙이 되었다.

갈리시아

영원의 땅

갈리시아가 나의 관심대상이 된 그 순간부터 그것은 나의 아일랜드 조상의 중심인 켈트 혈통을 자극했다. 한때 피니스테레(Finisterre)라고 불렸던 땅—유럽인들이 신대륙을 발견하기 전까지 지구의 끝이라고 믿었던 곳—의 연무와 마녀에 관한 이야기는 나를 대책 없는 낭만주의에 빠져들게 했다. 나는 늦은 밤 횃불을 든, 죽은 자의 고요한 행진이라는 있을 수 없는 일을 동경하는 켈트인의 우울함과 농가의 문을 두드리기만 하면 부엌 난로 위에서 끓고 있는 냄비에서 김이 모락모락 나는 수프 한 그릇을 얻어먹을 수 있었을 만큼 자연스러운 환대에 관한 묘사에 푹 빠져 있었다. 나는 갈리시아의 풍경을 상상해보았다. 회색의 석조 마을, 저 멀리 안개 속으로 흘러가는 산, 창창한 수림만이 존재하는 곳. 왜냐하면 갈리시아인들의 말에 따르면 여름을 제외하고는 매일 한 시간씩 비가 오기 때문이다. 하지만 무엇보다도, 새로 생긴 고속도로와 나보다 먼저 무지개 색깔 방수복을 입고 갈리시아에 다녀온 수백만 명의 순례자들이 그곳의 참된 영혼을 빼앗아가지 않았으면 하는 헛된 희망을 가져보았다.

20세기 후반의 상당 기간 동안 갈리시아는 스페인 북서단의 대도시에서 멀리 떨어져 있는, 새로운 부류의 여행객들의 발길이 닿지 않는 곳으로 남아 있었다. 여행객들은 이베리아 반도의 다른 지역을 여행했다. 태양을 좋아하는 사람들은 남부지방으로, 예술가 타입은 바르셀로나로, 식도락가들은 산세바스티안으로 향했다. 갈리시아에서 차로 마드리드에 가려면 적어도 8시간이 걸리기 때문에 어느 방향으로든 가려는 사람이 별로 없었다. 그러나 갈리시아의 상하기 쉬운 싱싱한 해산물을 재빠르게 남쪽 마드리드의 최고급 레스토랑의 테이블에 올렸던 생선장수들만은 예외였다. 지금은 당나귀 대신 기차와 트럭으로 운송하고 있다.

바위가 많은 산맥은 갈리시아를 계속 고립시키기도 했지만, 동시에 남쪽과 동쪽으로 번지는 교전에서 이 지역을 보호하는 데에 일조하기도 했다. 마을, 교각, 성당, 번영이 성 야고보에 대한 성지 순례와 함께 따라왔지만, 켈트족의 상속법에 따라 한 가정의 모든 자녀들이 한 구획의 땅만 물려받을 수 있었으므로 대를 거듭할수록 농업은 쇠퇴해갔다. 살아남기 위해서 발버둥 치는데, 낭만이 있을 리 없었다. 유일한 해결책은 이민이었다. 많은 사람들이 라틴 아메리카나 아르헨티나로 향했다. 영원히 이민을 간 사람들도 있었고, 부인과 아이들을 두고 가서 20년간 돌아오지 않는 사람들도 있었다. 내 『타임―라이프(Time-Life)』 책 속에 있는 1960년대 산티아고 데 콤포스텔라 인근의 소 시장 사진에서 리라 모양의 뿔이 달린 기운 센 황소를 두고 가격을 흥정하고 있는 여자들이 남자들만큼 많은 것을 보니 참 놀라웠다. "남자들이 없으면, 여자들은 황소처럼 점점 강해지고 용감해진다"라고 이 책의 저자는 얘기했다. "여자들이 밤처럼 껍질이 부드러운 게를 엄청나게 잡기 위해서 달구지를 강으로 몰고 가는 모습을 자주 보게 될 것이다. 시골마을의 힘센 여자들은 욕조처럼 큰 항아리를 머리에 이고 몸을 곧추세우고 당당하게 걷는다. 여자들은 비가 올 때 진흙탕 들판에서 걸을 수 있도록 밑에 작은 굽을 단 나막신을 신는다."

이 나막신은 이제 대부분 고무장화로 대체되었지만, 지나온 농장에서 여전히 나막신을 신은 여성들을 종종 보았다. 지금도 산티아고 시장의 나이 지긋한 구두장이에게서 나막신을 살 수 있다. 나는 산티아고 시장에서 자기 키의 절반만 한 채소 바구니를 머리에 이고 있는 여성도 보았다. 『타임-라이프』의 사진 속 그들의 어머니 세대처럼 농촌 시장의 여성들도 마찬가지로 강하다는 것을 알게 되었다. 예나 지금이나, 혹독한 기후와 힘든 노동으로 여성들이 육체적 고통을 받고 있다는 것도 알게 되었다. 하지만 시장의 노점상들이 도시 사람들에게 그리 후한 평가를 받지 못할 것이라는 예상과 달리, 오히려 그들은 물건을 냉장 보관하고 근사해 보이도록 바닥에 잘 진열해놓아서 자라 쇼핑백을 든 대학생부터 음식에 관한 안목이 탁월한 산티아고의 레스토랑 주인들에 이르기까지 모든 부류의 손님들로부터 높은 평가를 받는다. 갈리시아는 변하고 있지만 또한 그대로이기도 하다.

어쩌면 이곳에서는 더 자연스러운 속도로 옛것이 새것으로 발전했을지도 모른다. 왜냐하면 20세기에 여행객들이 이곳에 발을 들였을 때에 이들은 하루의 끝에 잠자리, 먹을 음식과 술 한잔 하며 쉴 곳이 필요해 걸어서 혹은 자전거를 타고 온 순례자들이었지만 그리 대단한 손님은 아니었기 때문이다. 배낭에 들고 다닐 수 있는 것은 한정되어 있다. 고속도로가 생기면서 서해안에 위치해 조류의 영향을 받는 얕은 하구 리아스 바익사스에서 휴가를 보내고 싶어하는 스페인 사람들이, 특히 마드리드에서 들어왔다. 처음 이곳에 왔을 때 나는 차를 타고 산티아고에서 남쪽으로 운전해갔다. 무화과나무와 감귤나무가 온화한 기후 속에서 자라고, 트랙터가 아래로 지나다닐 수 있을 만큼 키가 큰 격자 시렁의 포도나무, 그리고 알바리뇨(Albariño) 포도로 만든 포도주가 있는 아름다운 해안을 혼자서 보고 싶었다. 그리고 나서 포르투갈 국경 근처의 바이오나로 갔다. 바이오나는 콜럼버스의 선단 중 배 한 척이 1493년 어느 날 나타난 곳으로 배에 타고 있던 선원들이 놀란 현지 주민들에게 그들이 대서양을 횡단한 사실을 확인시켜주었던 곳이다. 그리고 아름다운 파라도르가 있는 곳이기도 하다.

45분 정도 운전을 하고 가다가 고속도로 위의 언덕 정상에 오르니 갑자기 바다가 나타났다. 그 옆에 개발단지가 길게 쭉 들어서 있었다. 가까이서 본다고 건물이 더 아름답게 보이지는 않았다. 하지만 금빛 모래가 펼쳐져 있고 발코니에 앉아 바다를 내려다보며, 저녁으로 먹을 홍합을 딴 곳을 볼 수 있는 별장에서 누가 마드리드의 경영자를 부러워하겠는가?

썰물 때, 여자들은 들통을 들고 허리를 구부려 개펄을 천천히 헤쳐나가며 질척한 개펄에서 게를 잡는다. 남자들이 배를 타고 고기를 잡으러 나가 있는 동안 게를 잡는 일은 항상 여자들의 몫이었다. 조개잡이 여성, 마리스케라(marisquera)는 그녀의 어머니와 할머니가 일했던 곳에서 주로 일을 할 것이다. 요즘에는 게를 잡는 데에도 허가가 필요하며 잡는 양도 하루에 3킬로그램으로 제한되어 있다. 이곳은 유대가 긴밀한 공동체이기 때문에 밀렵꾼들은 침입하려면 위험을 무릅써야 한다.

반면, 갈리시아의 바위가 많고 바람도 많이 부는 북부 해안은 별장을 지을 만한 곳이 못 된다. 죽음의 해안, 코스타 다 모르테(Costa da Morte)라고 불릴 만하다. 유럽에서 가장 위험한 해안에 속하며 바위가 많고 사나워서 수백 척의 배가 난파된 곳이기도 하다(지난 100년간 140척이라고 한다). 내가 에트세바리에서 처음 먹어본 선사시대의 생물처럼 보이는 거북손은 그것을 캐는 페르세베이로(percebeiro)와 위험한 대치 전술을 펼친다. 그들은 허리에 줄을 매달고 절벽을 타고 내려와 바위에 붙어 있는 조개를 날카로운 칼로 딴다. 망을 보던 다른 한 명은 파도가 치면 소리를 친다. 그러면 조개잡이는 귀중한 조개를 캐서 넣어둔 그물망을 목에 걸고 파도가 뾰족뾰족한 바위에 부딪히기 전에 무사히 기어 올라간다. 그들의 조상은 콜럼버스와 함께 아메리카 대륙을 항해한 두려움을 모르는 정복자였다. 또한 갈리시아의 화강암으로 지은 집처럼 인내심이 강한 용자들의 후손이다. 거북손은 비싸게 팔린다. 동시에 이 해안선은 쉽게 돈을 벌려는 사람들에게도 매력적인 장소이기도 하다. 수백 년간 해적과 밀수꾼들이 애용한 숨겨져 보이지 않는 이곳의 해만(海灣)은 오늘날 마약 밀거래 장소로도 대단히 유혹적인 곳이다.

북서쪽에는 좁은 피니스테레 곶(串)이 있다. 성지 순례가 시작된 첫 400년 동안, 순례자들은 지구의 맨 끝에서—콜럼버스가 이곳이 지구의 끝이 아님을 밝혀냈다—석양을 보기 위해서 산티아고로 여행을 왔을 것이다. 북동쪽으로는 항구도시 라 코루냐가 있다. 발코니가 있는 오래된 대저택들이 들어선 대로, 아베니다 데 라 마리나는 옆에서 그동안의 역사를 지켜봐왔다. 이곳은 영국에서 순례자들이 왔던 곳이고, 3만 명을 실은 130척의 스페인 무적함대, 아르마다(Armada)가 떠났던 곳이며, 프랜시스 드레이크가 불태워버리려다 실패한 곳이기도 하다. 이 오래된 마을의 언덕에 있는 작은 정원에는 영국 육군 사령관인 존 무어 경의 무덤이 있다. 그는 1809년에 나폴레옹 군대와의 전투에서 전사했는데, 프랑스 군대의 공격을 적은 병력으로 막아내느라 난항에 빠진 병사들 대다수를 배에 태워 항구로 철수하게 했다.

스페인 최고의 해산물이 갈리시아산이라는 점에 대해서 이의를 제기하는 사람은 없을 것이다. 산티아고 시장에 있는 생선가게의 물건들은 싱싱함과 종류의 다양함으로 그 자태를 뽐낸다. 대구는 매일 식탁에 오를 정도로 인기가 높은 생선으로, 스페인 어디에서나 볼 수 있으며 아 라 가예가(a la gallega), 즉 갈리시아 스타일로 요리한다. 대구에 파프리카, 올리브유, 마늘을 넣었다는 의미이다. 문어는 스페인 사람들이 좋아하는 또 하나의 음식으로 문어 삶는 사람인 풀페이라(pulpeira)가 커다란 구리 냄비에 딱 1시간만 삶아서 작게 썬 다음 이쑤시개로 꽂아 나무 접시에 담아낸다.

그러나 갈리시아 요리는 육지에서 나는 재료도 기본적으로 사용한다. 갈리시아의 매력적인 초원은 우유와 전국적으로 인기가 많은 질 좋은 쇠고기를—바스크 지방의 에트세바리에서도 보았듯이—생산하기에 이상

적인 곳이다. 이곳에서는 몸집이 작고 민첩해서 젖을 생산하고 짐을 운반하는 등 작은 농장에서 여러 가지 일을 동시에 하는 데에 가장 적합한 품종을 사육한다. 우리는 오세브레이로로 가는 산을 오를 때 황소가 끄는 달구지를 아직도 사용하는 것을 보기도 했다.

땅을 가진 집에는 모두 채소 텃밭이 있다. 나는 내가 가지고 있는 요리책에서 고기와 감자로 만드는 수프, 칼도 가예고(caldo gallego)의 독특하고 약간 쌉쌀한 맛을 내는 역할을 하는 순무잎, 그렐로스가 많이 언급된것을 보았다. 갈리시아의 습한 기후조건에서 순무의 잎인 그렐로스는 토양 속의 순무보다 더 풍성하게 자란다. 갈리시아의 요리사 모두가 이 푸짐한 수프를 만드는 나름의 레시피를 가지고 있을 정도로 그 조리법이 다양하지만 그렐로스는 반드시 들어가야 한다. 철분이 풍부한 순무잎은 오래 전부터 갈리시아 시골집에서 칼도 가예고를 만들 때 전통적으로 들어가는 푸성귀였다. 순무잎의 쌉쌀한 맛을 진하고 감칠맛 나는 국물로 잡아주는데, 이 국물은 완벽한 조합이라고 할 수 있다. 돼지 귀, 족발, 초리조, 기름이 붙은 두툼한 베이컨 한 조각, 소 다리뼈 한 짝으로 육수를 만들자마자 바로 순무잎과 감자를 넣는다. 다음날 먹어도 여전히 맛있는 수프가 칼도 가예고이다.

순무잎만큼이나 간절히 기다려지는 초여름에 나는 푸른 파드론 햇고추는 늦여름에 딴 것은 10개 중 1개가 엄청나게 맵다. 어느 것이 매운지 알 길이 없기 때문에 모험을 해야만 하는데, 천연 러시안 룰렛이라고 할 수 있다. 칼도 가예고처럼 진한 수프와 스튜들은 추운 겨울에 농부와 그들의 가족뿐만 아니라 일 년 내내 비를 맞는 순례자들이 지치지 않게 해준다.

물론 갈리시아의 보물은 산티아고와 산티아고 대성당이다. 많은 도시들이 거대한 성당을 자랑할 수는 있겠지만, 산티아고 대성당은 중세에도 그랬듯이 산티아고의 뛰는 심장이다. 정오에 거행되는 순례자 미사는 이 도시의 하루 리듬을 좌우한다. 미사에 참석한 순례자들에게는 평범한 배낭객이 아닌 듯한 후광이 비친다. 화성에서 온 사람이라면 도대체 이곳에서 무슨 일이 벌어지고 있는지 알고 싶어서 안달이 날 것이다. 붉은 타일로 덮여 있는 석조 건물의 지붕이 두 가지 색이 조화를 이루는 시내의 전경을 성당 꼭대기에서 볼 수 있다. 그 위에서는 어느 것이 대수도원이고 병원인지를 거대한 내부 회랑과 교회탑으로 쉽게 분간할 수 있다. 그중 많은 곳이 아직도 운영되고 있다. 모나스테리오 데 산 펠라요의 베네딕트회 수녀들은 운둔생활을 하는데, 이들은 수도원 입구 옆에 있는 작은 회전창을 통해서 페이스트리를 팔고 있기 때문에 목소리는 들리지만 모습은 보이지 않는다. 도시의 다른 곳에서 대학생들은 종교단체가 한때 기거했던 곳에서 살고 있는데 새로운 미래를 구축하기 위해서 과거에 기반을 둔 셈이다. 성인의 유해를 발견한 한 마을이 공식적으로 이를 신성시하며 성지 순례의 역사가 시작되었고, 그 이후로도 쭉 이어지고 있는 것처럼.

페레이로스

쇠고기와 대구가 들어간 엠파나다 파이의 천국, 드디어 만난 그 유명한 산티아고 타르트,
우유를 짜고 돌아오는 젖소를 모는 염소, 라모나의 농장에서 만든 수제 치즈와 버터와 꿀

우리는 갈리시아에서 환상적인 도보 순례를 연이어 경험했는데, 그중 맨
첫 구간은 낸시를 비롯한 일행들과 함께 한 마지막 아침이었다. 나는 성
지 순례의 이 마지막 구간이 사람들로 붐빌지 궁금했다. 수많은 사람들
이 인증서를 받기 위해서 산티아고까지 100킬로미터 표지판 바로 앞에서
출발하여 이 구간만 걷기도 한다.

오늘은 그 어떤 것도 내 주의를 흐트러뜨릴 수 없었다. 왜냐하면 어디에
선가 읽은 구절 하나가 내 마음 한구석에 자리잡고 있었기 때문이다. "푸
른 초원과 갈리시아의 빼어난 아름다움이 당신의 마음속 가득히 스며들
것이다." 그 당시에는 이 말이 약간 뜬구름 잡는 소리 같았지만, 지금은
들판 사이를 걸으며 자연탐사 오솔길, 코레도이라(corredoira) 위의 작은
마을을 지나치면서 내게도 그런 일이 일어났음을 느낄 수 있었다. 우리는
커피를 마시러 화강암으로 지은 오래된 농가에 들렀다. 이곳은 시골 게스
트하우스이기도 했다. 크고 오래된 객실용의 철제 열쇠들이 현관문 옆 나
무판자에 걸려 있었다. 우리는 아침부터 지금까지 받은 느낌들을 생각나
는 대로 목록으로 만들어보았다.

· 담쟁이가 휘감긴 돌담 / · 농장 안마당의 분뇨 냄새
· 발밑의 질척거리는 느낌 / · 짙은 초원에서 소가 풀을 뜯어먹는 소리

· 쐐기풀 / · 길을 따라 분뇨를 실은 수레를 비틀거리며 미는 농부
· 꽃이 만발한 나무
· 노란색 성지 순례 화살표와 꽃이 핀 금작화의 조화
· 묘비 판석처럼 생긴 울타리의 화강암 구멍 마개
· 닫힌 헛간 문 뒤에서 험악하게 짓고 있는 개
· 긴 줄기에서 나는 양배추―줄기가 정말 길다
· 길의 침수된 구간의 화강암 징검돌
· 농가 주변을 돌아다니며 어디에서나 볼 수 있는 닭
· 비 / · 진흙

우리는 사람들의 일상생활과 그들의 일을 살펴보았고, 사람들은 그것을 호의적으로 잘 받아주었다. 그들은 자신이 사는 집의 회색 화강암처럼 굳건하고 헛간의 닳은 나무문처럼 어려움을 재빠르게 극복하는 사람들로 보였다. 우리는 문과 창문 위의 상인방(上引枋)을 이루고 있는 네모난 큰 돌덩어리들을 보고 이것을 만드는 데에 투입되었을 노동력이 궁금해졌다. 이 집들 중 일부는 중세 순례자들이 이곳을 지나갔을 때 이미 있었을 가능성이 꽤 컸다. 산티아고 대성당을 짓는 데에 필요한 석회를 만들기 위해서 거대한 석회암 덩어리를 오세브레이로로부터 산티아고 외곽 카스타녜다에 있는 석회가마까지 운반했기 때문이다.

그날 아침 처음으로, 우리는 길가에 세워진 십자가도 발견했다. 우리의 키보다 컸고 기록에 의하면 12세기부터 갈리시아에 있었다고 한다. 교회, 마을, 가끔은 개인이 불운이나 기적을 기념할 교차로와 장소를 표시하기 위해서 십자가를 세웠다. 성지 순례 이전에 기독교를 국교로 하는 국가가 최초로 생긴 뒤부터 십자가는 이처럼 신성한 장소에 세워졌다. 대부분의 십자가는 한쪽에는 십자가에 못 박힌 예수 그림이, 반대쪽에는 성모 마

리아 그림이 그려져 있었다. 그 지역의 수호성인이나 십자가에 못 박힐 때 사용된 도구 같은 다른 신성한 상징이 기둥 밑에 새겨져 있기도 했다. 돌로 교차지점을 표시하는 것은 고대 로마 시대 훨씬 이전의 켈트족 전통을 반영한 것이다. 아일랜드나 브르타뉴와 같은 유럽 내 다른 켈트 지역에서도 이러한 십자가들이 공통적으로 발견되었다.

호세는 인근 마을인 사리아에 있는 그가 좋아하는 빵집에서 빵을 사고 난 뒤 페레이로스의 점심 먹을 장소에서 우리를 기다리고 있었다. 그는 우리를 위해서 엠파나다(empanada)라는 또다른 새로운 먹을거리를 준비해왔다. 엠파나다는 아몬드가 많이 들어간 산티아고 타르트와 함께 갈리시아의 가장 대표적인 음식으로 이것들을 먹어보는 것만으로도 성지 순례를 할 가치가 있다고 느낄 만한 음식이다. 엠파나다는 고기나 해산물로 속을 채운 파이인데, 사악할 정도로 맛있고 건강한 음식으로 거의 천년 동안이나 배고픈 순례자들을 유혹해왔다. 이 사실을 확인해보고 싶은 음식 역사가들은 유명한 영광의 문(Pórtico de la Gloria)만 보면 된다. 이것은 산티아고 대성당의 초기 로마네스크 입구로서 1188년경에 조각을 새겨 만들었다. 폭식의 악습에 사로잡힌 한 남성이 커다란 엠파나다를 자기 입에 구겨넣으려는 듯한 모습으로 그려져 있다. 호세는 커다란 쇠고기와 대구 엠파나다를 샀고, 맛을 본 오스트레일리아에서 온 일행은 오스트레일리아의 일반 파이 제조업자들이 갈리시아의 제빵사들로부터 몇 가지를 좀 배워야만 한다는, 국가를 배반한 판결을 내릴 수밖에 없었다.

그 뒤, 우리는 더 이상 작별을 미룰 수 없었다. 우리는 여행의 마지막에 낸시를 다시 만날 것이다. 그래서 지금은 완전한 작별인사를 미룰 수 있다. 하지만 너무나도 특별했던 여행 동반자였기에 다른 일행과의 헤어짐은 마음이 아픈 일이었다. 우리는 버스가 보이지 않을 때까지 손을 흔들었다. 버스는 그들을 다음 성지 순례 모험지로 데려다줄 것이고 우리는 새로운 길동무인 라모나를 만나러 반대방향으로 향했다.

우리가 갈리시아 여행일정을 짜는 데에는 낸시의 도움이 정말 유용했다. 총 8일간의 여행으로, 4일은 산티아고 데 콤포스텔라로 가는 마지막 100킬로미터를 걸어서 순례인증서를 받는 데에 보내고 그 다음 4일은 전체 성지 순례 내의 음식 및 포도주 순례를 최종적으로 마무리 하는 일에 보낼 것이다. 내가 도보여행 중에 묵을 숙소를 알아보기 시작했을 무렵에는 순례길과 접해 있거나 편리하게 매일 도보를 마치는 지점에 있는 숙소들은 모두 예약이 찬 상태였다. 한 친구가 영주의 저택을 호텔로 개조한 파소(Pazo)를 추천해주었다. 대부분의 파소는 성지 순례 마을에서 멀리 떨어진 시골에 있었다. 나는 우리가 묵을 두 곳의 파소를 예약했다. 둘 다 아르수아 부근이어서 가는 길 중간쯤에 있었다. 다른 날 밤에는 순례길에서 10킬로미터 정도 떨어진 시골 주택인 아 파라다 다스 베스타스(A Parada das Bestas)에서 묵을 것이다. 우리는 전날 머무른 곳에서 하루를 시작하며 택시를 타고 순례길을 오가기로 했다. 그래서 첫날 밤에 머무를 곳을 찾다가 카사 데 라브란사 아르사(Casa de Labranza Arza)가 앨러스테어 소데이가 쓴 『스페인의 특별한 숙박시설(Special Places to Stay in Spain)』이라는 책 한 페이지에서 툭 튀어나왔다. 카사 데 라브란사 아르사는 지금도 운영되고 있는 낙농장으로 "볼이 발그레한 라모나"가 버터와 치즈를 만들고 식사를 차려주는 곳이다.

오스트레일리아에서 친구 한 명이 와서 이번 갈리시아 마지막 여행 구간에 합류하기로 했다. 우리는 사모스에 있는 수도원에서 그를 만나기로 했는데, 우리가 이틀 전에 그곳을 보고 깜짝 놀랐던 터라 그도 이 수도원을 보았으면 좋겠다고 생각했다. 그리고 그 수도원은 볼이 발그레한 라모나의 농장으로 가는 길에 있기도 했다. 다른 사람들이 회랑 안으로 간

사이에 우리 두 명은 입구 옆 벤치에 앉아 친구를 기다렸다. 우리는 처음 이곳에 왔을 때 가게에서 노래를 불렀던 아구스틴 수사를 곧 발견했고, 우리는 그날 찍은 그의 멋진 사진 한 장을 그에게 보여주었다. 사진을 본 그의 얼굴에 진심으로 놀라고 기쁜 표정이 가득했다. 그는 우리가 앉은 벤치 사이에 앉아 초보 수준의 스페인어와 서로 조금씩 하는 프랑스어, 그리고 엄청난 손짓발짓을 섞어가며 이 수도원에 온 지 50년 되었다고 말했다. 다른 일행이 돌아오면서 우리 세 명이 오래된 친구처럼 얘기를 나누며 웃는 모습을 보았다. 아구스틴 수사는 우리에게 그날 저녁 수도원 예배당에서 열리는 저녁 미사에 참석해보는 것이 어떻겠냐고 말했고 우리는 흔쾌히 그러겠다고 했다.

저녁 미사가 있기 전에 잠깐 시간이 비어서, 우리는 그곳 바에서 끊임없이 내리는 비를 피했다. "걱정 말아요. 조금만 있으면 날씨 불평은 더 이상 안 하게 될 테니까"라고 말하며 우리는 새로 온 친구를 안심시켰다. 수도원 예배당으로 돌아가니 때마침 수도사들이 중앙 제단 옆의 성가대석 자기 자리에 들어가는 모습을 볼 수 있었다. 수도사들이 성가를 부르기 시작하고 향이 퍼지자 나는 기도를 올렸다. '제발 아구스틴 수사가 오늘밤 "성모 찬가"를 부르게 해주세요. 성지 순례 음악 CD의 그 노래가 녹음된 이 아름다운 성당에서 직접 말이에요.' 내 기도대로 그는 "성모 찬가"를 불렀고 나중에 동료 수도사들과 엄숙하게 빠져나올 때 우리를 슬쩍 내려다보고는 윙크를 하며 우리 쪽으로 엄지손가락을 치켜세웠다.

사모스에서 카사 아르사로 가는 길은 굴곡을 따라 언덕 위로 구불구불 뻗어 있었다. 걷다가 어느 순간, 우리는 멈춰서 우유를 짜고 돌아오는 젖소떼에게 길을 양보했다. 한 여성이 소떼와 있었지만 정작 소떼를 초원으로 다시 몰고 간 것은 바로 염소 한 마리였다. 우리가 갈리시아에서 많이 본 염소였다. 언덕을 더 올라가서 지나온 농가들을 다시 내려다보았다.

지금은 일상이 된, 비에 젖어 반짝이는 슬레이트 지붕이 보였다.

카사 아르사가 갑자기 나타났을 때 막다른 길에 다다랐다는 생각이 들었다. 그곳은 이웃집들과 똑같이 생긴 농가였지만 어딘가 모르게 좀 더 단정한 느낌이었다. 라모나의 가족이 그곳을 숙소용으로 개조했고, 이러한 이야기들이 편안한 객실이 있는 1층의 기념판에 자랑스럽게 기록되어 있었다. 우리는 짐을 뒤져 마르케스 데 리스칼에 갔을 때 가져온 포도주 한 병을 찾아냈다. 곧 부서질 것 같은 말뚝 울타리를 휘감고 있는 장미가 만개한 야외 테라스에 앉아서 포도주를 마셨다. 우리는 농지의 전경과 저 멀리 있는 산들을 바라보았다. 우리 한쪽에는 헛간이 있었다. 나는 내 눈이 어둠에 익숙해지기를 기다리며 안을 자세히 들여다보았는데, 그곳에는 농장에서 만든 훈제 햄과 소시지가 기둥에 매달려 있었다.

저녁식사는 내가 안내서 앞부분을 읽으며 상상했던 그대로였다. 우리가 먹은 음식은 모두 농장에서 만든 것들이었다. 저녁을 먹으려고 식탁에 앉았을 때 날은 춥고 어두웠다. 우리는 식당 바로 옆에 있는 라모나의 부엌 오븐에서 바로바로 나오는 푸짐하고 맛있는 음식을 게걸스럽게 먹어치웠다. 수프는 햇 완두콩, 감자, 큼직한 흰 콩, 초리조로 만든 것이었는데 커다란 식탁 중앙에 놓인 하얀 수프 그릇에서 직접 국자로 퍼 담았다. 이어, 석쇠에 구운 돼지갈비가 커다란 접시에 담겨 나왔다. 우리는 요리를 모두 두 번씩 먹었고 농장에서 만든 치즈도 먹었다. 우리는 라모나가 직접 만든 버터, 또다른 종류의 부드럽고 신선한 수제 치즈, 잼과 언덕 조금 위쪽에 보관되어 있는 벌통에서 채취했다는 꿀과 함께 그녀의 빵을 저녁에도 다음날 아침에도 먹었다. 라모나는 우리가 이 꿀에 푹 빠져버린 것을 알아채고 떠날 때 꿀 한 병을 선물로 주었다. 일주일 뒤, 산티아고의 최고급 식당에서 주방장과 그의 조수 몇 명이 이 꿀맛을 인정했을 때, 우리는 자부심에 찬 눈으로 그들을 바라볼 수 있었다. 모두 라모나 덕분이었다.

에이렉세

칼도 가예고—순례자의 수프, 육즙이 풍부한 하몽 이베리코, 문어 요리,
헛간 기둥에 걸린 햄과 마늘 소시지, 초리조, 기네스 팰트로를 위한 요리 강습

오늘이 바로 그날이었다. 콤포스텔라를 받기 위한 100킬로미터의 도보
순례를 시작하는 첫날! 우리는 다시 언덕을 내려가 농가와 사모스의 수
도원을 지나고 방앗간 주인과 커피와 화주를 마셨던 렌체의 바를 지나쳤
다. 그가 방앗간을 운영하는 마지막 자손이고 자녀들은 그의 아름답고
오래된 방앗간에 관심이 없다는 말을 듣고 안타까운 생각이 들었다. 그
러나 전통 농장을 사들여 새롭게 개조한 뒤, 여행객들을 진심 어린 마음
으로 대접하고 개발업자가 눈독을 들일 만한 멋진 경치와 가족이 운영하
는 농장을 엿볼 수 있는 고마운 기회를 제공하는 라모나 일가의 모습을
보기도 했다. 우리는 카사 아르사에서 불과 몇 시간을 보냈을 뿐이지만
소규모 식량 생산의 가치와 이를 지켜내야 하는 이유를 지속적으로 생각
나게 할 추억을 얻었다.

우리는 막바지에 이르러서 도보 거리에 대한 혼란으로 당황스러워하지
않기 위해서 100킬로미터 표지판이 있기 몇 킬로미터 전부터 신경 쓰며 걷
기 시작했다. 우리는 순례자 여권, 크레덴시알 델 페레그리노를 안전하게
비닐로 여러 겹 싸서 재킷 안쪽에 넣어두었다. 순례인증서를 받으려면 매
일 순례를 하면서 여권에 도장을 받고 나중에 성당 사무실에 여권을 제시
해야 한다. 인증서를 받기 위한 의무도보 거리는 꽤 독단적이다. 도보 순
례자는 100킬로미터, 자전거 순례자는 200킬로미터이다. 수백 킬로미터를

걷고 난 뒤에 산티아고 대성당으로부터 몇 킬로미터 남은 지점에서 순례를 중단하거나 시간이 부족해서 거리를 다 채우지 못했을 경우에는 콤포스텔라를 받기가 어렵다. 하지만 그것이 규칙이다. 여권은 가톨릭교에서 발급하며 여권 소지자는 신앙의 정신에 입각하여 여행할 것을 요청 받는다. 순례자 여권이 한때 종교적인 동기의 좁은 의미로 해석된 적도 있었지만 지금은 포괄적으로 "영적인" 동기를 내포하는 의미로 확대되었다. 우리는 성당에 여권을 제시했을 때 성지 순례의 본질에 대한 질문을 받을 것이라는 사실을 알고 있었다. 나는 지난 몇 주일간 성지 순례를 통해서 그러한 감정들을 경험했기 때문에 "영적인" 답을 하는 데에 전혀 문제가 없었다. 성지 순례를 하는 영적인 이유가 없는 사람들은 성지 순례 완수를 인증하는 다른 문서인 세르티피카도(Certificado)를 받을 수 있다.

여권 도장을 받으려는 노력은 하루 일과의 일부가 되었다. 순례길의 성당과 카페는 물론이고 쉼터에도 도장이 있다. 도장이 손이 닿지 않는 곳에 있어서 누군가에게 찍어달라고 부탁해야 할 때도 있었는데, 다른 사람들은 직접 가져다가 찍기도 했다. 우리는 이미 순례길에서 도장을 여러 개 받았는데 어떤 도장은 디자인이 특히 예뻤다. 그러나 도장을 찍을 공간은 제한되어 있으므로 도장 수를 우리가 알아서 조절해야 했다.

100킬로미터 표지판을 지나자마자 카사 모르가데라는 사람들이 붐비는 카페가 나왔다. 우리는 커피를 마시러 잠시 들렀는데, 바 끝에 순례자 도장이 보였다. 김이 무럭무럭 나는 훈제 초리조 수프를 담은 큰 그릇이 옆을 지나가고, 요리사가 그날의 샐러드를 준비하기 위해서 방금 딴 양상추를 들고 비에 젖은 채로 텃밭에서 뛰어들어왔다. 순례자는 늘 식욕이 넘친다. 우리도 몇 시간 후에 곤사르라는 작은 마을의 순례길에서 약간 우회하여 점심을 먹으러 레스토랑에 들렀고 늘 그랬듯이 잘 먹었다. 비가 오는 아침에 걷고 나니 배가 더 고파져서 칼도 가예고가 담긴 그릇에서 수프를 마구 퍼먹었다. 우리는 그 다음에 나온 하몽도 거부할 수가 없었다. 얇게 썬 하몽은 좋은 스페인산 햄 특유의 단맛이 난다. 나는 식당 출입문을 통해서 어두운 헛간 기둥에 걸려 있는 하몽과 초리조를 또 발견했다. 나는 그 풍경을 사랑하게 되었다.

우리는 꾸물꾸물 방수복을 입고 다시 길을 나섰다. 새가 지저귀는 소리를 들으니 행복했고, 선명한 푸른 초목과 칙칙한 화강암의 익숙한 풍경에 기분이 좋아졌다. 가끔 나무의 푸른 잎이 머리 위에 닿았고, 그럴 때면 마치 나무 그늘을 지나가는 것 같은 기분이 들었다. 길가에는 양치식물, 야생 민트, 들장미가 마구 뒤엉켜 있었다. 길의 일부 구간에는 아스팔트가 깔려 있었고 일부 구간은 단단한 자갈길이었다. 우리는 완만한 산비탈을 오르내렸다. 소들이 풀을 뜯어먹으며 때때로 우리를 쳐다보았고, 혼자 있던 염소는 작은 무리의 양과 새끼 양을 반대방향으로 몰았다. 우리는 농장을 지나고 농장의 길을 동물들과 함께 걸었다. 어쩌다가 헛간 뒤에서 보이지 않는 개들이 낮게 위협적으로 으르렁거리는 소리가 들릴 때만 빼고는 그 공존이 마냥 편안하게 느껴졌다. 우리는 작은 스톤헨지처럼 생긴 가슴 아픈 사연이 있는 화강암 신전 앞에 멈춰섰다. 신전 안에는 액자에 넣은 사진 두 장이 있었다. 성지 순례 도중에 세상을 떠난 순례자들의 넋을 기리기 위해서 순례길 위에 세운 여러 성지들 중 하나이다.

우리가 지나온 수많은 작은 마을에는 입구가 로마네스크 양식으로 된 고대의 예배당과 성당이 있었다. 오래 전에 사라진 수많은 병원, 작은 수도원, 수녀원에 대한 이야기들이 안내서에 나와 있다. 한때 이곳들은 목적지를 향해 가는 순례자들에게 숙식을 제공했다. 이 건물을 이루고 있던 돌들은 전부 어디로 갔을까? 길가의 둑을 받치고 있는 아름답게 절단된 화강암이나 농가의 깊은 상인방에서 그 답을 찾을 수 있을 것 같기도 하다. 그러나 포르토마린 마을이 1950년대 초 저수지 아래로 침수될 운명에

처했을 때는, 마을에 있던 로마네스크 양식의 성당과 다른 중요한 기념물의 돌들을 일일이 높은 지대의 새로운 곳으로 옮긴 일도 있었다.

날씨가 판초 대 우산의 뜨거운 대결구도를 만들었다. 나는 진작 경험자들의 말을 들었어야 했다. 낸시는 항상 우산을 들고 다녔는데, 필요하지 않을 때에도 지팡이용 끈으로 배낭에 묶어서 우산을 챙겼다. "사람들은 내가 시골뜨기처럼 보인대요. 특히 우산을 재킷의 깃에 매달아둘 때는요. 농부들이 비가 안 오면 깃에다가 우산을 달기 때문에 그러는 것 같아요"라고 낸시가 순례 초반에 얘기한 적이 있었다. 그후, 나는 농부들이 시내나 성당에 갈 때 우산을 들고 다니는 방식을 보고 '낸시가 말했던 게 이거였구나'라고 이해하게 되었다. 갈리시아의 농부들이 일하러 가면서 트랙터에 챙겨두는 우산은 행동 개시에 항상 대비하고 있는 듯 보였다. 대부분의 순례자들이 세련미가 넘치는 판초를 선택하는데, 몸과 배낭을 덮어버려 마치 똑바로 걸어가는 풍뎅이 같아 보인다. 나는 먼저 판초를 시험

258

해보았다. 바에서 싸구려 판초를 하나 샀는데 몇 시간 못 가 찢어져 다리에서 펄럭거렸다. 이후에는 우산을 사는 데에 더 이상 돈을 아끼지 않았고 충분한 보상을 받았다. 내 머리가 재킷이나 판초의 모자로 덮여 있을 때는 모든 것으로부터 차단된 느낌이었지만 우산을 쓰니 모자를 쓰지 않아도 되고 바깥세상, 냄새, 소리와도 다시 소통할 수 있었다. 판초를 입었을 때와는 달리 물이 등 뒤로 흘러 신발 속에 들어가지도 않았다.

그날 걷기를 마칠 무렵 우리가 예약했던 택시가 에이렉세의 73킬로미터 지점으로 우리를 데리러 왔다. 택시는 우리를 태우고 팔라스 데 레이 마을 외곽의 시골에 있는 아 파라다 다스 베스타스로 갔다. 우리는 모두 지쳐 있었다. 옷에서 뚝뚝 떨어진 물이 택시 바닥에 고였고, 창에는 김이 서렸다. 우리가 묵을 숙소는 어떻게 생겼을까? 짐을 풀 힘이나 있을까? 젖은 옷은 어떻게 해야 하지? 마지막 남은 힘으로 택시에서 간신히 빠져 나와 호텔 외부의 작은 호수를 건너 프런트로 갔다. "이 날씨가 갈리시아입니다." 사랑스러운 젊은 주인인 마리아는 공감한다는 듯 웃음을 띠고 하늘을 슬쩍 보며 말했다. 그러고 나서, 펑펑 나오는 뜨거운 물, 집안 가보로 내려오는 린넨, 튼튼한 갈리시아 시골 가구, 아름다운 장식물이 갖춰진 자신의 숙소로 우리를 안내했다. 커다란 난방기도 있어서 우리는 그 위에 젖은 옷을 널어 말렸다.

마리아와 남편 헤수스는 스페인의 다른 곳에서 살다가 고향 갈리시아로 돌아왔다. 이들 부부는 오래된 농가와 지금은 전원주택을 이룬 수많은 건물들을 복구했다. 이곳은 큰 강인 우야 강에서 걸어서 몇 분 거리이고, 작은 마을 가장자리에 초목이 울창한 전원지대에 위치해 있다. 우리가 머물렀던 갈리시아의 모든 곳에서와 마찬가지로 그곳에서도 더 오래 있을 수 있었으면 참 좋겠다는 생각을 했다. 헤수스는 지역색이 아주 강한 특산물인 문어를 요리했다. 다음날 우리는 멜리데라는 큰 마을을 지나갔

는데 이곳은 아주 큰 구리 가마솥에 문어를 요리하는 문어 전문 레스토랑 풀페리아(pulperia)로 특히 유명한 곳이다. 처음에 문어를 구리 냄비에 조리한 뒤 따뜻하게 유지하는 경우가 많은데, 너무 오래 삶으면 음식을 망치기 때문이다. 갈리시아 사람들의 말에 의하면 너무 오래 조리한 문어는 껌처럼 질기다고 한다. 이 구리 냄비를 보니 나의 어머니가 검파크에서 커다란 구리 솥으로 빨래를 하시던 어린 시절이 생각났다. 멜리데의 문어 레스토랑에서 나는 냄새는 생소했고 아주 강했다. 내가 전날 밤 난생처음 먹어본 문어는 우아하고 부드러운 요리여서 그렇게 문어를 접하게 된 것에 고마운 마음까지 들 정도였다. 헤수스는 삶은 햇감자와 살짝 찐 순무잎을 곁들였는데, 모두 엑스트라 버진 올리브유를 뿌렸다. 달콤한 파프리카의 훈제 향이 살짝 나는, 올리브 과육 맛이 가득한 올리브유였다.

집으로 돌아와 얼마 지나지 않았을 때, 나는 우연히 책 한 권을 보게 되었다. 『스페인 스타일(*Spain: A Culinary Road Trip*)』이라는 책으로, 뉴욕의 유명한 주방장 마리오 바탈리와 영화배우 기네스 펠트로가 스페인 요리 여행을 하고 난 다음 해에 쓴 책이다. 나는 책을 재빨리 넘겨보다가 아 파라다 다스 베스타스에 있는 그들의 모습을 발견했다. 태양이 그들의 방문을 반기듯이 비추고 있었고, 마리오는 인근에 골프장이 있는 것을 보고는 행복해했다. 기네스는 마리아와 헤수스의 어린 두 아이들을 돌보았다. 마리아는 기네스에게 자신의 할머니가 가르쳐준 비법으로 만든 천천히 구운 어린 수탉요리를 알려주었다. 닭을 관절부위를 잘라 나눈 다음 올리브유, 파슬리, 마늘, 소금으로 만든 양념에 밤새도록 재워둔 뒤, 올리브유에 갈색이 되도록 굽고 코냑과 포도주를 부어 고기가 뼈에서 떨어져나올 정도가 될 때까지 2시간 동안 푹 끓인다. "멋진 음식이고, 멋진 주인들이고, 멋진 상차림이었다"라고 저자들은 말했다. 그렇고 말고!

보엔테 데 바익소

가족용 오레오—성당을 축소한 듯한 옥수수 창고,
하루의 도보를 마치고 먹는 엘레나 바스케스의 어머니가 만든 케이크와 로스트 치킨

비가 그렇게 많이 왔다는 사실이 문제가 되었냐고? 나중에 도보 순례에 대해서 생각해보니, 끝이 보이지 않을 정도 펼쳐진 메세타, 노란색 화살표를 볼 때마다 느낀 반가움과 동지애, 리오하의 풍경 속에 자리잡은 프랭크 게리의 현대식 건축물을 보고 받은 충격, 내가 너무 좋아하게 된 로마네스크 성당의 입구 위에 성경 이야기를 자세하게 묘사해놓은 조각, 갈리시아의 울창한 초목, 산티아고 시장의 여성들이 다시 생생하게 떠올랐다. "날씨가 어땠나요?"라고 누가 물어볼 때만 비가 와서 대부분 젖어 있었다는 기억이 났다. "저런, 그거 참 힘들었겠는데요?"라고 사람들은 말하곤 했는데, 나는 그렇지 않았다. 정말로 문제가 되지 않았다. 사실, 꽤 신났다. 우산 속에서 세상을 흐뭇하게 받아들이며 나는 너무 더운 것보다는 비에 젖는 것이 얼마나 다행인가라는 생각을 자주 했다. 젖은 발로 순례 길을 걷는 것이 발이 뜨거웠을 때 발생할 수 있는 참사를 생각하면 훨씬 더 낫다. 젖은 발, 젖은 양말, 젖은 신발은 말릴 수 있지만 여름의 더위에 퉁퉁 부은 발은 끔찍한 물집과 더불어 고통이 엄청나기 때문이다.

비행기 티켓을 끊는다고 해서 스페인의 햇빛이 자동으로 따라오지는 않는다. 그래서 "오늘은 5월치고는 가장 특이한 날씨네요"라거나 "오늘은 4월 날씨와 더 비슷하네요"라는 갈리시아인들의 말을 들었을 때 그들이 갈리시아가 "그린 스페인"이라고 불리는 이유에 대해서 끊임없이 호기심을

가져왔던 사람이 받을 충격을 다정하게 완화시켜주려고 그렇게 말했다는 것을 알게 되었다. 프랑스 프로방스에 거센 강풍 미스트랄이 있듯이, 갈리시아에는 비가 있다. 비는 갈리시아 영혼의 근간을 이루고 갈리시아의 문화를 규정한다.

"비는 예술이다"라는 표현은 갈리시아에서 흔히 듣는 말이다. 산티아고 대성당 주변에 있는 건물들의 배수관이 아름답게 조각된 것을 보고, 산티아고에 우아한 콜로네이드가 세워진 보도가 왜 그렇게 많은지를 알고 나면 이 말을 이해할 수 있을 것이다. "비가 올 때 대성당을 처음 봐야 한다. 왜냐하면 희미한 불빛 속에서 성당의 돌들이 움직이는 것처럼 보이기 때문이다"라는 말을 산티아고의 어르신들은 종종 하시는 것 같기도 하다. 나는 젖어서 반짝이는 성당을 보지 못할 가능성이 과연 얼마나 될지 궁금했다. 나는 방문객들에게 개방되어 있는 대성당의 지붕에 서서 우산을 쓰고 비를 피하면서 매일 몰려드는 순례자들뿐만 아니라 비 또한 성당에 활기를 불어넣는 요소임을 깨달았다. 우리가 지나온 마을의 농장 건물에도 이끼와 나무가 벌어진 틈 사이로 자라고 있는 담쟁이가 울타리를 휘감을 수 있도록 비가 생명력을 불어넣었던 것처럼. 성당 벽에 자라는 풀과 아름다운 보라색 꽃을 일 년에 두세 번은 뽑는다고 하지만 자연은 항상 살아 움직일 것이다. 갈리시아의 건물들은 그야말로 생기가 넘친다.

해가 나왔다. 우리 모두가 아기처럼 마리아의 편안한 침대에서 푹 자고 수제 요구르트와 블랙베리 잼을 아침으로 맛있게 먹고 난 뒤, 에이렉세에서 출발했다. 얼마 지나지 않아 태양이 구름 사이로 갑자기 모습을 드러냈다. 태양이 들판과 채소밭을 비추는 바로 그때 우리는 초목과 양상추가 자라는 소리를 들을 수 있다고 장담했다. 공기의 열기로 더 강하게 풍겨오는 과일나무의 꽃향기도 맡을 수 있었다. 팔라스 데 레이로 가는 첫 도보 구간은 정말이지 너무 아름다웠다. 가는 길에 더 작은 마을들을 지나쳤는데, 각 마을마다 화강암으로 된 농가 몇 채와 가끔 카페나 간이식당이 전부였다. 우리는 빛바랜 파란색 나무 벌통이 모여 있는 곳과 갈리시아에서 처음으로 본 포도농장도 지나갔다. 이 포도농장은 작았지만 이방인의 눈에는 무척 인상적이었다. 왜냐하면 지상 2미터 높이에 포도나무 격자 시렁을 화강암 기둥으로 받쳐 만들었기 때문이다. 첫 구간에서 숲속을 지나갈 때는 길이 완전히 물에 잠겨서 우리는 그 길 옆에 나란히 있는, 가축들이 다니는 좁은 길을 따라 조심조심 걸음을 옮겨야만 했다.

팔라스 데 레이는 작은 행정 마을이다. 우리는 그곳의 카페에 들렀는데, 낸시가 좋아하는 브랜드의 산티아고 타르트를 보고 우리 모두는 그 달콤하고 아몬드가 잔뜩 들어간 페이스트리 한 조각을 주문했다. 매일같이 이어지는 열량 소비가 많은 순례길 걷기는 달콤한 디저트를 마음껏 즐길 수 있는 구실을 제공했다.

수많은 농가 옆에는 가족용 오레오(horreo)가 있었다. 오레오는 돌과 나무로 지은 좁고 높은 전통적인 옥수수 헛간으로, 화강암 턱 위에 자리 잡고 있으며 쥐가 들어오지 못하도록 지붕이 평평한 돌로 덮여 있다. 오레오는 위풍당당한 구조물이다. 측면은 바람이 안에 쌓아둔 옥수수 속대들 사이로 통할 수 있도록 나무판자를 댔다. 옥수수 속대는 한때 빵을 만드는 데에 필수 재료였지만 지금은 소의 먹이로 사용되고 있다. 가을에 낸시를 만나러 가면서 나는 농부들이 옥수수 속대를 안에 쌓아두거나 갓 수확한 옥수수를 땅에 펼쳐 건조시키는 모습을 본 적이 있다. 오레오에는 그것을 세운 연도가 새겨져 있는 경우가 많은데 우리가 본 것들은 100년이 채 되지 않았다. 오레오의 꼭대기에는 십자가를 비롯한, 농장 건물보다는 성당과 공통점이 많은 장식들이 달려 있었다. 우리는 가끔씩 더 작은 오레오도 보았는데, 미니 초가로 덮인, 안이 깊은 고리버들 바구니처럼 생긴 것들이었다. 가난한 농부의 오레오였다.

곡물을 저장하기 위해서 지어진 오레오

　레몬향 유칼립투스 나무 냄새가 났다! 앞서 내린 비와 지금 내리쬐는 햇볕이 유칼립투스 나무의 향을 퍼트렸고 그 향은 공기 중에 무겁게 내려앉았다. 내가 지금 어디에 있는 거지? 오스트레일리아 검파크에 있는 레몬향 유칼립투스 나무도 비가 내린 뒤에 바로 이런 냄새를 풍겼다. 150년 전, 스페인에 유칼립투스 나무를 오스트레일리아에서 처음으로 가져와 심었다. 빨리 자라고 급격히 줄어든 숲을 재빠르게 다시 채우는 특성 때문에 유칼립투스 나무를 들여왔지만 이 나무가 건축용으로는 적합하지 않다는 사실이 드러났다. 유칼립투스 나무가 환경에 좋은 영향보다 나쁜 영향을 더 많이 끼쳤고, 특히 토종 나무를 멸종시켰다고 생각하는 사람들의 말에 어느 정도 공감할 수밖에 없다. 이곳은 산티아고로 가는 길에 지나온 여러 개의 유칼립투스 숲 중 첫 번째에 불과했다.

　코르닉사라는 예쁜 마을에서 베이컨, 계란, 샐러드로 점심을 먹고 난 뒤, 우리는 밖에서 햇볕을 쬐며 앉아 있었다. 나는 우리가 막 지나쳐온 마을들에 관한 역사를 소리 내어 읽었다. 우리보다 앞선 시대에 벌어진 사건과 인류의 노력을 받아들이기가 거의 불가능할 때도 있다. 어느 마을의 외곽에는, 고대의 철로 만든 마차바퀴가 화강암에 바퀴자국을 남겼다고 한다. 길을 따라 2킬로미터도 채 못 간 지점에서 우리는 작은 다리를 건넜다. 이 다리에서 14세기에 벌어진 전투로 인해서 수많은 사람들이 목숨을 잃어 강이 피로 빨갛게 물들고 수 킬로미터를 흘러내려갔다는 이야기가 전해진다. 또 2킬로미터 간 곳에서는, 1960년대까지만 해도 마을사람들이 매일 밤 성모 마리아가 샘에 찾아와 머리를 빗고 간다고 믿었다. 아직까지도 이렇게 믿는 사람들이 있을지도 모르겠다. 코르닉사에서 우리가 쉬고 있던 곳의 건너편에는 12세기의 순례자 호스피스였던 건물이 근래 들어 건초 저장고로 사용되고 있었다.

더 큰 마을들은 걷기에 나쁘지 않았고 현대식 기능과 로마네스크 보물들이 조화를 이루고 있었다. 비록 산티아고와 가깝다보니 이 보물들의 가치가 인정을 덜 받는다는 느낌이 들었지만. 장거리를 이동한 일부 순례자들은 지쳐서 이제 돌아갈 때라고 느끼기도 했다. 하지만 나는 끝내고 싶지 않았다. 나의 속도는 평범한 사람에게 적합한 속도가 되었다. 나는 강하고 건강해진 느낌이 들었고 내 친구들과 같이 걸으면서 동지애를 즐겼다. 나는 지금쯤 우리가 주요 도로 옆의 길을 걷는 것이라고 생각했다. 하지만 그때까지도 길 대부분은 시골과 숲을 계속 지나갔다. 멜리데의 문어 레스토랑을 떠난 뒤 우리가 시골과 숲을 평온하게 걸었던 것처럼 그저 평온하게 이어졌다. 그날 마지막 구간은 좀더 힘들었다. 보엔테 데 바익소에 도착하기 전에 강 계곡을 건너야 했기 때문이다. 우리는 그날 총 28킬로미터를 걸었다.

우리가 그날 밤 묵었던 파소 데 안데아데(Pazo de Andeade)는 300년간 한 가족이 운영하고 있다. 1995년에 영주의 저택을 작은 호텔로 개조한

것으로 엘레나 바스케스와 그녀의 오빠가 관리한다. 둘 다 다른 일을 하다가 고향으로 돌아왔는데 그들의 어머니와 동생이 요리를 담당하고 있다. 우리는 본관과 붙어 있는 작은 예배당에서 청바지를 입고 셔츠 소매를 걷은 엘레나를 발견했다. 그녀는 다음날 비가 와서 정원에서의 칵테일 파티를 취소해야 할 경우 결혼식 하객들을 어떻게 수용할지에 대한 계획을 세우고 있었다. 갈리시아 날씨를 직접 경험한 내가 보기에도 대비책을 세우는 편이 좋은 생각일 듯했다. 원래 신부님도 이 집에서 함께 살았을 것이다. 일일 미사, 세례, 성찬식, 결혼식, 장례식이 열리는 예배당은 엘레나의 가문뿐만 아니라 그녀의 가문의 영지에서 일했던 모든 사람들에게 생활의 중심지 역할을 했을 것이다. 엘레나는 예배당의 천장에 그려진 가족의 문장들을 가리켰고, 커튼을 걷어 콤포스텔라의 목각 장인이 새긴 제단 뒤의 조각품을 보여주었다. 예배당은 여전히 개방되어 있지만 지금은 직계 가족만이 그곳에서 결혼할 수 있다. 그렇지 않으면 현지 성당들이 피해를 입게 될 것이라고 그 지역의 주교가 염려하고 있기 때문이다. 그러나 이곳은 피로연 칵테일파티를 하기에는 딱 좋다. 삶은 그렇게 흘러간다.

파소 데 안데아데는 순례길에서 몇 킬로미터 떨어진 토우로 인근의 탁 트인 시골에 위치해 있다. 이곳의 농장들은 우리가 지나온 곳들보다 더 크고 더 활발히 운영되고 있었다. 파소 정문으로 가는 차도를 따라 플라타너스 길이 나 있고, 붉은색 타일 지붕의 석조 건물단지가 아름다운 대지에 자리잡고 있었다. 오레오조차 웅장했다. 하지만 환대는 규모가 아닌 마음으로부터 우러나왔다.

우리가 도착하자 엘레나는 우리를 두꺼운 돌벽과 작고 높은 창문이 있는 거실로 안내했다. 그리고 차 한 잔과 저지방 버터로 만든 케이크를 가져다주었다. 청바지를 입은 엘레나는 그녀의 오빠와 함께 식당의 커다란 테이블에 저녁을 차렸다. 바삭바삭하게 튀긴 빵 조각을 얹은 채소 크림 수프, 갓 구운 빵(장작을 오븐에 넣어 온도를 높인 다음, 반죽을 집어넣기 전에 장작을 빼는 전통적인 방식으로 빵을 굽는 두 가게에서 가져온 것이다), 닭을 구워낸 팬에 남아 있는 진한 육즙에 약간의 크림을 넣고 휘저어 만든 간단한 소스를 뿌린 맛 좋은 옛날식 로스트 치킨이 나왔다. "닭을 직접 키우시나요?" 나는 엘레나에게 물었다. 그녀는 고개를 저은 뒤 웃었다. "관광부는 직접 닭이나 새끼 양을 기르라고 하지만 보건부는 그렇게 하면 폐업시킬 거라고 하네요!" 그 마을 도축업자의 어머니가 우리가 방금 먹은 닭과 똑같은 닭을 계속 키우고 있는 동안에는 엘레나가 요리할 닭을 구할 수 없어 걱정하는 일은 일어나지 않을 것 같다.

아르카 도 피노

쫄깃하고 바삭한 갈리시아 빵, 허리까지 오는 싱그러운 목초지에서 풀을 뜯는 젖소,
케소 데 테타야 치즈

우리는 에트세바리 레스토랑 인근에 있는 바스크 농가의 작은 빵집에서
방금 구워내 따뜻한 빵을 처음 먹어본 순간부터 스페인 북부지방에 있는
시간 동안 줄곧 너무나 맛있는 빵 맛에 감탄했다. 『늦은 저녁식사』에서
폴 리처드슨은 갈리시아의 빵에 대해서 "스페인의 그 어느 지역의 빵도 흉
내낼 수 없는 쫄깃쫄깃하고 바삭바삭한"이라는 최고의 찬사를 보냈다.
폴은 스페인과 사랑에 빠진 지 수십 년이 되었고, 이 책은 스페인 음식에
관한 그의 네 번째 책이다. 그는 자신이 먹는 스페인 빵을 잘 이해하고 있
었다. 우리에게도 스페인에서 먹은 빵은 매 식사의 하이라이트였다. 추가
로 돈을 더 내지 않아도 되고 한번도 실망시키는 일 없이 항상 넉넉하게
제공되는 빵. 아르수아를 출발하여 아침에 7킬로미터를 걷고 난 뒤에 차
를 마실 때에는, 너무 맛있어 보이는 두껍게 썬 빵이 매일 같이 먹지 않으
면 입에 가시가 돋치게 되어버린 하몽 한 접시와 같이 나왔다. 몇 시간 후
에, 카페 겸 바인 리노의 왁자지껄하게 떠드는 사람들 속으로—바는 비
에 흠뻑 젖은 순례자들로 꽉 차 있었다—가죽으로 된 돈 주머니를 허리
에 찬 제빵사가 굵고 긴 빵을 한아름 들고 걸어 들어왔을 때에는 너나
할 것 없이 환성과 박수소리를 보냈다. 점심시간에 갓 구운 빵이 나오지
않는 칼도 가예고는? 상상할 수도 없는 일이다!
　지금 우리는 스페인의 중요한 낙농 지역에 와 있기도 했다. 스페인 우유

의 절반 이상이 갈리시아에서 생산된다. 아르수아의 중심가 광장에 놓인 동상의 주춧돌에는 성자의 유해는 없지만 치즈를 만드는 사람을 형상화한 멋진 현대의 조각상이 서 있다. 우유는 갈리시아 치즈 제조의 많은 부분을 차지하고 있으며, 젖소들은 작은 농장의 무릎까지 오는 싱그러운 풀밭에서 최고의 생활을 즐기고 있다. 카사 아르사에서 라모나가 그랬던 것처럼 수많은 농부들은 집에서 먹을 치즈를 직접 만든다. 옛날에는 이 지역에서 만든 치즈인 케소 데 아르수아 우요아를 숙성시키기 위해서 오레오에 놔두었을 것이다. 지금도 오레오에 저장하는 경우가 있겠지만 유럽연합의 식품안전 규제당국이 염두에 두어야 할 정도로 많은 양은 아니다. 케소 데 아르수아 우요아는 갈리시아의 인기 치즈인 케소 데 테티야보다 풍미가 더 강하다. 크림처럼 부드럽고 가슴처럼 봉긋한 모양이 인상적인 데, 테티야는 해석하는 사람에 따라서는 "유두" 또는 "작은 유방"이라는 의미가 된다. 간식 겸 안주인 타파스로 먹거나 식사 끝에 달콤한 마르멜로로 만든 페이스트리와 같이 먹는다.

우리의 도보 순례 구간은 아주 전원적이었다. 아르수아에서 카페 리노로 가는 도중에 비가 그치고 해가 났다. 우리는 길가의 바위 턱에 오랫동안 앉아서 반가운 햇볕을 쬐며 몸을 녹였다. 과수원의 나무에는 꽃이 피어 있고, 넓적한 화강암판을 깔고 그 위에 풀을 깔아놓은 커다란 우리 안에는 새끼 양들이 있으며, 버드나무 울타리가 쳐진 부지 내에 채소밭이 있는 이렇게 평화로운 곳을 떠나고 싶지 않았다. 채소밭에는 다양한 종류의 양배추가 긴 막대기처럼 생긴 줄기에 자라고 있었는데 저 멀리 들판에서 익어가고 있는 밀처럼 키가 컸다. 양배추의 질긴 잎은 보통 뽑아서 가축의 먹이로 준다. 다른 농장의 작은 풀밭에서는 토끼와 닭 몇 마리가 말과 함께 풀을 뜯어먹으며 지내고 있었다. 우리는 카페 리노를 나와 다음 마을을 향해 가면서 지금껏 본 것 중에서 가장 아름다운 오레오를 보았다. 전부 나무로 지어졌지만 지붕에는 빨간 타일이 덮여 있었다. 이 오레오가 좁은 길 위에 걸쳐 있어서 우리는 그 아래로 지나갔다.

나는 나의 감각들이 그 어느 때보다 더 정확해진 것을 감지했다. 나는 허브와 꽃에서 나는 향기, 빛이 계절에 따라서 바뀌는 흐름, 내 성지 순례 중에 들리는 소리들을 즐겼다. 우리 일행 중 의사인 한 사람이 이러한 현상은 중추신경계가 걷는 속도로 움직일 때에 가장 잘 작동하기 때문이라고 설명해주었다. 그래서 우리의 감각기관이 민감하게 반응하는 것이다. 나는 스페인 공식 언어인 카스티야어와 대부분의 갈리시아인이 사용하는 제1언어 가예고(gallego)의 차이를 분간하기도 했다.

파소 데 산타 마리아(Pazo de Santa Maria)는 아르수아에서 몇 킬로미터 떨어진 곳에 있었다. 우리는 그날의 도보를 산티아고 위성마을인 아르

카 도 피노의 끝자락에서 마쳤다. 아르카 도 피노에서 파소 데 산타 마리아로 가는 택시를 잡기는 쉬웠다. 왜냐하면 카미노 프랑세스 전체의 카페나 바에서처럼 우리가 하루를 마치고 맥주를 마시러 들른 호텔 안의 공중전화 옆에도 현지의 택시 회사에 대한 정보가 붙어 있었기 때문이다. 파소 데 산타 마리아는 친절한 새 주인들이 최근에 개조를 해서 깨끗했다. 저녁 메뉴는 크로켓, 로스트 치킨, 소갈비, 토르티야, 과일 샐러드로 이루어진 소박한 메뉴였다. 간단하게 석쇠에 구운 소갈비는 맛이 훌륭했다. 나는 이 고기가 레녹스 하스티가 에트세바리 레스토랑에서 쓰려고 갈리시아에서 사온 고기처럼 나이 든 젖소인지 궁금했다. 이제 산티아고까지 20킬로미터도 채 남지 않았다. 하지만 아직도 대도시와는 거리가 멀어 보이는 조용한 시골이었다. 우리는 가장 좋아하는 리오하산 포도주를 마시며 저녁 늦게까지 수다를 떨었다. 우리는 카페 리노에서의 점심시간이 우리의 전체 성지 순례를 은유적으로 보여준 것이라는 데에 의견을 같이 했다.

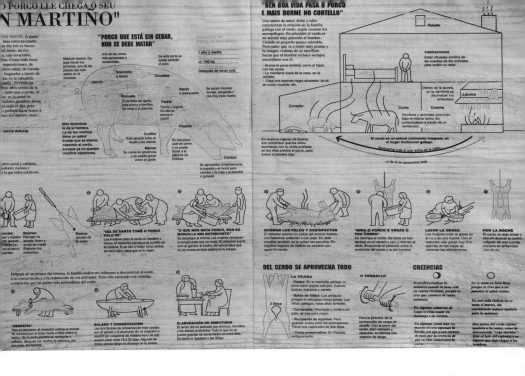

갑자기 퍼붓는 비를 피해 순례자들이 카페에 몰려든다는 것은 우리가 비집고 안으로 들어갈 수 없다는 의미가 아니라 그들이 우리를 위해서 즉시 자리를 내준다는 의미였다. 사람들은 모두 유쾌해서 카페는 점심을 먹는 곳이라기보다는 파티장에 가까웠다. 우리 모두는 처음 보는 사람들과 그동안 힘들었던 일에 대해서 얘기를 나누었다. 그들은 비를 피해서 온 사람들이자 잠시 일상에서 벗어나 먼 곳에서 순례길로 온 사람들이었다. 그리고 그 즐거운 순간, 맛 좋은 갈리시아 빵을 먹는 소박한 즐거움은 그들에게 하루 중 가장 중요한 일이었다.

산티아고 데 콤포스텔라

산티아고로 향하는 마지막 발걸음, 몬테 도 고소에 대해서 느낀 실망,
순례완료증, 콤포스텔라 받기

나는 순례자라는 느낌에 들떠 그날의 큼지막한 문제들을 아주 간단히 해결했다. 예를 들면 우산을 쓸까, 말까 같은 문제들(뜻밖이지만 오늘 아침 마지막으로 걸으면서 우산을 썼다). 점심으로 칼도 가예고를 먹을까, 토르티야를 먹을까? 그러나 새로운 성지 순례의 냄새, 즉 비행기 연료 냄새는 우리의 여정이 막바지에 달했음을 암시했다. 우리는 유칼립투스 숲과 밀밭을 지나 산티아고의 라바코야 공항 옆을 걸어갔다. 공항의 울타리를 빙 둘러갈 때 비행기들이 우리 머리 위로 급강하하더니 활주로에 착륙했다. 나는 현대의 성지 순례가 사람들이 순례길에서 양방향으로 여행했을 중세의 순례와 얼마나 다른지를 또 한 번 깨달았다. 그 당시에는 순례자들을 한 번에 집으로 데려다줄 저가항공 같은 것이 없었다. 지금은 시간이 많고 가장 강인한 순례자들만이 걸어온 길을 따라 맨 처음 출발했던 곳으로 다시 발길을 돌린다.

성지 순례의 또다른 냄새는 라바코야(Lavacolla)라는 마을의 이름이 가진 본래의 의미를 설명하면 생생하게 떠오른다. 라바는 몸을 씻는다는 뜻이고, 코야는 어느 안내서가 이 구절을 조심스럽게 설명해놓았는데 "가장 은밀한 부분"을 씻는다는 뜻이라고 한다. 이 마을은 의무적으로 들러야 하는 성지 순례지였다. 순례자들은 이 마을의 작은 강에서 목욕을 함으로써 성 야고보 앞에 섰을 때 온전히 깨끗한 상태가 되었을 것이다. 기독

교인들은 이슬람교도나 유대교인들의 개인적 위생에 대한 유별난 열의를 우습게 여겼지만, 그들은 이 강에 도착했을 때에는 목욕을 했는지 확인하기 위해서 파견된 요원의 감시의 눈길을 받았다. 지금은 이 유명한 개울에 물이 겨우 졸졸 흐를 뿐이고, 라바코야는 중세의 보기 드물었던 청결을 위한 장소라기보다는 공항의 이름으로 더 잘 알려져 있다.

중세의 관광산업 또한 라바코야에서 관련 상품을 선전했다. 카미노 프랑세스에 대한 최초의 설명서들은 강도, 악당, 뻔뻔한 매춘부, 영리한 사기꾼이 공격받기 쉽고 속기 쉬운 순례자들을 이용해먹는 이야기들로 가득하다. 산티아고의 여관과 술집의 호객꾼들은 지치고 들뜬 순례자에게 다가가 산티아고에는 숙소가 별로 없으니 즉시 숙소를 선택하고 비용을 지불하는 것이 필수라는 얘기를 했다. 그들은 순례자들이 포도주를 시음할 수 있도록 가죽 부대를 가지고 다녔을지도 모른다. 하지만 순례자들이 술집에 와서 마신 포도주는 그보다는 질이 떨어지는 포도주였을 것이다.

정오에 시작되는 순례자 미사에 참가하려고 서두르지는 않을 생각이었으므로 우리는 평소보다 늦게 도보를 시작했다. 자전거 순례자들을 제외하고, 산티아고로 가는 순례길 마지막 구간에는 사람이 거의 없었다. 나는 농장과 밭 사이를 걸어가다가 산티아고에 아주 가까워졌을 때 또 한 번 놀랐다. 깊은 숲속 주변을 따라 물살이 급한 시내 옆을 지나고 나서 우리는 텔레비전 스튜디오와 방갈로 옆으로 나 있는 아스팔트 길을 걸었다. 비가 시끄럽게 내 우산을 두들겼고, 주택의 지붕에서 낙숫물이 폭포수처럼 떨어졌다. 비가 도로의 배수로로 흘러 재빠르게 쉭 하고 지하 배수로 속으로 들어갔다. 빠르게 흐르는 물소리가 너무 커서 차가 오는 소리로 착각할 정도였다.

산 마르코스 마을에 있는 큰 카페에서 우리는 물이 뚝뚝 떨어지는 배낭을 의자 밑에 넣어두었다. 반면, 사방의 테이블에서 삶은 문어를 먹고 있는 그곳 사업가들의 발 밑에는 물기가 없고 깨끗하기 그지없는 서류가 방이 놓여 있었다. 이것 아니면 저것의 간단한 양자택일의 점심 메뉴는 없었다. 우리는 커다란 관광객용 메뉴를 자세하게 읽고 나서 맥주를 주문하고 샐러드와 토르티야 세트를 나눠먹기로 했다. 음식은 맛있었지만 전날과는 너무 대조적이었다! 어제 카페 리노에서 만난 수많은 순례자 친구들은 성당의 자리를 차지하기 위해서 전날 밤 산티아고와 가까운 곳에서 묵은 뒤 일찍 떠났기 때문에 지금쯤 대성당의 순례자 미사에 참석하고 있을 것이었다. 우리는 사람들보다 먼저 성당에 도착할 수 있는 다른 날에 미사를 드리러 가기로 했다. 오늘 오후 우리는 파라도르에 체크인을 한 뒤에 순례인증서를 받으러 순례자 사무실에 갈 예정이다.

점심을 먹고 짧게 등반해서 기쁨의 산이라는 몬테 도 고소(Monte do Gozo)로 갔다. 이 산은 성지 순례에서 중요한 곳인데, 수백 년간 이 산에서 순례자들이 성당의 모습을 처음으로 보았기 때문에 더욱 그러하다. 내가 가지고 있는 안내서는 지금의 이곳을 "현대의 큰 슬픔 : 몬테 도 고소"라고 묘사한다. 작가는 발전이 이곳의 정서를 망쳐버렸다고 생각한 것 같다. 나도 공감할 수 있을 것 같았다. 산티아고 시의회는 너무 높이 자라서 성당 첨탑들의 모습을 가릴 수도 있는 유칼립투스 나무 농장을 허가했다. 작고 매력적인 오래된 예배당은 1993년 성스러운 해를 기념하여 세운 거대한 현대식 순례자 조각상의 그늘에 가려 빛을 잃었다. 그 아래에 있는 가건물식의 작은 집에는 800개의 순례자용 침대가 마련되어 있다. 고층건물들은 오래된 산티아고의 전경을 가로막는 데에 일조하고 있었다. 그곳에 오래 머무르고 싶은 생각이 없어졌기 때문에 우리는 언덕을 내려와 여정의 마지막 구간인 산티아고의 거리를 걷기 시작했다. 길을 잘못들기 쉬운 데다가 실제로도 여러 번 길을 잘못 들었기 때문에 주의를 집중하며 걸었다. 성지 순례와 순례자들이 산티아고의 최대 수입원일 텐데

산티아고 시의회가 성지 순례의 마지막 구간을 이토록 힘들게 방치하는 이유가 도대체 무엇인지 곰곰이 생각해볼 수밖에 없었다.

오브라도이로 광장에 있는 파라도르 오스탈 데 로스 레이스 카톨리코스에서는 아무것도 가리는 것이 없는, 이전 성당과 똑같은 전경을 지금도 여전히 볼 수 있다. 이 호텔은 1499년에 장엄한 순례자 병원으로 시작된 뒤부터 이 멋진 정경을 계속 볼 수 있는 곳이다. 파라도르를 지은 건축가들은 광장에서 보이는 위풍당당한 입구를 만들기 위해서 프랑스 예술가들을 데려왔다. 1500년대 초에 이곳은 세상에서 가장 유명한 병원이자 의료교육 센터였다. 우리는 도착하자마자 지도를 받았는데, 마을의 것이 아닌 호텔의 지도였다. 지도는 거대했고, 우리는 호텔의 아름다운 회랑들 주변을 걸어 우리가 묵을 방으로 가는 길을 찾다가 멈춰서서 이전에 사라진

것들을 하나도 지나치지 말고 차근차근 돌아봐야겠다는 생각을 했다.

세상에서 가장 멋진 호텔치고는(그리고 가장 오래된 호텔인 것 같기도 하다) 내가 걱정했던 것만큼 비싸지 않았고, 매일 아침, 점심, 저녁에 직접 와서 순례자 인증서를 제시하는 첫 10명의 순례자들에게는 직원 식당에서 무료로 식사가 제공된다.

순례자 사무실은 대성당 옆 건물 1층의 넓은 돌계단 위쪽에 있다. 스페인어, 영어, 프랑스어, 독일어로 된 "여기서 기다려주세요!"라는 문구와 함께 문에 붙어 있는 커다란 "정지" 표시에서 기다리면 된다고 생각한 우리가 망설이고 있자, 안에 있던 사람이 들어오라고 손짓을 했다. 이 표시는 기다리는 사람이 아무도 없는 지금과 같은 순간을 위해서 만들어진 것이 아니다. 특히 여름에 줄이 계단에서 밖으로 나가 루아 도 빌라르 저 멀리

까지 구불구불 늘어서 있을 때를 대비한 것이다. 젊은 여성이 나를 자신의 책상 앞으로 불렀고, 나는 내 순례자 여권을 제시했다. 그녀는 꼼꼼하게 도장 기록을 재차 확인하더니 영어로 나의 성지 순례 동기를 물었다. "영적인 목적으로 왔습니다"라고 나는 진심으로 대답했다. 산티아고 데 콤포스텔라에 처음 온 그때, 성당에서 성지 순례를 마친 그 프랑스 노부부에게서 확실하게 목격했던 내적인 성취감을 느끼고 싶어졌다.

나는 평온함과 내적 발견을 아주 강하게 느꼈다. 내가 집으로 돌아와 이곳에서 신었던 신발을 치우고, 그후로 오랜 시간이 지난 후에도 나의 성지 순례 경험이 여러 방식으로 나를 지탱해주는 것을 느끼고 놀라지 않을까 생각했는데 정말 그랬다. 관례적으로 순례자 인증서에 그 사람의 이름을 라틴어로 적는다. 나의 결혼 전 성인 데이드레(Deidre)는 라틴어로 없는

듯했다. 메리가 아닐까 생각하고 있는데, 그 여성은 "Mary Deidre Nolan"이라고 쓴 뒤에 날짜를 기입하고 인증서를 내게 건네주었다.

순례자 사무소 밖의 커다란 게시판에는 포스트잇과 공책에서 찢은 종이에 적힌 암호 같은 메모들로 가득했다. 대부분 아직 도착하지 않은 순례자 친구들을 위한 좋은 의미의 메시지(예를 들면, 폴라와 폴린에게. 너희의 남은 여정이 즐겁고 힘들지 않았기를 바라. 밴쿠버에서 트리쉬가)와 자세한 만남에 관한(벨파스트에서 온 대니에게. 어쩌면 피니스테레에서 볼지도 모르겠다. 더블린에서 존이) 내용이었다. 순례자들은 전 세계에서 이곳 사무실로 몰려든다. 막 완수한 성지 순례로 인해서 우리는 금방 만난 사람들과 평생토록 이어질 뿐만 아니라 성지 순례의 첫 발을 내딛는 순간부터 그 존재를 느낄 수 있었던 과거의 순례자들과 직접적으로 소통할 수 있게 된 것이다.

우리는 사무실을 나왔다. 화려한 소용돌이 무늬와 가리비 껍데기로 테두리를 두른 라틴어 문구의 인증서가 구겨지지 않도록 조심하면서. 하지만 우리가 집에 도착해서 이 인증서를 어딘가에 안전하게 모셔두었다고 해도 찾지 못하는 일이 생길지도 모른다. 성 야고보의 유해를 사람들이 두 번이나 잃었던 것처럼.

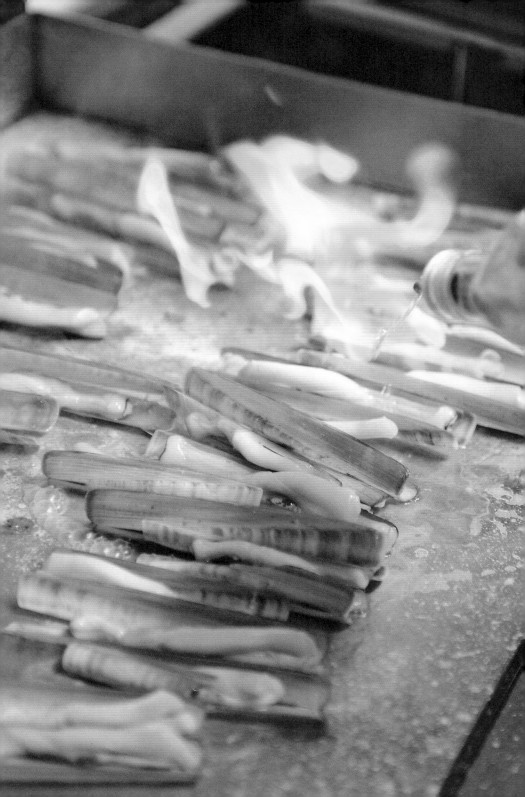

갈리시아 음식 순례

지구의 끝에 사는 맛조개를 잡으러 바다 속으로 뛰어들기,
키가 큰 알바리뇨 포도나무 아래를 거닐기, 전통방식의 통나무 벌통

수심 3미터 깊이의 해저에서나 간신히 볼 수 있는 맛조개는 작은 눈 때문에 모래 속 은신처를 매의 눈을 가진 조개잡이 잠수부 로베르토에게 들켜버렸다. 그리고 얼마 안 있어 살아 있는 맛조개가 우리의 입안으로 들어왔다. 그는 바다 밑으로 내려가 맛조개를 재빠르게 캐서 다시 수면 위로 올라와 어선 한쪽에 있던 우리에게 건네주었다. "먹어보세요. 지금요"라고 배 주인인 루이스가 말했다. 맛조개가 목으로 넘어갈 때 소금물의 달짝지근함과 조개의 쫄깃함이 느껴졌다. 이 맛조개가 피니스테레 해안으로부터 수백 킬로미터 떨어진 이곳에서 최후를 맞이하지 않았다면, 내일 결국에는 수석 주방장 페란 아드리아가 있는 레스토랑, 엘불리의 주방에서 그 모습을 드러냈을지도 모르는 일이다. 당신이 이 세상에서 가장 요리를 잘 해내는 레스토랑을 운영하고 있다면, 맛조개에 대해서 굉장히 까다로운 사람이라는 뜻도 된다. 껍데기가 곧고 살이 흰 롱게이론이라는 이름의 이 해역에서 잡히는 맛조개는 엘불리에서 합격점수를 받은 식재료이다.

피니스테레의 항구의 오 프라곤(O Fragón) 레스토랑의 주방에서는 쉐프 곤살로가 일일이 신경을 써가며 부서진 조개를 모두 골라내고 나머지를 철판에 올렸다. 그는 조개를 비틀어 열고, 그 위에 레몬즙을 뿌리고 고추와 마늘을 넣어 향을 낸 올리브유를 뿌린 다음 마지막으로 코냑을 휙 둘러 불을 붙였다. "조갯살이 껍데기에서 분리되면, 요리가 된 거예요!"라

고 그는 말했다. 요리가 완성되었다. 나는 빠르고 활기차게 조개를 익혀내는 그 분위기가 아주 마음에 들었다. 루이스와 로베르토, 그리고 나와 친구들은 조개를 게걸스럽게 먹어치웠다. 길고 두툼한 조갯살은 여전히 쫄깃하면서도 지금껏 내가 먹어본 작은 조개들과는 다른 풍미로, 진하고 맛있었다. 조개를 먹으면서 남쪽으로 리아스 바익사스의 전경이 보이는 포도농장에서 제조한 막 익은 알바리뇨 포도주를 마셨다. 집에서 입는 헐렁한 옷을 입고 고무장화를 신은 조개잡이 여인들이 썰물 때 허리를 구부리고 진흙을 훑어 다른 종류의 조개를 캔다.

갈리시아인들은 아주 먼 곳에 있는 시장이나 레스토랑과 마찬가지로 갈리시아산 해산물을 무척 좋아한다. 바다와 조류, 민물과 바닷물의 조합이 만들어낸 결과, 바람이 소용돌이와 역류를 일으키는 방식, 이 모든 요소들과 그 외의 요소들이 합쳐져 알맞은 플랑크톤과 양분을 공급하는 방식 때문에 잘 아는 사람들의 말에 따르면 갈리시아의 리아스에서 잡은 풍부한 해산물들은 그 품질이 우수하다고 한다. 피니스테레에서 맛조개를 잡는 잠수부들은 그들이 바다를 청정하게 유지하지 않는다면 맛조개는 더 이상 잡지 못할 것이라는 사실을 잘 안다. 그래서 루이스와 다른 사람들은 자원해서 리아스의 쓰레기를 치운다. 그렇게 희생이 따르지 않았다면 이러한 풍요로움도 없었을 것이다. 나이든 조개잡이 여성들 중 일부는 다시는 허리를 꼿꼿이 펴고 설 수 없을 것이고, 위험한 죽음의 해안, 즉 코스타 다 모르테에서 거북손을 따는 남자들은 항상 죽음의 위험과 마주하고 있다.

수백 년 동안 산티아고로 가기 위해서 목숨을 걸었던 순례자들은 위험한 바다에서 가져온 것보다 갈리시아를 더 잘 상징하는 것을 찾아 집으로 가져갈 수는 없었을 것이다. 나는 루이스의 배 위에서 한 여성 순례자가 끈으로 묶은 신발을 목에 걸고 혼자서 해변의 바위 사이의 웅덩이에서

뭔가를 찾고 있는 모습을 보았는데 아마도 가리비 껍데기를 찾는 것 같았다. 그 여성이 부디 가리비 껍데기를 찾았기를 바란다.

나는 카사 마르셀로(Casa Marcelo)에서 저녁식사를 하면서 갈리시아산 가리비를 처음 맛보았다. 카사 마르셀로는 내가 산티아고 데 콤포스텔라에 처음 갔을 때 그토록 가고 싶어했던, 메뉴판이 없는 바로 그 레스토랑이다. 그 당시 레스토랑 보수공사로 인해서 영업을 하지 않았는데 지금은 다시 문을 열었다. 우연치곤 멋지게, 낸시는 레스토랑의 주인이자 주방장인 마르셀로 테헤도르를 그의 형을 통해서 나에게 소개해주었다. 마르셀로의 형은 낸시와 호세가 짓고 있는 집에 들어갈 스테인드글라스 창문을 만드는 중이었다. 마르셀로가 용감하고 인심 좋게 우리의 레스토랑 여행 일정을 맡아주기로 했다고 낸시가 우리에게 통역을 해주었다.

산티아고에서의 첫날밤, 마르셀로는 우리가 갈리시아 전통 해산물 레스토랑에 가보기를 바랐고, 택시로 약 30분 거리의 마을에 있는 오 데스비오 (O Desvio)를 추천했다. 우리는 위층의 독실을 잡았다. 그곳에서 냅킨을 깃 속으로 집어넣은 후, 진수성찬을 먹기 시작했다. 랑구스틴으로 시작해서 그 다음으로 게, 거북손(김이 빠져나가지 않도록 냅킨으로 덮은 커다란 그릇 2개에 나왔다), 처음 먹어본 작은 파드론 고추 볶음(매운 고추가 걸린 사람은 아무도 없었다), 그릴에 구운 세상에서 가장 달콤한 흰살 생선, 그리고 맛조개 더 많이. 요리 재료들은 진수성찬 쇼에서 인기 주인공이었다. 해산물은 말도 안 되게 싱싱하기 때문에 간단히 그릴에 굽거나 쪄서 식탁에 등장한다. 음식이 너무 많이 나와서 결국 우리는 정말 더 이상 먹을 수 없었고, 음식을 그만 내오면 안 되겠냐고 부탁까지 해야 했다.

갈리시아인들은 해산물을 먹을 때 유일하게 마시는 포도주는 신선하고 향이 좋은 바다의 포도주, 알바리뇨라고 말해줄 것이다. 그리고 나도 같은 지역에서 생산된 음식과 포도주는 찰떡궁합이라는 생각에 기꺼이 동의한다. 하느님은 해산물과 알바리뇨 포도주를 탄생시키고 맺어주기도 하셨다. 하늘이 정해준 이 맛있는 천생연분은 중세 하느님의 사자인 독일의 수도사들이 포도주의 조상을 서쪽으로 들여왔을 때 탄생했다. 적어도 이는 알바리뇨와 리슬링(Riesling)의 연관성을 설명하는 가장 오래된 이론이다. 그러나 리아스 바익사스의 한 포도주 생산자는 알바리뇨가 프랑스 쥐랑송 포도주 지역에서 제조된 프티 망상(Petit Manseng)과 스타일 면에서는 훨씬 더 비슷할 수 있다고 말했다. 쥐랑송 포도주 지역은 아를에서 온 순례자들이 산티아고로 가는 도중에 지나쳤던 곳이고, 내가 방문했던 도멘 니그리에서 장 루이 라코스트가 운영하는 유기농 포도농장이 있는 곳이다. 또다른 가설은 알바리뇨가 포르투갈에서 북쪽 갈리시아로 들어왔다는 것이다.

알바리뇨가 중흥기를 맞이하고 스페인 최상급 백포도주로서 세계적인 포도주로 등극한 것은 아주 최근의 일이다. 스페인 전국의 포도주 지역에서 발생했던 현상처럼 "할아버지 시대의 포도농장"에서 자란 수확량이 적고 나이가 많은 전통 포도나무는, 수확량이 많아 대부분 대량 소비 포도주용으로 심는 새로운 품종에 밀렸다. 아니면 키우나 수익성이 좋은 다른 작물에 자리를 내주기 위해서 제거되었다. 1970년대에 갈리시아에 온 사람들이라면 농장 마당의 포도주 양조장에서 만든, 출처를 알 수 없고 라벨이 붙어 있지 않은 병에 담아 일꾼들이 마시던 탁한 포도주를 본 적이 있을 것이다. 이러한 포도주 양조장에서는 전통 나무 포도주통을 젖소와 같이 놔두는 경우가 많았다.

1980년대 초에 개성과 특징이 있는 포도주를 생산하는 포도를 찾아나선 열정적인 선구자들이 오래된 품종들의 멸종을 막았다. 그들은 새로운 포도주 양조기술을 들여오면서 젖소와 멀어지고 스테인리스 스틸과 친숙해졌지만, 오래된 품종을 재배하기 위해서 과거에도 의지했다. 포도주 소비시장이 커지고 투자가 유입되어 "알바리뇨 열풍"이 일었다. 그러나 여전히 생산량은 적었다. 100년 전 포도나무 뿌리진디와 백분병균으로 인한 포도나무 대재앙이 발생하기 전에는, 갈리시아에 1만3,000헥타르의 포도농장이 있었다. 1987년에 리아스 바익사스 포도주 지역(denominación de origen)이 생겼을 즈음, 남아 있던 포도농장은 237헥타르에 불과했다. 지금은 2,800헥타르이고, 유럽연합 규제 당국은 이곳에서 추가로 포도나무 심기를 제한하고 있어서 공급이 수요에 계속 미치지 못하고 있다.

모든 사람들이 알바리뇨 사업에 뛰어든 듯하다. 1만6,000개의 개인 포도농장 부지가 있고, 그중 상당수는 새로 생긴 별장들 사이에 위치한 작은 땅으로 집에서 소중하게 여기는 텃밭처럼 관심과 보살핌을 받고 있다. 다른 곳의 작은 소작지에서는 포도나무 아래에서 감자가 재배되거나 높

은 퍼걸러(pergola) 위에 얽힌 푸른 포도나무 뿌리 부근에서 자라는 클로버와 야생 민트를 양들이 뜯어먹는다. 화강암을 절단해서 만든 돌기둥 위에 얹힌 이 퍼걸러는 웬만한 남성들보다 키가 커서 공기 순환이 잘 되기 때문에 포도가 습한 해안 기후로 인해서 썩는 것을 방지한다.

보데가스 카스트로 마르틴(Bodegas Castro Martín)은 11헥타르로 비교적 큰 편이다. 이 보데가의 소유주이자 포도주 제조자의 아버지 앙헬라 마르틴은 1980년대 초, 새로운 포도주 양조장을 지은 선구자였다. 이 보데가는 멜버른과 영국, 특히 이 두 시장에서 급증하는 알바리뇨 애호가들을 확보하고 있다. 비가 오는 5월의 마지막 날, 우리가 50년 된 포도나무 밑을 걸어가고 있을 때 해가 나왔다. 그러자 마치 기다렸다는 듯이 우리 주변의 포도농장에서 트랙터와 스프링쿨러의 시동이 걸렸다. 19세기에 포도나무 백분병균으로 발생한 대재앙의 전철을 밟으려는 사람은 아무도 없기 때문이다.

스페인 전역에서처럼 갈리시아의 포도주 제조사들은 과거 포도 재배의 오래된 흔적을 찾아 현대판 순례를 떠났고, 거기에서 스페인 포도주 업계의 구세주를 찾았다. 몸통이 일반 나무 크기만 한, 200년 된 알바리뇨로 다시 제조한 포도주에 대한 낭만이 어떻게 없을 수 있겠는가. 고대 로마인들이 처음으로 만들었고, 중세의 수도사들이 경작한 비탈진 계단식 포도농장에서 다시 번성했던 재래종에 대한 낭만에 빠질 수밖에 없다. 그러나 오랫동안 잊혀진 지역에서 생산된 새로운 포도주에 대한 열광적인 평가는 낭만 때문에 생긴 것이 아니라 고대에 포도농장의 테루뇨(terruño)—토양과 재배조건—에 내포된 교훈을 통해서 미래를 발견한 현명한 사람들이 만든 포도주 자체의 품질과 품격 때문이다.

산티아고 시장

햇감자, 그해의 첫 파드론 고추, 줄낚시로 잡은 남방대구, 농장 여성들의 식재료,
콩과 양상추 사이에 끼어 있는 집에서 담근 술

마르셀로 테헤도르는 산티아고 시장 입구 옆의 빈 공간에 자신의 소형차
를 잽싸게 주차시켰다. 엄격하게 말하면 그래서는 안 된다고 생각했지만,
그는 갈리시아의 사랑받는 아들인데 누가 그 함박웃음을 거부할 수 있
겠는가? 오늘 토요일 아침, 장을 보러 온 다른 사람들처럼 이 주방장도
저녁거리를 사러 이곳에 왔다. 그는 저녁 메뉴를 무엇으로 할지 아직 모른
다. 가장 신선한 것, 그의 눈을 사로잡은 것, 손님들의 구미를 당기게 할
새로운 메뉴에 대한 아이디어를 떠올릴 만한 것에 따라서 메뉴가 정해질
것이다. 미슐랭에 오른 다른 레스토랑들의 주방 문으로 가장 진귀하거나
단 하나뿐인 식재료를 공급하겠다고 약속한 전문 생산자들의 물건이 차
로 배달되는 동안 카사 마르셀로의 사장은 차를 몰고 장을 보러 간다.
왜냐하면 주방에서 몇 블록 거리에 유럽 내 최고의 시장인 메르카도 데 아
바스토스(Mercado de Abastos)가 있기 때문이다. 그래서 카사 마르셀로에
는 메뉴판이 없다. 그가 손님들과 한 약속은 가장 신선하고 제철인 식재
료로 요리를 하겠다는 것이고, 아무리 날씨와 계절이 궂다고 해도 그 약
속에는 변함이 없다.

　그는 시장 입구 옆의 좋은 자리를 잡은 모니카의 조생종 감자를 곧장
사러 갔다. 내가 10월에 먼저 그곳에 갔을 때, 그녀의 가판대는 밤으로 넘
쳐났다. 그리고 모니카는 이제부터 며칠간 첫 수확을 시작한 체리를 팔

것이다. 다음 들른 곳은 닭집이었다. 마르셀로가 고른 4킬로그램짜리 닭은 아주 튼실해 보였다. 마르셀로는 돼지고기 장수에게로 가면서 "이 닭은 주인이 먹는 음식과 똑같은 것을 줘서 사육하는 농장에서 온 겁니다"라고 내게 말했다. 그는 초리조, 돼지족발, 소금에 며칠간 절인 돼지갈비를 골랐다. 물건을 사기 전에 그는 매번 친절하게 노점상 주인의 경력과 음식의 산지에 대해서 얘기해주었다. 시장에 있는 사람들 모두가 육지나 바다와 오랜 관련을 맺고 있었다. 계속해서 그곳의 주민들과 친구들이 지나가던 걸음을 멈추고 마르셀로와 인사를 나누었다. 많은 사람들이 악수를 하고 시장의 정감 어린 농담도 오갔다. 그는 시장이 집처럼 편안한 사람이다. 그의 부모님이 리아스 바익사스 지역에 위치한 비고라는 도시에서 청과물 도매업을 하셨기 때문이다. 그는 유년시절부터 좋은 식재료를 고르는 안목을 길렀고 어머니로부터 음식의 진정한 가치도 배웠다. 제2차세계대전 이후 가난과 식량 부족으로 인해서 그의 어머니는 얼마 없는 재료들을 가지고 요리를 해서 잘 차려내야 했다. 버리는 것은 있을 수 없다. "내가 어머니로부터 배운 미덕은 경제관념이에요"라고 생선 가게쪽으로 걸어가면서 그는 말했다.

그날 아침, 그는 직업상의 명성을 유지해야 하는 임무를 띤 남자였다. 그 명성은 그가 시장에 와서 어떤 것을 고르냐에 따라서 달라질 수 있다. 외국인의 눈에 갈리시아 해산물은 정말 놀랄 정도로 풍부하다. 지금은 익숙해졌지만 조개류는 거북손처럼 내게 아주 생소했고, 많은 생선들도 내가 예전에 먹어보지 못한 것들이었다. 생선의 눈은 금방 잡은 것처럼 싱싱하게 빛이 난다. 오늘 쉐프 마르셀로의 시선을 붙잡은 생선은 남방대구였다. 남방대구는 스페인에서 원래 가장 인기가 많은 생선이지만, 그가 고른 대구는 현지에서 줄낚시로 잡은 귀한 종이었다. 그는 오늘 저녁 요놈을 찌기로 결정했다.

　우리는 예수회 교회인 이글레시아 데 산 아구스틴의 한 벽면을 따라 이어진 시장의 다른 구역으로 갔다. 이곳에서 물건을 판매하는 사람들은 대부분 여성인데 그들은 식재료를 앞쪽 땅 위에 늘어놓고 판다. 감자, 허브, 콩, 꿀, 꽃, 계란, 그리고 집에서 담근 술 몇 병이 여기저기에 놓여 있었다. 그들은 손님들을 상대하는 틈틈이 낮은 간이의자에 앉아 콩깍지를 까며 옆 상인과 얘기를 나누었다. 젊은 여성인 마리는 자신 쪽으로 오는 마르셀로를 발견하고는 웃으며 자신의 어머니와 함께 그에게 주려고 농장에서 가져온 계란을 담았다. 그리고 난 다음 마르셀로는 그 벽을 따라 조금 더 가면 있는 카르멘에게서 깍지완두를 샀다. 오늘밤 그는 카사 마르셀로에서 이 식재료들을 가지고 자신만의 작은 기적을 만들 것이다.

　이어서 파드론 고추의 여왕인 에스트레야를 만났다. 이날은 그해 처음 수확한 고추를 가지고 장에 나온 지 불과 이틀째였고, 팔 수 있는 양이 몇 바구니밖에 되지 않았다. 다음 달에는 더 많아질 것이다. 여름 날씨가 점점 더워지면서 파드론 고추의 가장 유명한 특징인, 10개 중 1개는 머리가 띵할 정도로 매운 맛이 더욱 강해질 것이다. "매운 고추를 어떻게 구분하지요?" 내가 물었다. "몇 년은 걸릴 거요"라고 에스트레야가 알쏭달쏭한 대답을 했다. 마르셀로는 "어떻게 분간하는지 절대 말 안 해줄 걸요"라고 파사린 빵집에서 멈추면서 말했다. 그곳에서 그는 레스토랑에 돌아가 직원들에게 점심으로 줄 크루아상과 페이스트리를 샀다. 카사 마르셀로에서는 뜨거운 팬에 올리브유를 두르고 몇 분간 파드론 고추를 뒤적거리며 소금을 넉넉하게 뿌렸다. 타라곤이 들어간 리소토도 준비했다. 햇볕이 내리쬐는 가운데 모두들 레스토랑 밖의 레몬 나무 아래에 앉았다. 그사이, 여든네 살이신 마르셀로의 아버지가 가게에 들렀다. 아버지와 아들은 앉아서 포도주를 마시며 잠시 얘기를 나누었고, 아버지는 일을 시작하는 아들을 흐뭇하게 바라보았다. 마르셀로는 자신의 아버지가 가게를 훌륭하게 운영하셨다고 말하며 그런 아버지의 사업적 감각이 자신에게도 내제되어 있기를 바란다고 했다.

리아스 바익사스에서 8년간 살고 있는 한 영국 남자는 갈리시아에서 슈퍼마켓이 좀더 대중화되기는 했지만 아직까지는 미리 조리된 식품이 들어오지 않았다고 내게 말했다. 대신, 선반마다 진열된 채소 통조림과 채소 병조림은 연한 채소를 선호하는 특성을 반영하고 있다. 낸시가 이전에 내게 통역해준 그들의 말에 따르면, "포크를 가져다대면 저절로 으깨질 정도로" 연하다고 한다. 시드니에서 알고 지내는 한 젊은 스페인 여성은 스페인 북부지방에서 런던으로 이사 가기 전까지는 포장음식을 먹어본 적이 한번도 없었다고 말했다. 팜플로나 고향집에서 그녀의 어머니는 그곳의 모든 가정들처럼 맛있는 음식을 매일 요리했다. 그렇기 때문에 어머니는 오스트레일리아 사람인 사위가 포장음식을 주문하거나 매주 두세 번은 밤에 미리 만들어진 음식을 사먹는 딸과 사위의 생소한 식습관에 당황할 수밖에 없었다. 수 년 동안 여러 번 가본 바르셀로나의 유명한 라 보케리아 시장에 가장 최근에 방문했을 때, 관광객들이 현지인들보다 더 많다는 느낌을 처음으로 받았다. 그러나 이곳 산티아고에서 장보기는 여전히 일상생활의 필수 요소로 남아 있는 것이 분명했다. 주부, 대학생, 미슐랭 가이드에 오른 주방장들이 이 시장에서 세계 최고의 식재료를 사려고 줄을 선다.

우리는 그날 밤 카사 마르셀로에서 다른 손님들보다 유리한 위치에 있었다. 그날의 메뉴 일부를 알고 있었기 때문이다. 우리는 저녁식사 자리에서 낸시와 다시 한번 만난다는 사실에 신이 나 있었다. 우리는 산티아고로 가는 마지막 구간을 걸으면서 낸시 얘기를 많이 했다. 그녀에게 얼마나 많은 것을 배웠는지도. 우리는 믿음을 가지고 지구의 반대편에서 날아와 낸시의 지도를 받았다. 지난 몇 주일은 감정적, 육체적으로 다양한 상황에 부딪혔고, 우리는 기대 이상의 경험을 하게 된 것에 대해서 낸시에게 감사의 마음을 전하고 싶었다. 성지 순례, 성지 순례의 역사, 성지 순례와 관련된 이야기, 현재와 과거에 관한 낸시의 지식은 우리끼리 조사를 해야 했다면 몇 달 아니면 몇 년이 걸렸을 성지 순례의 풍부한 문화적 배경을 제공했다. 낸시는 몇 년간 스페인에서 남편 호세와 함께 살면서 얻은 현대 스페인의 삶에 대한 정보들을 인심 좋게 나눠주었다. 그리고 우리는 함께 참 많이 웃었다.

마르셀로 테헤도르를 신뢰하는 손님들은 그만큼의 보답을 느낄 것이다. 오브라도이로 광장에서 우레르타스 거리로 내려가는 넓은 돌계단은 수백 년 동안 지나간 사람들의 발자국에 닳아 움푹 들어가 있었다. 그러나 카사 마르셀로 레스토랑 안의 약간 높은 최신식 주방은 18세기의 좁은 테라스의 은은하게 불이 켜진 작은 식당 끝에서 무대처럼 환하게 빛나

고 있었다. 그가 존경하는 스승들 중 한 명은 프랑스 주방장 자크 막시맹이었다. "그분은 천재예요"라고 마르셀로는 말했다. 1980년대에 막시맹은 니스 중심가에 있는 커다란 극장이었던 건물에 레스토랑을 열었다. 그는 극장의 무대 위 유리와 짙은 붉은색 커튼 뒤편에 주방을 만들어 식사가 끝나면 커튼이 엄숙하게 올라가 주방에 있던 사람들이 인사를 할 수 있도록 했다. 밤에 영업을 마칠 때 카사 마르셀로에서 보이는 부엌에 쳐진 커튼은 막시맹이 그랬던 것처럼 연극적인 효과를 내기 위해서라기보다는 업무의 마지막인 청소하는 광경을 손님들에게 보이지 않기 위함이다. 쉐프가 오븐 앞에 서 있는 것만큼 음식도 직접 나를 준비가 되어 있는 이 레스토랑은 케케묵은 고급요리는 끼어들 수 있는 곳이 아니다.

빵은 레스토랑에서 만들었고, 식사는 일곱 가지 코스로 이루어졌다. 처음에 나온 두 가지는 이 지역에서 봄에 재배되는 버섯을 기본으로 한 요리였다. 첫 번째는 버섯과 마늘이 결합된 요리로, 둘을 잘 섞어 작은 조각으로 튀긴 것이다. 두 번째는 생 버섯에 시금치, 미즈나, 로켓 잎을 곁들인 요리로, 먹을 때 그 위에 뜨거운 국물을 붓는다. 마르셀로는 "이건 제가 새로 개발한 수프예요. 참치와 레몬 육수를 썼지요"라고 설명했다. 푸른 꼭지가 붙어 있는 새빨간 토마토가 접시에 살짝 고인 달콤한 스페인 올리브유 위에 올려져 있었다. 생각하지도 못했는데, 토마토를 자르고 나서야 마요네즈로 버무린 해산물로 속이 채워져 있다는 것을 알았다. 다음으로 예쁜 수공예 그릇에 아몬드, 마늘, 올리브로 만든 퓨레가 뿌려진 신선한 채소가 나왔다. 당근, 푸른 아스파라거스, 하얀 아스파라거스와 함께 카르멘에게서 산 깍지완두가 들어 있었다.

마르셀로는 자신이 만든 요리를 육지와 바다가 만나는 갈리시아 음식의 표본이라고 말했다. 우리는 방금 육지를 먹었다. 이제 바다를 먹을 차례이다. 아주 잠깐 팬에 올린 조개에 해초를 졸여서 만든 소스와 발사믹

식초 약간, 숙주나물을 곁들인 요리가 나오고 다음으로는 오늘 아침 시장에서 구상한 대로 쪄서 완두콩을 곁들인 남방대구가 나왔다. 디저트로는 딸기 소르베가 나왔다.

우리는 마지막 손님이 가고 나서도 오랫동안 얘기를 나누며 앉아 있었다. 마르셀로는 누에바 코시나 바스카(Nueva Cocina Vasca), 즉 바스크 신요리의 창시자인 후안 마리 아르사크와도 산세바스티안에서 일한 적이 있다. 그는 레몬 나무에서 멀리 떨어진 레스토랑 뒤뜰 구석에 실험실을 짓는 꿈을 가지고 있다. 그는 최근 개발한 요리를 우리에게 보여주었다. 그것은 바로, 휘핑크림을 만드는 데 쓰는 것과 비슷하게 생긴 에어로졸 캔 속에서 10초간 빵 반죽을 한 뒤 팬에 얹어 오븐에 잠깐 구운 빵이다. 몇 달 전, 그는 스페인 최고의 주방장들이 자신의 최신 기법과 레시피를 뽐내고, 스페인 사람들의 사랑을 듬뿍 받곤 하는 요리 학술대회에서 이 빵을 공개해 찬사를 받았다. 그곳에서 이 빵은 통했고 그가 바란 대로 성공을 거두었다. 하지만 오늘밤, 이 빵은 약간 심술을 부리고 싶었는지 제대로 모양이 나오지 않았다. 하지만 우리는 그를 이해하기로 했다. 너무 늦은 시간이었기 때문이다.

낸시는 성지 순례에 대해서 얘기했다. 그리고 자신이 성지 순례를 처음 시작한 이후로 성지 순례가 얼마나 변했는지에 대해서도. "쉼터의 수가 더 적어지고 순례자를 위한 음식 메뉴는 없어요. 어떤 사람들에게는 이게 좀 더 모험처럼 느껴질 수도 있겠다는 생각도 들어요. 여러분들이 숙소나 식당이 있을지 몰랐던 것처럼요. 많은 게 변했고 또 많은 게 그대로이기도 해요." 세상은 그대로이면서도 한편으로는 계속 변하고 있다.

순례자 미사

순례자 미사에 대한 강렬한 감정, 모든 사람들을 이어주는 의식의 힘, 나의 성지 순례 완수

순례자 미사는 매일 정오에 산티아고 대성당에서 거행되는 대부분의 순례자들에게 성지 순례의 완료를 기념하는 의식이다. 이 미사는 고대 라틴 미사의 화려함과 극적인 요소를 그대로 간직하고 있다. 아름다운 전례복을 입은 신부, 선창과 후렴을 주고받으며 부르는 노래, 공중을 나는 향로, 이 모든 것들이 세상에서 가장 아름다운 성당에서 진행된다. 그러나 이 의식을 통해서 내 마음속에 자리잡은 것은 미사의 장엄함보다는 순례자들에 대한 강렬한 감정이다. 독실한 순례자들부터 순례를 하는 동안 확실히 압도된 이들까지. 중세의 순례자에게 이곳 산티아고 대성당에 와서 미사에 참석하는 일은 성지 순례의 절정일 뿐만 아니라 이승에서의 삶의 정점이었다. 지금 우리는 나름대로 천 년의 역사를 가진 이 의식을 통해서 각자 영적으로 새로운 것과 현대 생활의 의미를 찾으려고 하고 있고, 가끔은 깨닫기도 한다.

성 야고보는 미사에서 어디에나 존재한다. 그는 성당 정문으로 가는 계단 위쪽의 웅장한 바로크식 정면 위에 우뚝 서 있다. 12세기 성 야고보의 정교한 조각상이 초기 로마네스크 입구, 영광의 문의 기둥에서 순례자들을 맞이하며 입구 바로 안쪽에 보존되어 있다. 그 다음, 말을 타고 완벽한 전투태세를 갖춘 성 야고보가 금과 은으로 된 반짝이는 제단 위쪽 지붕을 향한 높은 곳에 있는데, 무어인들의 머리가 말발굽 아래에 굴러다니

순례자들은 제단 뒤편의 계단으로 올라가서 13세기에 만들어진 성 야고보의 조각상을 끌어안는다.

고 있다. 몇 미터 아래에는 좀더 편안한 이미지로, 자비로운 성 야고보가 자신의 신도들을 다정하게 바라보고 있다. 이 조각상을 집중해서 보면 그 뒤로 끊임없이 계속되는 어떤 움직임을 발견하게 된다. 성 야고보 조각상의 허리와 어깨를 자세히 들여다보라. 그러면 제단 뒤편의 계단을 올라간 사람들이 뒤에서 그를 안고 있다는 것을 깨닫게 될 것이다.

미사에 참석하는 순례자의 수는 4월부터 점차적으로 증가해서 여름에 최고에 이른다. 지금은 5월인데 내가 10월에 산티아고에 처음 왔을 때보다 성당 안이 더 빨리 찼다. 그 당시 나는 순례길을 걷지 않은 것은 물론, 낸시를 만나지도 않았다. 하지만 내가 겉돈다는 느낌은 없었다. 나는 그날 성당에 있던 순례자들이 내가 이해할 수 없는 무엇인가를 공유하고 있다는 점만은 알고 있었다. 미사가 끝난 후에도 많은 순례자들이 그 체험이 끝나지 않기를 바라는 마음에 계속 성당에 머물러 있었다. 이번에는 내가 그때의 그들과 완전히 똑같은 이유로 미사 참석을 미루었다. 나는 나의 성지 순례 마법에서 깨어나고 싶지 않았다. 이제 산티아고에서의 마지막 날이고, 나는 미사에 순례자로 참석했다. 나는 나만의 작은 방식을 통해서 성지 순례의 역사라는 지속적인 변화과정의 일부가 되었다.

수녀가 중앙 제단에 있는 마이크로 와서 침묵의 신호를 보내고 성가를 부르기 시작했다. 그 다음, 신부들이 제단으로 이동하고 미사가 시작되었다. 나중에 그들은 성당 전체에 흩어져 영성체를 받으려는 사람들에게 밀떡을 나눠주었다. 모든 순례자들은 그들이 참석한 미사에 그 유명한 향로 흔들기, 보타푸메이로가 포함되기를 바라며 어쩌면 기도까지 할지도 모른다. 우리의 바람과 기도는 응답을 받았다. 우리는 거대한 향로가 가슴이 멎을 듯한 서커스 공연처럼 회랑을 왕복하는 잊을 수 없는 광경을 목격했다. 거대한 연기 구름을 만들며 성당 전체에 퍼진 향은 분명 중세에 아주 반갑게 여겨졌을 것이다. 이 시대에는 향을 살균제로 생각했고, 순례자들은 밤새도록 성당에 머무르며 기도를 하고 고해성사를 했다. 너무 세게 잡아당기면 향로가 천장에 부딪혀 부서진다. 1499년에 페르디난드와 이사벨의(이들의 후원으로 같은 해인 1499년에 개원한 왕립병원을 세웠고 이 병원은 현재 오브라도이로 광장에 있는 화려한 파라도르가 되었다) 막내딸인 아라곤의 캐서린을 위한 미사에서 그런 일이 있었던 것이 가장 유명하다. 캐서린은 아서 왕자와 결혼하기 위해서 런던으로 가는 길이었다. 떨어진 향로가 불길한 징조였을까? 아서는 결혼하자마자 세상을 떠났고, 캐서린은 아서의 형인 헨리 8세와 결혼해 그의 첫 번째 부인이 되었지만 첫 번째 전처가 되었다. 캐서린은 침착하게 대처했지만 죽을 때까지 영국에서 힘든 생활을 해야 했다.

나는 프랑코가 통치하던 시절에 성 야고보 축일을 기념하는 화려한 축제가 있던 기간에 제임스 A. 미치너가 참석한 미사를 상상해보려고 애썼

다. 축일 전날 밤 휘황찬란한 불꽃놀이가 열렸으며, 다음날 아침에 광장에서 군대의 행진이 있고 난 뒤에 미사가 진행되었다. 화려한 행사, 고위 인사, 자부심으로 가득 찬 축제였다. 미치너는 자리에서 빠져나와 제단 뒤로 올라가 성 야고보 상에 팔을 두른 방법을 『이베리아』에 썼다. 개신교도인 미치너는 전년도에 심장마비를 일으키고 난 뒤 자신의 건강상태로 그 여행을 할 수 있을지 장담할 수 없는 상태에서 산티아고로 순례를 떠났다. 지금도 그때처럼 이곳에서 거행되는 의식은 비가톨릭 신자들이나 심지어 무신론자들조차 모두 하나로 이어주고 있다. 불현듯, 조각상을 끌어안는 행위가 이상하다는 생각이 사라진다. 천국으로 가는 빠른 길을 찾는 것이 아니라 자신보다 훨씬 더 큰 무엇인가의 일부가 된 사실에 행복하기 때문이다.

미사가 끝난 후에 나는 내 성지 순례의 마지막 걸음을 떼어 제단 아래 계단을 내려와 지하묘소로 갔다. 나는 은으로 된 성물함 옆을 줄지어 천천히 지나가는 사람들 뒤에 섰다. 신자들은 성물함 속에 성 야고보의 유해가 들어 있다고 믿는다. 이곳에는 사람들의 존경심이 뚜렷하게 느껴졌고, 내가 그 점을 다행스럽게 여긴다는 것을 깨달았다. 나는 유해에 관한 피터 망소의 책에서 읽은 지혜를 내 머릿속과 마음속에 간직했다. 그는 책에서 "누구의 유해이건 상관없이 마땅히 보호해야 하고," "개인의 삶과 공동의 역사 속에서 유해가 해온 실제 역할을 인식하라"고 말했다.

성지 순례의 부활로 산티아고는 또다시 유일무이한 영적 중심지가 되었다. 이번에는 가톨릭뿐만이 아니고 기독교만도 아니다. 모든 사람들, 즉 유럽인들과 지구 반대편에서 왔다가 가리비 껍데기를 가지고, 마음속에 영원히 산티아고를 품은 채 집으로 돌아가는 우리에게도 산티아고는 하나밖에 없는 영적 중심지이다.

에필로그

중세의 기독교 성지 순례가 왜 이렇게까지 부활한 것일까? 내가 집으로 돌아왔을 때 모든 사람들이 내게 했던 질문이다. 내게도 그러한 사실이 매력적이기도 했고 어리둥절하기도 했다. 그러나 나만의 성지 순례를 하고 수많은 순례자들을 만나면서 나는 그 답을 찾았다고 생각한다. 나는 날마다 걸으면서 마음이 이렇게 평온하고 차분해질 줄 몰랐다. 나는 기쁜 마음으로 인간의 속도에 맞춰 자연을 경험했다. 일상생활의 그 흔한 방해 없이 대화를 나누는 것이 드문 호사라는 사실도 다시 깨닫게 되었다. 나는 모든 음식을 음미하면서 먹었다. 나는 먹을 자격이 있다고 생각했다! 몇 년간 힘들게 운동과 씨름하며 체력 단련을 했을 때보다도 더 건강해지고 강해졌으며 몸의 회복속도도 빨라졌다. 그리고 내가 돌아왔을 때 어떻게 되었을까? 사이버 세상에서 메시지 하나가 도착하자마자 나는 바로 "답장" 버튼을 누르며 깨달았다. 단지 내가 항상 있던 자리에 없다고 해서 내 작은 세상이 무너지는 것은 아님을. Solvitur Ambulando(걷는 것으로 문제가 해결되었다)!

　단순하게 걷는 동작 속에는 온전한 정신과 영성이 자리잡고 있을 수 있다. 그리고 마음속에 숨겨진 거미줄투성이의 벽장 따위는 치워버리고 시야에서 빠져나간 중요한 것들을 찾는 기회가 있을지도 모른다. 생장피에드포르의 순례자 사무실에서 일하는 베르트랑 생 마카리는 성지 순례가 "지나치게 현대적"이라고 표현된 것에 어떤 식으로 진정한 해결책을 제공하는지를 수십 년 동안 지켜봐왔다. 즉 생각하기 위해서 잠시 멈추는 진귀한 기회라는 것이다. 의사인 내 친구의 설명에 따르면, 걷기는 우리 몸에 가장 자연스러운 상태이기 때문에 걸을 때 모든 감각들이 최상으로 작동한다고 한다. 그래서 풍경을 지나치면서 보고 듣고 냄새를 맡는 우리의 감각들이 걷기로 인해서 향상된다. 걷기는 인내를 필요로 하는데 바쁜 현대인들은 그렇게 시간을 보내는 것을 사치라고 생각하는 탓에 걷기가 일상이 되기는 힘들어졌다. 걷기는 우리가 들고 다닐 수 있는 것을 제한한다. 우리의 생활을 간소화하고, 나아나 본래의 지위를 막론하고 공통된 목적으로 우리를 단결시킨다. 인류의 마음속에 유목민의 본능이 있다면, 정말 그렇다면 산티아고 데 콤포스텔라로 가는 순례길은 가장 원초적인 본능으로 우리를 다시 데려다놓는다.

그러나 종교적인 부분은 어떤가? 유해는? 신앙은? 중세의 순례자들은 "하느님을 찾아나선 사람들"이라고 불렸다. 작고한 여행 작가 브루스 채트윈은 자신의 하느님을 "걷는 자들의 하느님"이라고 했다. 순례자들이 성지 순례를 했던 사람들의 공동체에 특별한 소속감을 느낀다는 것은 자명한 일이다. 이는 모든 사람들이 자신만의 영성을 발견할 수 있는, 전 기독교적인 실제 현상이다. 아니면 아무도 찾을 수 없거나. 낸시 프레이가 책에도 썼듯이, 자신의 경험에 실망을 느끼는 사람들이 있을 수는 있지만 마음이 움직이지 않는 사람은 드물다.

처음에, 나는 "순례자"라는 단어에 의혹을 가졌다. 그것은 세속적인 세계에서 살고 있는 지금 시대에는 어울리지 않는 단어 같았다. 하지만 순례자는 곧 불리는 것이 기분 좋은 단어가 되었다. 무슨 이유에서건, 어디에서 왔건, 순례길을 밟는 사람들 모두를 아우르는 폭넓은 용어이기 때문이다. 새로운 의미가 붙은 옛날 단어인 셈이다. 이 시대의 성지 순례의 맥락에서 볼 때 순례자는 교리로부터 자유롭기 때문이다.

순례자의 세계에도 그만의 공손한 표현과 언어가 있다. "부엔 카미노 (Buen camino)"는 기본 인사이다. "울트레이아(Ultreia)"는 12세기 순례자들이 불렀던 노래에도 나오는 일반적인 격려 인사로, 다른 순례자들이 용기와 결의를 가지고 순례를 계속할 수 있기를 빌어줄 때 쓴다. 순례자로서의 친밀한 표현이 있고, 사람보다 욕실이 더 많은 집을 가진 사람들에게는 낯선 공동생활의 현실이 존재한다. 순례자의 하루는 자신만의 의식을 가지게 되고, 모르는 사람들이 서로 친구가 되며, 예상치 못한 친절이 대가 없이 주어진다. 성지 순례가 진정한 세상처럼 보일 수 있는 것은 당연하다. 그래서 돌아왔을 때 일반 사람들의 사소해 보이는 걱정거리를 이해하기가 더 힘들어진다. 순례를 마치고 돌아왔을 때 나의 몸은 매일 하던 일이 사라졌음을 안타까워하기 시작했다. 나의 되살아난 감각들은 새로운 향기와 소리의 자극과 스페인 북부지방 한편에서 반대방향으로 가는 길에 핀 야생화와 허브를 보는 기쁨을 누릴 수 없게 되었다.

그러나 성지 순례를 통해서 얻은 교훈은 나를 계속 격려하고 지탱해준다. 나는 많이 걸으면서 그 다음 날을 곰곰이 생각하거나 풍요롭지 않음에 대해서 가끔 생각했다. 새로운 여행을 하면서 모은 새로운 지식의 씨앗들이 싹을 틔웠고 내 서재에는 역사와 음식에 관한 책들이 아주 빠르게 늘어나고 있다. 내가 만난 식재료 생산자들과 요리사들, 순례길 옆의 텃밭에서 채소를 기르는 사람들, 사람들이 좋은 식재료를 생산하고 나누는 것에 정말 관심을 가질 때, 상대방의 언어를 하지 못하더라도 아주 완벽하게 소통할 수 있는 방법에 대해서도 자주 생각해보게 되었다.

성지 순례를 마칠 때쯤 나는 식량의 미래에 대한 낙관적인 느낌을 받았다. 나는 멸종을 면한 바스크의 토종돼지들이 원래 살던 산으로 다시 돌아와 돌아다니는 모습을 지켜보았다. 일류 레스토랑으로 몇 시간 안에 제공되는 양상추도 따보았다. 바다에서 쓰레기를 치우는 일을 자신의 임

무라고 여기는 조개잡이 잠수부들과 바다에도 갔다. 끈기를 가지고 말을 이용해 토지를 완만하게 경작하는 방법을 배우고 있는 펑크록 마니아와 함께 100년 된 잊혀진 포도농장을 기어올랐다. 맨 처음에 먹은 생장피 에드포르의 하몽에서부터 마지막으로 카사 마르셀로에서 먹은 산티아고 시장의 농부에게서 산 채소로 만든 요리에 이르기까지, 내가 먹은 것들은 그 지역에서 자부심을 가지고 생산한 신선한 식재료였다.

내 고향의 식량에 대해서도 똑같이 낙관적인 생각을 가질 수 있을까? 사실, 나는 자주 암담함을 느낀다. 예를 들면, 많은 사람들이 가게에서 유전자조작이 되지 않은 식품을 찾으면서도 오스트레일리아의 농지에 유전자조작 농작물을 재배할 수 있도록 허용한 정부를 막기 위해서는 아무것도 하지 않았다는 것이 얼마나 말도 안 되는 일인가! 우리의 식량을 생산하는 방법에 관해서 중대한 토론을 벌일 에너지나 의지를 가진 사람은 별로 없는 듯했다. 그때 나는 멜버른의 콜링우드 컬리지에 있는 채소 텃밭과 주방에 방문해도 된다는 초대장을 받았다. 콜링우드 컬리지는 스테파니 알렉산더의 텃밭 재단 학교들 중 제1캠퍼스이다. 3학년 반의 아이들은 닭장을 치우고 수업시간에 점심으로 만들 토르티야에 들어갈 계란을 주웠다. 샐러드에 들어갈 푸른 채소와 허브를 따고 과일 크럼블을 만들었다. 여덟 살인 한 남학생은 자기가 엄마보다 요리를 더 잘한다고 말했다. 이 아이가 채소를 다지고 샐러드 드레싱을 재빠르게 만드는 모습을 지켜보면서 나는 아이의 말을 믿게 되었다. 나는 아이들이 아껴둔 목련 씨앗 한 봉지와 희망으로 부푼 가슴을 안고 그곳을 나왔다.

내가 본 것은 뒤뜰, 학교 운동장, 아파트 발코니, 농부들이 있는 시장 등 오스트레일리아 전국에서 일고 있는 풀뿌리 혁명의 원천이었다. 사람들은 아삭아삭한 소리를 내는 양배추와 파, 그리고 옆방에서 냄새를 맡을 수 있을 정도로 향긋한 토마토를 재배하는 일에 대해서 알고 싶어했다. 우리의 기분을 좋게 하는 식재료들이다. 주방장들은 개인 텃밭을 만들고 레스토랑에서 쓸 가축을 기르고 있다. 오스트레일리아인들은 가축을 도살하는 방법을 다시 배우고 있다. 그리고 무엇보다 중요한 것은 자신이 먹을 식재료를 직접 기르려고 하거나, 농부에게서 직접 구매할 때 어느 하나도 버리고 싶지 않다는 사실을 깨닫고 있다는 점이다.

나는 성지 순례 중에 시대를 초월한 메시지의 강력한 느낌을 계속 받았다. 나보다 먼저 순례길을 지나갔던 사람들이 내게 뻗은 안내의 손길이었다. 내가 가장 좋아하는 추억은, 우리가 몰리나세카 위쪽 산에서 걸어내려올 때 강 옆 채소 텃밭에서 저녁 산들바람을 타고 들려오는 가족들의 이야기 소리였다. 자신이 먹을 식량을 직접 기르는 그들과 땅의 연결 고리는 오래 전부터 끊어지지 않는 황금의 실이었다. 오스트레일리아에 온 유럽인들이 보기에 오스트레일리아인들과 땅의 관계는 항상 더 걱정스럽고 미약했던 것 같다. 그래서 20세기 후반에 오스트레일리아인들은 채소 텃밭이 많았던 곳에 집을 짓고 잔디를 심었으며 식량 생산을 무조건 기업에 맡겼다. 이제는 땅에 다시 익숙해질 때가 되었다. 우리는 시대를 초월한 안내의 메시지를 듣고 있다.

순례계획 세우기

순례자들이 저마다의 방법을 가지고 있을 정도로 성지 순례를 경험하는 방법은 아주 다양하다. 그래서 자신에게 가장 중요한 것을 선택하는 일을 반드시 해야 한다. 스페인에서 나는 오랫동안 사색하며 걷고 싶었고, 좋은 음식과 포도주를 맛보고 싶었으며, 성지 순례의 종교적, 문화적 역사에 대한 전문가의 안내도 받고 싶었다. 한 달이라는 시간이 있었고, 나는 내 방식대로 성지 순례계획을 세웠다. 성지 순례는 완벽하게 내가 계획한 대로 되었다. 그래서 나는 순전히 도보로 성지 순례를 하려는 미식가나 역사를 좋아하는 사람들에게 가끔은 택시를 타고 현지의 관심 있는 레스토랑에 가거나 개인 가이드를 예약하라고 항상 권한다. 그래야 순례길의 특별한 음식, 역사, 건축물을 진정으로 감상할 수 있다. 어느 장소가 정말로 자신의 마음이나 상상력을 사로잡는다면 자신의 스케줄 따위는 잊어버리고 신발을 챙겨들고 가서 며칠간 우연히 만난 사람들에게 마음을 터놓아라.

나는 프랑스에서는 차로 성지 순례를 했다. 그리고 한곳에 며칠 동안 머물렀기 때문에 현지의 음식을 맛보고 성지 순례의 장소와 중요성에 몰두할 수 있었다. 스페인에서는 더 먼 곳으로 갈수록 중세 성지 순례의 광대함, 순례자들이 이동한 거리, 성취의 위대함을 더 많이 이해하게 된다. 나는 르퓌에서 콩크까지의 아름다운 길을 걸으러 정말 다시 가고 싶다. 콩크는 완전히 새로운 방식으로 내 영혼 속에 스며들었다. 아를도 마찬가지이다.

많은 순례자들이 단계적으로 성지 순례를 한다. 자신의 일정이 허락하는 한도 내에서 1, 2주일 동안 순례를 하고, 자신에게 가장 매력적인 구간을 고르거나 예전에 갔을 때 중단한 곳부터 다시 시작하기도 한다. 그러나 대부분의 경우, 성지 순례는 카미노를 뜻한다. 서점과 인터넷은 스페인의 피레네 산맥을 넘어 카미노 프랑세스를 걷거나, 자전거를 타거나, 말을 타는 성지 순례에 관한 개인 설명서들로 넘쳐난다. 걸어서 약 5주일이 걸리는 여행이며 프랑스를 지나는 순례길들을 따라 시작할 경우에는 훨씬 더 오래 걸린다. 안락한 생활 속에 있다가 성지 순례에 나서면 심신이 엄청난 충격을 받을 수 있다. 이 점을 고려한 사람들은 현명하게 존 브라이어리가 쓴 『산티아고 길을 걷는 순례자들을 위한 가이드(*A Pilgrim's Guide to the Camino de Santiago*)』("추천 도서"를 볼 것)를 소지하고 성지 순례 준비에 대한 그의 조언을 읽어보기를 바란다.

나는 순례길을 걷기 시작한 대부분의 사람들이 며칠도 걷지 못했다는 사실이 의문스럽다. 신발이 길이 충분히 들여지지 않았고, 배낭이 너무 무거우며, 순례자들이 여행을 시작하기 전에 몸이 충분히 건강하지 않다거나 특히 초반에 자신을 지나치게 밀어붙이기 때문에 가장 흔한 문제들이 발생한다. 직장에서는 승부욕이 유용할 수도 있다. 그러나 승부욕이 성지 순례에 적용된다면 성지 순례가 고스란히 인내력 테스트로 바뀔 각오를 해야 한다. 우리는 똑같이 마음의 반응에 준비가 되어 있지 않을 수 있다. 인스턴트식 대화가 판을 치는 세상 속에서 우리의 두뇌는 늘어난 고독과 반추의 시간이 낯설고 그래서 불안정적인 결과가 생길 가능성은 다분하다.

발이 아프면 성지 순례는 큰 곤란에 빠진다. 순례자들 사이에서 모든 대화의 화제는 신발과 발 관리로 재빠르게 옮겨간다. 사람들은 모두 다음 세 가지에 동의한다. 1. 발에 맞는 신발 사이즈를 고르고 성지 순례를 시작하기 전에 신발을 길들일 것. 2. 매일 깨끗하고 잘 마른 양말을 신을 것. 3. 물집이 뜨겁고 따가우며 불길한 조짐을 보이면 즉시(10분 후에는 소용이 없음) 일회용 반창고를 붙일 것. 그밖에도 필요한 양말의 종류, 안에 얇은 양말을 하나 더 신어야 하나 말아야 하나(나는 신었다), 가장 적합한 신발의 무게에 대한(나는 순례길 대부분이 순탄했기 때문에 좀 더 가벼운 신발을 신으라는 얘기를 들었다) 의견이 분분하다.

쉼터나 호스텔에서 묵고 싶은 사람들은 이곳들이 선착순을 기본으로 운영되며 안락한 정도가 천차만별이라는 점을 유념해야 한다. 호스텔 묵기에 관한 설명을 다시 읽어보라. 창틀 위나 침대 밑에 둔 등산용 신발에서 나는 지독한 냄새와 공동생활의 실체에 대한 각오를 단단히 해야 한다. 유럽의 휴가 성수기, 즉 여름에 여행할 필요가 없다면 하지 마라. 산티아고로 가는 순례자들 중 절반 이상이 7월과 8월에 온다. 이 두 달 중에 굳이 가고 싶다면, 두 명의 오스트레일리아 작가가 쓴 『그해 우리가 소유한 그날(*The Year We Seized The Day*)』에서 한여름의 성지 순례에 관한 생생한 묘사를 꼭 읽어보라. 성 야고보의 축일이 일요일에 있는 일명 성스러운 해에 훨씬 더 심하다. 존 브라이어리가 경고했듯이 "악몽 그 자체"가 될 것이다.

쉼터나 호스텔과는 완전히 다른 규모의 숙소로는 순례길에 있는 고급 호텔인 스페인의 파라도르, 즉 국영 호텔이 있다. 프랑스 순례길뿐만 아니라 해안의 북쪽 순례길과 같은 다른 아름다운 길에 숙소를 준비해주거나 짐을 운반하는 믿을 만한 회사가 많이 있다. 일부 수도원과 수녀원은 종교적인 피정을 위해서 묵을 수 있는 기회를 제공하기도 한다.

나의 성지 순례는 정말 경이로운 경험이었고, 지금까지도 여전히 그렇다. 성지 순례는 음식부터 건축물, 산티아고 타르트, 성당 팀파눔 장식에 이르

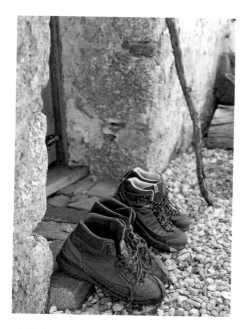

기까지 내게 새로운 세상을 열어주었다. 곧 뒤에 언급할 책들까지 말이다.

좋은 순례길 되시기를.

부엔 카미노!

추천 도서

산티아고 데 콤포스텔라 성지 순례에 관한 책들이 시중에 아주 많이 나와 있다. 내가 재미있게 읽은 책들 중에서 지면이 부족해 추천 도서에서 빼야만 했던 것도 사실 많다. 나는 유용할 것 같은 안내서들을 추천하고 싶었지만 결국에는 내가 가장 열정을 가지고 있는 두 가지, 음식과 역사를 위주로 추천 도서를 선택했다. 도서 목록에서도 알 수 있듯이, 나는 고전적인 여행기를 아주 좋아한다. 절판된 책을 지금도 쉽게 찾을 수 있다는 것은 훌륭한 책들이 절대 없어져서는 안 된다는 것을 뜻한다.

음식

Jenny Chandler, *The Food of Northern Spain: Recipes From the Gastronomic Heartland of Spain*, Pavilion Books, London, 2005

내가 가지고 있는 책은 한쪽 귀퉁이가 잔뜩 접혀 있다. 다양한 스페인 북부지방 요리의 역사와 미묘한 차이에 대해서 좋은 정보를 제공하며, 훌륭한 레시피와 음식 사진이 들어 있다. 요리책으로 펴낸 것은 아니지만 거의 프랑스 순례길 관련 요리책이라고 할 수 있다.

Peter S. Feibleman, *The Cooking of Spain and Portugal*, Time-Life Books, New York, 1969

1960년대에 출간된 훌륭한 *Foods of the World* 시리즈 중 하나이며, 각 권마다 부록으로 레시피용 책이 들어 있다. 중고책방에서 이 책을 발견하면 얼른 사기를 바란다. 관광지가 되기 이전의 스페인을 다루었고, 문체가 아름다우며, 북서부지방에 관한 마지막 장은 반드시 읽어보아야 한다.

Elisabeth Luard, *Classic Spanish Cooking: Recipes for Mastering the Spanish Kitchen*, MQ Publications, London, 2006

엘리자베스 루아드는 스페인에서 살고 있으며 스페인 지방요리의 핵심과 본질을 간결하게 전달한다. 루아드가 직접 그린 삽화가 들어가 있어 더욱 특별하고 귀중한 책이라고 할 수 있다.

Orlando Murrin, *A Table in the Tarn: Living, Eating and Cooking in South-west France*, HarperCollins, London, 2008

르 마누아 드 레노드에서 제공하는 음식에 관한 책으로, 올랜드와 동업자 피터가 런던에서 연고가 없던 작은 마을로 이사를 와서 전문 게스트하우스를 짓게 된 재미난 이야기가 담겨 있다.

Paul Richardson, *A Late Dinner: Discovering the Food of Spain*, Bloomsbury, London, 2007

스페인에 살고 있는 작가는 스페인의 다양한 음식 문화를 탐구하면서 적당한 호기심과 맛있는 묘사로 자신이 가진 지식을 전달한다. 그가 스페인을 사랑하게 된 것은 마리아 호세 덕분이다.

Waverley Root, *The Food of France*, Vintage Books, New York, 1966

젊었을 때 3개월간 프랑스 자전거 여행을 하면서 이 책을 들고 다니기로 한 것은 참 잘한 결정이었다. 비록 1958년에 처음 출간되기는 했어도, 내가 이 책을 다시 읽지 않고서 프랑스의 그 어느 곳에 간다는 것은 여전히 꿈도 못 꾼다.

Rafael Garcia Santos, *Lo Mejor de la Gastronomia*(미식의 최고봉), Ediciones Destino, Barcelona, 매년 발행

무려 1,000장에 달하는 스페인의 음식, 포도주, 채소에 관한 이 두꺼운 안내서는 토르티야 데 파파타스(tortillas de papatas, 감자 오믈렛)나 바칼라오와 같은 스페인의 대표적 요리를 만드는 솜씨에 평점을 부과하고 있다. 이 책은 우리가 가장 좋아하는 에트세바리 레스토랑의 바칼라오에 최고 점수를 주었다.

Maria Jose Sevilla, Life and Food in the Basque Country(translated by Juliet Greenall), New Amsterdam Books, New York, 1990

개인적인 이야기들을 재미있게 담은, 말 그대로 유쾌한 책이다. 바스크 사람들이 음식을 왜 그토록 좋아하는지를 알고 싶은 사람이라면 반드시 읽어야 할 책이다. 레시피도 마찬가지이다.

일반 여행 안내서

Alastair Sawday's Special Places to Stay, sawdays.co.uk

이곳에 소개된 여행책들은 내가 모든 일을 취소하고 비행기에 몸을 싣고 싶게

만든다. 순례인증서 취득을 위한 도보를 하기 전날에 볼이 발그레한 라모나의 집에서 묵었던 이유는 스페인 관련 책에 실렸기 때문이었다.

카미노 안내서 및 일반 도서

Elizabeth Best & Colin Bowles, *The Year We Seized the Day*, Allen & Unwin, Sydney, 2007

5주일간의 카미노 프랑세스에 관한 설명서로, 재미있고(대부분 콜린 볼스에 관한) 극적인(엘리자베스 베스트의 감염된 발, 더위, 건강과의 사투) 내용들이 군데군데 담겨 있다. 두 작가 모두 성지 순례 중에 겪을 수 있는 정신적 해독 작용과 씨름한다. 순례길이 기복이 있을 때 쉼터에서의 생활을 흥미롭게 설명하고 있다.

John Brierley, *A Pilgrim's Guide to the Camino de Santiago: A Practical and Mystical Manual for the Modern Day Pilgrim*, Camino Guides, Findhorn, 2009

내 배낭에 성지 순례 안내서가 딱 한 권만 들어갈 수 있다면 그것은 바로 이 책이다. 현실적이고 역사적인 정보가 고루 잘 갖춰져 있고, 존 브라이어리가 매일 하는 성찰은 성지 순례의 영적인 것과는 상관없이 진지한 생각을 하게 만든다. 그의 홈페이지 또한 유용하다. caminoguides.com

Nancy Louise Frey, *Pilgrim Stories: On and Off the Road to Santiago*, University of California Press, Berkely, 1998

낸시와 함께 한 성지 순례는 낸시의 책을 읽으면서 내가 그렸던 풍경 그대로였다. 현대 성지 순례의 동기를 낸시보다 더 잘 이해하고 있는 사람은 별로 없다. 낸시의 책은 자신의 박사논문에서 시작되었으며, 점점 더 신을 믿지 않는 이 시대에 중세의 종교 성지 순례가 갑자기 인기를 끈 이유를 이해하는 데는 이 책만 한 것이 없다.

Jose Maria Anguita Jaen, *The Road to Santiago: The Pilgrim's Practical Guide*, Everest, Leon, 2005

실용적인 단계별 지도와 프랑스 순례길에 관한 정보, 그리고 그밖의 다른 순례길에 대한 상세한 설명이 들어 있다. 이 책에 나와 있는 역사적 정보는 주로 12세기에 나온 순례자 안내서 *Liber peregrinationics*를 기본으로 한다. 자주 인용되는 자료로 아주 유명한 이 순례자의 책은 보통 최초의 여행안내서로 여겨진다. 그러니 중세의 순례자들이 경험한 생활과 풍경에 대해서 상세히 알고 싶다면 이 책을 읽어라.

Tony Kevin, *Walking the Camino: A Modern Pilgrimage to Santiago*, Scribe Publications, Melbourne, 2007

오스트레일리아인이 체험한 성지 순례에 관한 반가운 책이다. 전직 외교관이었던 작가는 은퇴 이후 스페인 남부지방에서 산티아고로 가는 덜 알려진 길을 따라 성지 순례를 했다. 감동적이고 솔직한 자기평가와 노련한 외교관의 눈으로 해석한 현대 스페인의 모습을 담고 있다.

Nicholas Luard, *The Field of The Star: A Pilgrim's Journey to Santiago de Compostela*, Penguin, London, 1999

사람들이 개인적으로 크나큰 아픔을 겪었을 때 성지 순례를 하는 것은 흔히 볼 수 있는 일이다. 작고한 영국 여행작가이자 엘리자베스 루아드의 남편("음식" 편을 볼 것)이기도 한 니콜라스 루아드는 AIDS 합병증으로 인한 암 때문에 일찍 세상을 떠난 딸의 인생을 돌이켜보며 르퓌에서 산티아고까지 4년에 걸쳐 단계적으로 성지 순례를 했다. 이 책은 프랑스와 스페인에서 성지 순례를 하면서 본 하루하루의 삶을 아주 잘 꿰뚫고 있고, 아버지와 자녀의 복잡한 관계를 생생하고 감동적으로 얘기하고 있다.

Peter Manseau, *Rag and Bone: A Journey among the World's Holy Dead*, Henry Holt and Company, New York, 2009

성자의 유해에 관해서 유쾌하게 쓴 책을 가져도 될까? 그렇다면 바로 이 책이다. 성지 순례를 하고 난 뒤 성해에 관한 나의 끌림이 극에 달했을 때 이 책이 나타났고 나의 수많은 궁금증들을 풀어주었다. 그리고 읽으면서 배꼽 빠지게 웃었다.

Edwin Mullins, *The Pilgrimage to Santiago*, Signal Books, Oxford, 2001

학자의 식견으로 쓴 훌륭한 여행 관련 저서이다. 작가는 자신의 성지 순례를 파리에서 시작했고 이는 뜻밖의 즐거움이었다. 왜냐하면 성지 순례에 관한 수많은 책들이 스페인 순례길에 집중되어 있었기 때문이다. 1970년대의 고전이라고 할 수 있는 이 책을 재발행한 출판사들은 월척을 낚은 것이나 다름없다.

Cees Nooteboom, *Roads to Santiago: Detours & Riddles in the Lands and History of Spain* (translated by Ina Rilke), Harvill, London, 1997

이 책은 흡입력 있고 빼어난 통찰력과 풍부한 지식을 담고 있다. 그래서 이 네덜란드 작가가 시인이기도 하다는 사실이 수긍이 갈 정도이다.

Alison Raju, *Which Camino*, *The Confraternity of Saint James*, London, 2006

영국 단체인 "성 야고보 봉사단(Confraternity of Saint James)"의 경험이 풍부하고 열정적인 순례자 회원들이 주요 순례길을 소개한 안내서들 중 좋은 평가를 받은 것들을 다양하게 소책자로 엮었다. 이 책도 여기에 포함되는데, 나는 어떤 순례길이 자신의 목적에 가장 잘 부합하는지 알고 싶어하는 사람들에게 이 책을 추천한다. 홈페이지에도 귀중한 정보들이 많이 있다. csj.org.uk

Julie Roux(ed.), *The Roads to Santiago de Compostela*(translated by Barbara Davoust), MSM, Vic-en Bigorre, 2004

성지 순례에 대한 나의 관심의 정도가 점점 깊어질 때 이 책은 필수 참고서가 되었다. 내로라하는 성지 순례 전문 학자들이 제공한 수많은 정보들을 엮었고, 각 주요 순례길의 구간뿐만 아니라 종합적이고 이해하기 쉬운 역사적 배경에 대해서도 알려준다.

스페인

Ernest Hemingway, *Fiesta: The Sun Also Rises*, Arrow Books, London, 2004

나는 오래 전에 읽었던 1926년 작인 이 소설을 성지 순례를 하고 난 후에 다시 읽었다. 책 속에 묘사된 우리가 론세스바예스부터 걸었던 부르게테와 나바라 적포도주를 마시느라 좀더 머물렀던 카페 이루냐를 마음속에 간직할 수 있었다. 독서가 여행을 떠나기 전에 준비의 한 부분이지만 그 여행을 추억하는 것이 될 수도 있다.

James A. Michener, *Iberia: Spanish Travels and Reflections*, Random House, New York, 1968

미치너의 편집자들이 묘사가 아름답고 조사를 많이 한 그의 글을 차마 줄일 수 없어 책을 이렇게 두껍게 만들었다고 생각할 수밖에 없다. 1960년대에 출간되었을 때 독자들은 이 책을 극찬했고, 반세기가 지난 후에도 나는 성지 순례에 관심 있는 모든 사람에게 제발 부탁이니 성지 순례에 관한 마지막 장이라도 읽어보라고 권하고 있다.

Jan Morris, *Spain*, Barrie& Jenkins, London, 1988

내가 이 책을 인터넷으로 샀을 때 책 주인이 내게 연락해서 이 책을 팔아야만 하는 것이 너무 슬프다고 말했다. 이 책은 최고의 여행작가가 쓴 역사적인 책의 아름다운 일러스트레이션판이다. 1979년에 첫 출간되었고, 프랑코 통치시절을 벗어난 스페인의 본질과 역사 그리고 일부의 불편한 진실들을 다루고 있다.

새로 발견한 곳과 추천 명소

여행

On Foot in Spain onfootinspain.com

갈리시아에 거주하는 낸시 프레이와 남편 호세 플라세르는 자신들이 계획한 여정을 "교육적인 걷기 모험"이라고 부른다. 그러나 내가 매일 즐겁게 발견했듯이 그 이상이다.

숙소

생장피에드포르

레 피레네 호텔(L'Hotel Les Pyrenees) hotel-les-pyrenees.com

가족이 운영하며 매력과 우아함이 넘치는 호텔로, 산티아고로 가는 순례길을 걷기 전에 마지막으로 를레 에 샤토(Relais & Chateaux, 국가별로 알아주는 호텔)에 묵는 호사를 누리고 싶어하는 많은 순례자들이 선택하는 곳이다. 호텔의 정문에서부터 시작해서 론세스바예스로 등반할 수 있다. 주방장 피르맹 아랑비드와 아들 필리프는 기억에 남을 만한 바스크 요리를 만든다.

아르세 호텔(L'hotel Arce) hotel-arce.com

생장피에드포르에서 동쪽으로 조금만 운전해가면 된다. 침대를 볼 수 없는 마을을 방문했을 때 우연히 발견한 호텔이다. 아르세 가문의 자손들이 도보 여행객, 미식가, 휴가를 온 가족들, 순례자들을 접대해왔다. 이곳에 오는 손님들은 호텔이 생 에티엔 드 베고리 마을의 니브 드 알뒤드 강 옆에 위치해 있는 점을 높이 평가한다. 송어를 주문하면 주방의 직원이 살아 있는 송어를 잡아가지고 강둑에서 재빨리 돌아오는 모습을 볼 수 있다.

올로롱생트마리

라 방자민(La Benjamine)

주인이 바뀌었고 지금은 개인 가정집이다.

아를

노드피누 호텔(Grand Hotel Nord-Pinus) nord-pinus.com
주인 안 이구의 디자인 감각과 사진 소장품의 (특히 피터 비어드의 아프리카 사진 작품) 멋진 조화를 볼 수 있다.

라 칼랭달 호텔(La Calendal Hotel) lecalendal.com
가격이 적당하고, 내가 일주일간 머무르는 동안 서비스가 한결 같았다. 고대 로마 원형경기장 바로 옆에 위치해 있다는 장점이 있다.

파르티쿨리에 호텔(L'Hotel Particulier) hotel-particulier.com
구시가지의 귀족 타운하우스 지역에 있는 한적하고 우아한 전문 호텔로 주변에 개인 정원과 수영장이 있다. 화려한 휴식처이다.

데 랑피테아트르 호텔(Hotel de l'Amphitheatre) hotelamphitheatre.fr
이름이 말해주듯이 최적의 장소에 위치하고 있고 가격이 적당하다. 벨베데어(Belvedere) 방에 묵은 내 친구 몇 명은 그곳의 객실의 공간, 경치, 서비스를 너무 마음에 들어했다.

콩크

오베르주 생 자크(Auberge Saint Jacques) aubergesaintjacques.fr
실물 크기의 성 야고보 조각상이 이 호텔 겸 레스토랑의 손님을 맞이한다. 아름다운 중세 마을의 중심에 있는 고대 대수도원의 입구가 내 방에서 내려다보였다. 우리가 영국에서 늦게 비행기를 타고 도착했을 때는 마을의 모두가 잠든 시간이었다. 하지만 호텔 주인은 친절하게 그 지역에서 생산한 햄과 치즈를 저녁밥으로 우리에게 대접해주었다.

르 마누아 드 레노드(Le Manoir de Raynaudes)
주인이 바뀌었고 지금은 개인 가정집이다.

스페인 숙소

파라도르(Paradore) paradores-spain.com
스페인 정부는 기발하게도 수도원에서부터 왕궁에 이르기까지 다양한 역사적 건물들을 호텔로 개조할 수 있게 했다. 파라도르는 고급이지만 유럽 다른 지역의 숙소에 비해서 가격이 싼 편이다. 정말 예산이 넉넉하다면 순례길의 파라도르 여행도 나쁘지 않다.

파소 데 갈리시아(Pazos de Galicia) pazosdegalicia.com

갈리시아의 시골 대저택인 파소는 그 역사가 17, 18세기부터 시작된다. 영주의 저택처럼 생긴 큰 집에는 부유한 지주의 가문이 대대손손 살았고, 그들의 예배당은 영지에서 일하는 모든 사람들의 종교생활의 중심지 역할을 했다. 지금은 상당수가 시골 호텔로 개조되었고, 파라도르보다 작고 덜 웅장하다. 우리가 산티아고 데 콤포스텔라 인근에서 묵은 파소 두 곳은 아주 편안하고 서비스가 우수하며 간소했지만 집에서 만든 것 같은 훌륭한 음식이 제공되었다. 지친 순례자들에게는 제격이다.

악스페

올라사발 아스피코아(Olazabal Azpikoa) olazabalazpikoa.com

빌바오와 산세바스티안 중간의 악스페 마을 바로 외곽에 위치한 이 시골 게스트하우스에서 나는 소 방울 소리를 들으며 잠을 깼다. 편안하고 가격이 괜찮다. 주변의 바스크 산에서 멋진 하이킹을 하거나 에트세바리(345쪽을 볼 것)에서 오랜 시간 점심을 먹으려고 오는 사람들을 위한 이 지역의 대표적 숙소이다.

페레이로스

카사 데 라브란사 아르사(Casa de Labranza Arza)

Reigosa, San Cristobo do Real, 27633 Samos, Lugo, +34 982 216 027

우리가 카사 아르사에서 먹은 음식이나 차 중에서 이 가족 소유의 젖소, 돼지, 빵 오븐, 벌통에서 나오지 않은 것은 아마 차와 커피뿐이었을 것이다. 사모스에 있는 수도원에서 차로 잠깐 이동하면 된다. 그곳에서 머물렀던 시간은 그 어떤 것도 놓치고 싶지 않았던 경험이었다.

보엔테 데 바익소

파소 데 안데아데(Pazo de Andeade) pazodeandeade.com

이곳은 낸시 프레이가 좋아하는 곳으로 한 가문이 300년 동안 소유하고 있다. 아주 예쁜 전원지대의 중심에 위치하고 있다. 현재의 자손들은 손님에게 진심 어린 환대, 안락함, 그리고 커다란 농가 테이블에 둘러 앉아 식사를 하는 환상적인 하루의 마무리를 제공한다.

아르카 도 피노

파소 데 산타 마리아(Pazo de Santa Maria) pazasantamaria.com

산티아고 데 콤포스텔라가 40킬로미터 이내에 있지만, 최근 복구된 18세기 이 파소는 전원지대에 있는 숙소이다. 저녁은 크로켓, 석쇠에 구운 쇠고기, 토르티야로 구성된 간단한 갈리시아 음식이다. 반면, 포도주 목록은 과감하게 다른 지역의 포도주들을 취급하고 있어 우리는 몇몇 스페인 최고급 포도주를 마시고 싶은 유혹을 떨칠 수 없었다.

산티아고 데 콤포스텔라
파라도르 오스탈 도스 레이스 카톨리코스(Parador Hostal dos Reis Catolicos) paradores-spain.com/spain/pscompostela.html
가능하다면 하룻밤 묵어보도록 하라. 아니면 순례인증서를 가지고 가서 매일 직원 식당에서 공짜 식사를 제공받는 10명의 순례자가 되어보는 것도 좋겠다. 이 전통은 한때 순례자 병원을 세상에서 가장 오래되었다고 말하는 호텔로 개조한 시대부터 시작된다.
오스텔 피코 사크로(Hostel Pico Sacro II) hostelpicosacro.com
홈페이지에 열거된 호텔의 주된 매력 중 하나를 위치로 꼽고 있다. 산티아고 대성당과 광장에서 걸어서 얼마 걸리지 않는다. 이 호텔이 "우리를 옛날로 데려다준다"고 홈페이지에 나와 있지만 여기서 묵었던 내 입장에서 그들이 너무 냉정하게 평가한 것이 아닌가 싶다. 방이 그렇게 멋있는 것은 아니었지만 4일간 묵기에 적당한 숙소의 기준보다 더 나았다. 그리고 위치는 완벽할 뿐만 아니라 조용했다.

음식

생장피에드포르
앞의 숙소 편을 볼 것

아를
라 샤르퀴트리(La Charcuterie) lacharcuterie.camargue.fr
원기를 북돋아주는 소박한 전통요리를 제공한다. 미스트랄이 불지 않는 가게 안에서 음식을 먹으며 우리는 이곳이야말로 이상적인 프랑스 비스트로(bistro)라고 생각했다.
라 샤사네트(La Chassagnette) chassagnette.fr
주방장 아르망 아르날의 메뉴에 있는 맛있는 음식 대부분은 레스토랑 주변에 있는 환상적인 유기농 채소 텃밭에서 갓 딴 것들일 것이다. 그는 천사처럼 요리를 한다. 그가 만든 음식은 가볍고 은은한 풍미로 가득하다. 이 레스토랑은 처음 미슐랭에 오른 뒤 미슐랭 평론가들의 인정을 받고 있다. D36가를 따라 아를에서 13킬로미터 떨어진 곳에 위치해 있다.

르 기볼랭(Le Gibolin) 13 Rude de Porcelets, 13200 Arles, +33 (0)4 8865 4314
구시가지에 있는 작은 카페 겸 레스토랑으로, 아주 신선하고 대부분 유기농인 현지 식재료로 만든 몇 가지로 메뉴가 구성되어 있다. 포도주 가게이기도 하며, 엄선된 유기농 지방 포도주가 다양하게 구비되어 있다.

체스 봅(Chez Bob) restaurantbob.fr
바람이 불지 않는 농지 중심에 위치한 카마르그의 이곳에서는 직화로 조리한 쇠고기가 특선 요리이다. 케네디 가를 비롯한 성지 순례를 한 최고로 매력적인 사람들의 흔적을 볼 수 있다.

악스페

아사도르 에트세바리(Asador Etxebarri) asadoretxebarri.com
바스크 산골마을 악스페의 이곳 그릴 전문 레스토랑에서 먹은 두 번의 점심은 가장 기억에 남는 식사가 될 것이다. 음식에 어울리는 장작불 위에서 능숙하고 감각적으로 최고의 식재료들을 그릴에 굽는다. 영혼이 울리는 체험이었다.

팜플로나

트레인타이트레스 레스토랑(Restaurant Treintaitres) restaurant33.com
스페인 채소왕국의 중심지인 작은 도시인 투델라에서 리카르도 힐은 왕국의 황태자이다. 그는 자신의 오래된 레스토랑 주방에서 요리를 하고 포도주를 추천해주고 음식도 서빙하는 등 여러 가지 일을 한다. 메뉴에 고기와 생선도 있지만 채소 요리가 최고이다.

로그로뇨

오텔 마르케스 데 리스칼(Hotel Marques de Riscal)
marquesderiscal.com 'City of Wine'을 클릭할 것
유서 깊은 리오하 포도주 양조장 부지는 최근 몇 년 전부터 최고의 건축가 프랭크 게리가 지은 새 호텔로 인해 더 많은 유명세를 타고 있다. 하지만 거미줄이 쳐진 19세기 포도주 저장고를 방문한 뒤 나는 이곳 포도주 양조장의 핵심이 있는 곳이 어디인지를 다시 떠올리게 되었다. 프란시스 파니에고의 레스토랑

에서 먹은 점심은 모든 면에서 좋았다. 리오하 전통요리와 신요리의 적절한 조화에서부터 중세 마을의 전경과 최고의 포도주에 이르기까지.

산토 도밍고 데 라 칼사다

에차우렌 호텔과 레스토랑(Echaurren Hotel and Restaurant) echaurren.com
에스카라이에 위치하며 1600년대부터 한 가문이 계속 운영하고 있는 호텔 겸 레스토랑으로 전통과 최첨단이 적절하게 공존한다. 가족들이 매년 이곳에서 휴가를 보내고, 푸드 러버들은 에차우렌 레스토랑에서 마리아 산체스의 전통 요리나 엘 포르탈 데 에차우렌에서 아들인 프란시스 파니에고의 신요리를 먹으러 이곳을 계속 찾는다. 나도 단골손님이 될 수 있도록 가까이에 살면 얼마나 좋을까?

부르고스

카사 세사르(Casa Cesar) Calle Mayor, Avenida de Alfoz de Quintanaduenas, 09197 Burgos, +34 947 292 552
카사 세사르에서 먹은 점심은 정말 즐거웠다. 이 식당은 도기에 담아 장작불 오븐에서 조리한 새끼양 요리를 전문으로 하는 지역 레스토랑, 레차소스 카스텔라노스(lechazos castellanos)이다.

몰리나세카

멘타 이 카넬라(Menta y Canela) mentaycanela.com
우리는 폰페라다에 위치한 이 레스토랑에서 아주 맛있는 식사를 했다. 좀더 대담한 일부 요리들은 일본의 영향을 받았고, 스페인 전통요리를 더 가볍고 현대적으로 만든 요리도 있었다.

산티아고 데 콤포스텔라

카사 마르셀로(Casa Marcelo) nove.biz/ga/casa-marcelo
이곳에는 메뉴가 없다. 주방장 마르셀로 테헤도르가 산티아고의 아바스토스 시장에서 장을 보면서 점심과 저녁 메뉴를 결정하기 때문이다. 약간 높은 "무대"식 부엌 위의 그와 직원들은 손님들이 보는 앞에서 마술을 부린다. 설거지를 할 시간이 되면 부엌의 커튼이 닫힌다. 전체적으로 놀라운 요리였다.
오 데스비오(O Desvio) hotelodesvio.com
산티아고 데 콤포스텔라에서 차로 조금만 가면 있는 이 전통 레스토랑에서 우리는 갈리시아 최고의 해산물을 맛보았다. 신선한 게, 바다가재, 거북손, 작은 바다가재 랑구스틴, 생선으로 된 모듬 요리가 그해 첫 수확한 파드론 고추와 함께 계속 나온다.

피니스테레
오 파라곤(O Fragón Restaurante) ofrgon.es
이 작은 레스토랑 길 건너편에 피니스테레 생선 시장이 있는 것으로 보아 이곳의 해산물이 갈리시아 최상품이라는 것을 알 수 있을 것이다. 피니스테레는 한때 지구의 끝으로 여겨졌다. 그래서 오 파라곤은 아마 마지막 식사를 하기에 최고의 장소였을 것이다.

포도주
올로롱생트마리
도멘 니그리(Domaine Nigri) Candeloup, 64360 Monein, +33 (0)5 5921 4201, domaine.nigri@wanadoo.fr
장 루이 라코스트의 달콤한 피레네산 포도주는 포도주에 조예가 깊은 유럽과 북아메리카의 팬들을 끌어들였다. 그는 도멘 니그리에서 포도주를 제조하는 4대손이다. 유기농으로 포도를 재배하고 쥐랑송 포도주 지역에서 지금은 거의 사라진 토종 포도나무를 기른다. 프랑스 남서부 지방으로 여행을 가는 사람들은 모네인 인근에 있는 그의 포도주 양조장에 갈 수 있다.

몰리나세카
알바로 팔라시오스(Alvaro Palacios) alvaropalacios.com
포도주 제조사 알바로 팔라시오스는 자신을 멸종 위기에 처한 포도품종의 "발굴자이자 복원가"라고 이야기한다. 비에르소 포도주 지역 내 갈리시아 국경에서 그와 조카 리카르도 페레스는 이 세상 어디에서도 찾을 수 없는 포도, 멘시아로 만든 은은한 포도주의 부활을 진두 지휘해왔다.

리아스 바익사스
보데가스 카스트로 마르틴(Bodegas Castro Martin) bodegascastromartin.com
지난 15년 동안, 포도주 제조사 앙헬라 마르틴은 알바리뇨 포도로 만든 신선하고 자극적인 백포도주를 생산하는 갈리시아 최고의 포도주 제조사로 그녀의 가족 와이너리의 명성을 떨쳐왔다. 알바리뇨 포도나무는 갈리시아에서 천 년 전부터 재배되고 있다. 그녀의 포도농장에서는 제초제를 사용하지 않는다. 가장 오래된 포도나무는 50년 이상이고 화강암 기둥에 기대어 자란다.

쇼핑
생장피에드포르

Jean-Vier / jean-vier.com
몇 년 전에 내가 프랑스의 다른 곳에서 장-비에 물건을 처음 샀을 때 이 물건이 바스크 전통식 직물 짜기 기법을 전형적으로 보여주는 것임을 알지 못했다. 장-비에는 단지 멋진 가정용 줄무늬 린넨 제품을 만드는 회사가 아니라 업계 최고의 회사이다.

Pierre Oteiza's Basque Pork / pierreoteiza.com
프랑스 남서부 지방과 파리 전역에 있는 그의 가게들을 보려면 피에르의 홈페이지를 확인해라. 하지만 피에르 오테자가 멸종될 찰나에 바스크 토종돼지를 구했던 외딴 계곡으로 가라. 그러면 바스크 내륙지방의 일상을 들여다볼 수 있다.

아를

Actuel B / 46 rue de la Republique, 13200 Arles, +33 (0)4 9096 0093
사고 싶어지도록 재치 있게 고른 제철 패션 브랜드들을 취급하고 있다.
Aromatics aromatics-arles.com
파스칼 몰랑의 꽃가게는 아주 멋지다. 그녀는 아를와 카마르그에 있는 식당이나 구경할 곳을 물어보는 질문에 한없이 친절하게 답해준다.
Circa / circa-arles.com
이곳에 있는 20세기 가구, 골동품, 현대 미술품들을 보면 배송 회사를 알아보게 될 것이다.

산토 도밍고 데 칼사다

Hijos de cecilio Valgañón / mantasezcaray.com
에차우렌 호텔에서 걸어서 불과 몇 분 거리에 있는 곳에서 발견한 장인이 만든 화려한 담요와 숄을 제작하는 이 회사는 에스카라이의 한때 잘 나가던 직물 산업에서 유일하게 남은 곳이다.

산티아고 데 콤포스텔라

Dosel / mariadosel.blogspot.com

우리 일행 중 쇼핑을 하던 사람들은 마리아 페레이라 라모스의 가게에서 아름다운 린넨 제품을 본 순간 지름신이 제대로 내렸다. 직물이든, 자수든, 갈리시아 최고의 레이스든 모두 수공예로 만들어진, 영원히 가보로 간직하고픈 제품들이다.

감사의 말

나는 책을 쓰는 일과 성지 순례를 하는 일 사이에 비슷한 점이 정말 많다는 생각을 수없이 했다. 글쓰기와 성지 순례 이 두 가지 모험을 하면서, 현실의 즐거움이 시작 전에 했던 기대들을 훨씬 능가했다는 것과 내가 영원히 기억할 친절, 너그러움, 모범을 보여준 멋진 사람들을 그러던 중에 알게 된 것은 내게 크나큰 행운이었다.

성지 순례에 대해서 잘 아는 사람들이 기꺼이 알려준 전문지식이 없었다면 순례일정을 짤 수 없었을지도 모른다. 그리고 낸시 프레이와 호세 플라세르가 나를 도와주지 않았다면 내 성지 순례가 어떻게 되었을지 상상이 되지 않는다. 그들과의 여행은 너무 풍부하고 보람 있는 경험이었다. 내가 책을 쓰기 위해서 정보, 소개, 사실을 확인하는 데에 낸시가 준 도움을 정말 귀중하게 이용했다. 어떤 옷과 신발을 착용해야 하고 어떤 배낭을 메야 할지에 대해서 시드니에 있는 **Trek & Travel**의 직원으로부터 받은 조언은 정확하게 들어맞았다. 그리고 알미스 시만케비시우는 끊임없는 나의 질문에 참을성 있게 대답해주었다.

나의 음식 성지 순례계획은 도와주고, 연락해주고, 자신이 가진 지식, 경험, 시간을 선뜻 내준 사람들의 조언과 소개 때문에 가능했다. 콜먼 앤드루스, 아르망과 리사 아르날 부부, 패트릭과 로비 아리에울라 부부, 모리세트와 질베르 본 부부, 피니스테레의 맛조개 잠수부들, 미셸 페르난데스 산체스, 바네사 페레, 레녹스 하스티와 빅토르 아르긴소니스, 안 이구, 사이먼 존슨, 세드릭 레비에와 던 러셀, 앤드루 맥카시와 안젤라 마틴, 앤 맥카시, 비비아나 마르티, 파스칼 몰랑, 올랜드 머린과 피터 스테갈, 피에르 오테자, 이사벨 팔라시오스, 리카르도 페레스, 프란시스 파니에고, 파치 파스토르, 실비아 산 미겔, 발렌틴 사라시바, 마르셀로 테헤도르, 스콧 웨이즐리가 그들이다.

내가 생장피에드포르의 순례자 사무실에서 베트랑 생 마카리와 산티아고 데 콤포스텔라의 순례자 사무실에서 몬시뇨르 세브리안과 보낼 수 있었던 시간은 성지 순례의 역사와 현대의 성지 순례 부활에 대한 이해를 돕는 데에 굉장히 유용했다. 피에르 후슬은 생 마카리의 말을, 몬시뇨르 세브리안의 말은 욜란다 페로가 친절하게 통역해주었고, 둘 다 나의 이어지는 질문을 도와주었다. 마찬가지로 라바스탱에서 기 드 툴자는 라바스탱과 프랑스 남서부 지방에 있는 성당들과 중세 유해의 역사와 의미를 분명하게 알려주었다. 그리고 친절하고 점잖은 이브 라산은 아를에서 그가 생각하는 것 이상으로 내게 많은 영감을 주었다.

메종 드 라 프랑스의 에브 르 페브르와 스페인 관광객 안내소의 엔리케 루이스 데 레라와 데니스 탕은 조언과 소개를 도와줄 준비가 항상 되어 있었다. 나는 특히 그들의 동료들로부터 받은 도움에 감사의 마음을 전한다. 아키텐 관광소의 페링 아망다리, 아비뇽 관광소의 카트린 시베라, 아를 관광청의 프란신 리우, 나바라 관광청의 사비에르 아도트, 산티아고 데 콤포스텔라 관광청의 아누 피카넨과 욜란다 페로. 콩크의 알베르게 생 자크는 친절하게 숙소를 제공했고, 생장피에드포르의 르 피레니도 마찬가지였다.

나의 성지 순례 친구인 더피와 앤지 부부, 그리고 주얼와 이언 부부는 이번 대모험에서 더할 나위 없이 멋진 여행 동반자였다. 우리는 웃고 울고 비를 잠시 잊기 위해서 5행시도 지었으며 함께 한 성지 순례에 각자 큰 영향을 받았다. 이번 대장정 내내 가족과 친구들이 보내준 격려, 온정, 인내에 감사한 마음을 영원히 간직할 것이다. 그리고 특히, 참고 기다려준 사랑하는 내 남편 존에게 고마움을 전한다. 남편의 믿음, 지혜, 낙관적인 면이 이 책을 쓰면서 불가피한 우여곡절을 겪는 나를 내내 지탱해주었다.

얼 카터의 사진은 그야말로 최고이다. 그는 내가 함께 작업하는 영광을 누린 가장 소중하고 친절한 사람들 중 한 명이다. 그는 성지 순례의 영혼과 본질, 그리고 성지 순례를 하던 중에 만나 우리를 자신들의 생활 속으로 받아들인 사람들의 모습을 카메라 렌즈로 담았다. 그의 사진은 성지 순례를 한 사람들 모두를 감동시킬 것이고 성지 순례를 하지 않은 사람들의 마음을 자극하게 될 것이다.

그리고 고맙게도, 내가 휘청거리고 막다른 골목에서 길을 잃어 어찌할 바를 모를 때 펭귄 출판사의 줄리 깁스와 그녀의 팀이 있어서 너무 다행이라는 생각을 참 많이 했다. 이 대형 프로젝트의 모든 단계에서 그들의 프로 정신은 실로 밤에 중세 순례자들을 쉼터로 안내한 횃불처럼 빛났다. 펙 맥콜은 내게 책 계약서 서문을 설명해주면서 참을성 있게 도와주었다. 우리가 여행계획과 수많은 실행계획 때문에 씨름하고 있을 때 침착하고 사려 깊은 태도를 보여준 에린 랑그랜드에게 감사한다.

니콜라 영은 능숙하고 명쾌하게 원문을 편집했고, 내게 이야기 전달방식을 가르쳐주었으며, 언어와 문법에 대한 나의 열정을 다시 부추겼다. 우리가 나눈 모든 대화가 그리울 것이다. 디자이너 다니엘 뉴와 함께 일하며 보낸 시간도 역시. 그는 중세 필사본과 필적을 힘들게 조사했고 얼과 내가 그의 책상으로 가져다준 글과 사진을 가지고 마술을 부렸다. 이 모든 일을 하는 내내 가장 빛났던 사람은 바로 발행인 줄리 깁스이다. 뜻밖의 난항을 겪을 때에도 그녀의 믿음은 흔들린 적이 없었다. 언제든 현명하고 통찰력 있게 팀을 이끌 수 있는 사람이었고 성지 순례의 매 단계마다 우리 모두를 격려했다.

역자 후기
언젠간 걸어야 할 길, 카미노 데 산티아고

2006년, 아니 조금 더 전이었던 것으로 기억합니다. 산티아고 데 콤포스텔라로 가는 길인 '엘 카미노'에 대한 붐이 일었을 때, 텔레비전에서 본 아름다운 풍광과 순례를 마치고 미사를 보는 사람들 머리 뒤에 빛나는 후광에 반해서 저도 여행계획을 짰었지요. 원래는 세계 일주를 계획하고 있었습니다. 한 겨울에 남아메리카로 출발해서 봄에 북아메리카로 올라온 다음, 유럽으로 넘어가 가을의 카미노를 3주일 정도 걷고 겨울이 되기 전에 동남 아시아와 남반구를 가는 것이 목표였습니다. 예정대로 출발은 했지만 순례길에서 예기치 않은 상황을 만나듯 제 여행도 변동사항이 있었습니다. 다음 해 봄, 시애틀에서 여행을 접는 바람에 카미노를 걷는 계획은 언제가 될지 모를 나중으로 미루었죠. 그때 25–30킬로미터의 거리를 걷는 것을 나름 연습하겠다고, 천호대교에서 원효대교까지 걸어보기도 했답니다.

　인생을 흔히 여행이자, 마라톤이자, 끝이 보이지 않는 길을 걷는 것이라고 말합니다. 아무리 계획을 세우고, 매 순간 집중한다고 해도 어떤 일이 우리를 기다리고 있는지는 아무도 모르지요. 카미노를 걷고 있는 수많은 순례자들도 혼잡한 도시의 일상 속에서가 아닌 길 위에서 최소한의 짐만으로 이루어진 배낭을 꾸리고, 몇 주일 동안 새벽에 일어나 장거리를 걸으며 온전하게 자기 자신을 바라보며 걷는 것은 흔한 일이 아니니까요. 그렇게 육체적으로, 감정적으로도 자신과의 싸움을 해야 하는 순례길 위에서 인생이 바뀐 사람들이 너무나 많습니다. 그리고 산티아고 데 콤포스텔라에 도착해 같이 미사를 드림으로써, 오래 전 성 야고보를 참배하기 위해서 이 길을 걸어갔던 아주 오래 전의 순례자들 모두와 하나가 됩니다. 그 유대감, 그 성취감이라니. 아직 그 길을 걸어보지 못한 저도 가슴이 벅차오르는 것이 느껴질 정도입니다.

카미노를 걸으며 자신이 어떤 사람인지 자각했다는 세계적인 작가 파울로 코엘료를 비롯해 순례길에서 인생이 바뀌거나 인생이 바뀌는 전환점에 순례를 한 사람들은 셀 수 없습니다. 제 주변의 지인들도 그러했고, 이 책의 저자 디 놀런도 마찬가지입니다. 오랫동안 저널리스트로 활동해온 저자는 남편이 먼저 다녀온 산티아고에 대해서 막연한 생각만 가지고 있었습니다, 순례길 자체보다 갈리시아의 음식과 포도주에 대한 흥미가 더 많았는데, 마침 예전에 어린 시절을 보낸 농장을 다른 사람에게 넘겼다가 다시 저자가 인수하게 됩니다. 어린 시절의 추억이 남아 있는 농장의 주인이 되어, 유기농으로 텃밭을 가꾸고, 희귀품종의 양을 기르고 올리브 나무를 키우는 계획을 세우면서 오래 전부터 내려온, 사명을 가지고 남겨야 하는 전통 음식문화에 대한 진지한 성찰을 하게 됩니다. 그때 카미노가 저자의 눈에 다시 보이기 시작합니다. 가장 오랫동안 없어지지 않고 남아 있는, 앞으로도 계속 이어질 생명력을 가진 인류의 유산으로 이만한 것이 또 있을까요? 그렇게 저자는 산티아도 데 콤포스텔라로 가는 그 길 안에서 만나는 음식과 진귀한 품종, 포도주를 만나보는 자신만의 순례길을 계획합니다. 그렇게 순례에서 자아를 찾는 이야기나 건축, 문화에 대한 책이 아닌, 음식을 사랑하는 푸드 러버들을 위한 이 책이 탄생되었습니다.

프랑스 남부의 소도시 생장피에드포르에서 산티아고 데 콤포스텔라까지 걷는 길은, 순례자들이 쌓고 쌓은 발자국과 이야기만큼이나 많은 이야기를 가지고 있습니다. 중세의 기사와 왕족들, 시인. 그리고 그 길에 포도나무를 심고, 수도원을 만들어 순례자들과 나무를 똑같이 돌보았던 중세의 수도사들. 순례 덕분에 오래된 포도나무들은 살아남을 수 있었고, 그 덕택에 순례자들이 마시던 포도주와 같은 품종으로 만든 포도주를 지금의 순례자들도 마실 수 있습니다. 순례자들의 가벼운 배낭처럼, 지역 특산물을 이용한 음식들은 소박하지만 그 지역 요리의 정수를 보여줍니다. 진흙도기에 구운 새끼 양고기, 아침마다 옛날 방식 그대로 굽는 따뜻한 빵, 텃밭에서 갓 뽑아온 채소로 만든 샐러드, 끊임없이 비가 내리는 갈리시아 순례길을 이기게 해주는 뜨겁고 영양가 많은 수프, 열량소비가 많은 순례자들이 칼로리 걱정 안 하고 즐길 수 있는 아몬드가 듬뿍 들어간 산티아고 타르트 등, 이 책에서 만날 수 있는 지역의 농부들과 요리사들, 요리들도 순례길의 보물들입니다.

전 세계의 요리사를 꿈꾸는 사람들이 프랑스만큼이나 요리 공부를 하고 싶어 하는 곳이 된 스페인, 특히 스페인 미식의 중심지라는 산세바스티안과 멀지 않은 순례길 위의 작은 레스토랑들의 요리들은 실험실에서 연구하듯이 만들어지는 화려한 분자요리가 아닙니다. 자신이 재배하거나 지역의 농부, 어부들이 제공하는 좋은 재료를 가지고, 묵묵히 요리를 만듭니다. 그들은 자신의 요리가 고급이라고 생각조차 하지 않습니다. 하지만 소박하지만 한 번 맛본 사람들은 잊지 못하고 그 단순함이 가진 힘에 감탄하게 되지요. 저자는 요리의 근본이 되는 재료에 감탄하면서, 어떻게 품종을 보존하고, 재료의 맛을 살리기 위해서 어떻게 심플하게 요리해야 하는지, 어떤 부분을 가장 중요하게 생각해야 하는지 그녀의 농장일과 함께 진지하게 생각해보는 시간을 순례길 내내 하게 됩니다. 순례길의 음식과 포도주, 식재료들처럼, 묵묵히 전통을 지켜가고 영원히 이어질 수 있는 힘을 스스로 가지려면 어떻게 해야 하는지 말이지요.

개인적으로 스페인 요리, 여행, 시장과 포도주, 덧붙여 가톨릭 신자인 덕에, 작업 내내 카미노에 대한 꿈을 꿀 수 있어 즐거웠습니다. 그리고 이 책을 만드는 동안에도 저만의 순례길을 걸었습니다. 자급자족하는 생활, 고요하게 자신을 들여다보기 위해 시골에서의 삶을 살기 시작했고, 너무 많이 가지고 있던 욕심과 미련들을 하나 둘씩 버리기 시작했습니다. 순례자들이 단순한 삶을 위해 배낭의 짐을 줄이듯이. 그렇게 걷다 보면 저도 언젠가 탁 트인 바다를 바라보며 가장 버리고 싶은 것을 마지막으로 놓아버리고, 후련해지는 날이 올 거라고 믿습니다.

산티아고 순례를 계획하고 다녀오시는 분들이 굉장히 많아졌습니다. 인터넷에는 정보와 일정을 공유하는 동호회도 있고요. 순례인증서를 받고 공동체가 되는 것도 아주 중요하지만 판에 박힌 순례길보다, 자신의 관심사나, 꼭 보고 싶었던 것들에 도전하는 이들이 더 많이 나오면 좋겠습니다. 네덜란드 앤트워프에서 출발하는 루트부터, 유럽은 카미노로 가는 길이 아주 많답니다. 저도 저자가 소개한 레스토랑도 가보고 더 작은 명소들과 시장들을 만나보고 싶은 욕심이 생깁니다. 저만의 카미노 음식지도를 만들어보는 날이 빨리 왔으면 좋겠네요.

남아메리카 여행 때 많은 위로가 되어주었던 아리엘 라미레즈와 메르세데스 소사의 미사 크리올라(Misa Criolla)가 이번 번역하는 과정에서도 배경음악이 되어주었습니다. 제가 특히 좋아하는 곡은 제목도 무려 "순례(La peregrinacion)"랍니다. 물론 이 순례는 임신한 마리아가 요셉과 함께 로마군을 피해 이집트로 피신하는 이야기이니 성 야고보와는 상관없지만요. 그래도 순례길의 쓸쓸함이 느껴지는 아주 아름다운 노래입니다. 카미노를 걸으시는 분들이나, 혹 이 책을 읽으시는 분들이 같이 한번 들어보면 어떨까 싶어 후기에 적어봅니다.

이 책이 나올 수 있도록 맡겨주시고, 도와주시고 격려해주신 분들이 너무나 많습니다만 그 누구보다 제 수호성인과 천사에게 감사를, 그리고 번역하는 과정 중 너무나 큰 힘이 되어주었던 이연옥, 김지예 두 분에게 인사를 전합니다. 고맙습니다.

우리 모두에게, 언젠가 각자의 순례길 위에서 답을 찾는 축복이 내려지길, 우리 모두 길 위에서 하나가 되길 기도합니다.

부엔 카미노(Buen Camino)!

2012년 5월 여주에서
옮긴이 차유진

358